间谍先生

复仇者

[英] 弗·福赛斯 著

舒云亮 译

上海文艺出版社

读客悬疑文库

认准读客读悬疑，本本都是大师级。

AVENGER

Frederick Forsyth

此书谨献给“地道老鼠”，

你们做过的事情，我永远无法做到。

序 幕

谋杀

他们第七次把那个美国小伙子捅下了粪池。这一次，他没能浮上来，死在了那里，每个毛孔都充满了不可言状的污物。

干完之后，这些人放下木杆，在草地上坐下来，狂笑着开始抽烟。然后他们干掉了另一个援助人员和六个孤儿，坐上援助机构的那辆越野吉普车，驾着它翻越山岭回去了。

这一天是一九九五年五月十五日。

目录

第二部

第三部

第一部

第一章

安全帽

一个孤身跑步的人在斜坡上弓着身体，再次与自己的痛苦搏斗着。这是一种折磨，也是一种治疗，所以他要这么做。

内行人常常说，在所有的体育竞赛项目中，铁人三项运动是最残忍、最令人刻骨铭心的。十项全能运动需要掌握更多的技巧，在推铅球时也需要更大的爆发力；但很少有其他项目像铁人三项运动那样，需要惊人的耐力，以及迎接痛苦并战胜痛苦的超强能力。

日出时分美国新泽西州的这位跑步者，像往常一样黎明前就起床训练了。他驾着他的皮卡车驶向远处的湖边，半路上卸下他的竞赛自行车，用一条铁链把它锁在一棵树上，以免被人骑走。五点零二分，他按下手腕上的跑表，拉下氯丁橡胶游泳衣的袖子把表盖住，就进入了冰冷的湖水中。

他练习的是奥林匹克铁人三项运动，距离是以米来计算的。先是一千五百米游泳，几近一英里；从水中出来，快速脱至只剩背心和短裤，骑上赛车。然后是伏在车把上的四十公里骑行，一路冲刺。很久以前，他就已经测定了从湖的一头到另一头的那一英里游泳里程，确切地知道对岸哪一棵树标志着他的自行车所在的地点。他也已经标出了沿着乡间道路的四十公里自行车车程，知道哪一棵树是他应该扔下自行车开始跑步的地点。跑步的距离是十公里，途中一座农场的一根门柱标示着还有最后两公里。那天早上，他刚刚经过了那根门柱。最后的两公里是上坡路，是对意志和耐力的最后考验。

这个项目折磨人的原因是，三种运动所需要的肌肉全然不同。游泳者强壮的肩部、胸部和手臂，并不是速度赛车手或马拉松运动员所需要的。换成这两项运动时，这些肌肉就只是必须承受的额外负担。

自行车运动员快速蹬腿和摆动臀部的动作，与跑步者驱动腿腱使之产生节奏的动作，也是不同的。一种练习的重复节奏并不适用于其他运动。铁人三项运动员需要所有这些训练，然后一个接一个地努力去与三个专业运动员的成绩相竞争。

对二十五岁的人来说，这已经是一个相当残酷的比赛项目了。到五十一岁时，根据《日内瓦公约》，其折磨简直可以构成犯罪。这位跑步者在一月份时过了他的五十一岁生日。他瞟了一眼手腕，皱起了眉头。不够理想，比他最好的成绩慢了几分钟。他把自己作为敌人，更为艰苦地迈腿向前跑动。

奥林匹克运动员们一般指望能在两个小时内做完这三项运动。这位新泽西州的跑步者已经用去了两个半小时。而他现在还有两公里的路程需要跑完。

跑过三十一号公路的弯道处，他能看到小镇的第一批房屋了。古老的彭宁顿村庄坐落在这条公路两侧，旁边是九十五号州际公路从纽约南下过来，穿过纽约州继而通往特拉华州、宾夕法尼亚州和华盛顿。在村里，三十一号公路被称为“大街”。

彭宁顿村庄不大，同散落在美国大地上的其他被忽视和被低估的一百万个清洁、干净、整齐的小村镇没什么两样。村中心有一个唯一的主要十字路口，西特拉华大道在这里与“大街”交会。村里还有几座热闹的教堂，分属三个宗派；另有一个第一国家银行和六七家店铺。一些住宅分布在绿树成荫的小巷里。

跑步者朝着十字路口的方向跑去。还有半公里路程，时间还太早，他还不能去“乔之杯”咖啡馆喝咖啡，或去维托比萨饼店吃早餐。不过即使它们开着，他也不会停下来。

在交叉路口南边，他经过了一座白色木板搭建的南北战争时期的老房子，门旁的招牌上写着：加尔文·德克斯特律师。那是他的招牌，他的法律事务所。他只是间或歇业，去外地料理其他事务。客户和邻居们以为，他时常休假去钓鱼；他们根本不知道，他在纽约市内还用另一个名字买下了一套小公寓。

他驱动他酸痛的双腿跑向五百码之外的转向点，过了那里就进入到村镇南部的切斯皮克路。那就是他居住的地方，那个转角标志着他自我受难历程的结束。他放慢脚步，停下来，垂下头，靠在一棵树上，大口大口地呼吸着新鲜空气。两小时三十六分钟。比他的最佳成绩差了一大截。方圆一百英里内，可能根本没有哪个五十一岁的人能接近他的这个成绩，但关键并不在这里。他当然不会向那些微笑着向他打招呼的邻居们解释：他这么艰苦锻炼的用意，在于以这种痛苦去对抗另一种痛苦，那种时常存在、永远无法消除的痛苦，那种失去孩子、失去爱、失去一切的痛苦。

跑步者转入他家房子的那条街巷，走完最后的两百码路程。在前方，他看到送报的小伙子把一大扎报刊放到了他家门廊里。小伙子在骑车经过时朝他挥挥手，加尔文·德克斯特也挥手示意。

稍后他会骑上轻便摩托车，去把他的皮卡取回来。在把摩托装上车厢后，他会驾车回家，并把路边的自行车也带回来。但首先他需要冲一个淋浴，吃一些高能量的食品和几个橙子。

在门廊的台阶边，他捡起那一扎报刊，打开来审视。如同预期，有一份当地报纸，一份华盛顿报纸，一份来自纽约的厚厚的星期天版《时报》，还有一本专业技术杂志。

加尔文·德克斯特这位居住在新泽西州彭宁顿村的律师，长着沙色头发、身材瘦长结实、带着友善微笑；他就出生在这个州，但他却并不是生下来就拥有这一切的。

一九五〇年一月，他降生在纽瓦克市的一个爬满了蟑螂和老鼠的贫民窟，父亲是一名建筑工人，母亲是当地饭馆的服务员。父母亲在社区舞厅里约会时多喝了几杯劣质酒，让事情失去了控制，因而不得不按照当时的道德规范结了婚。一开始他对此一无所知。小孩们并不了解是谁、用什么方式把他们带到这个世界的。他们往往事后才发现自己的身世，有时候要通过艰难的方式。

在德克斯特看来，父亲不是一个坏人。珍珠港事件之后，他自愿要求参军上前线，但作为一名熟练的建筑工人，人们认为他留在家乡能有更大的用武之地。战时的美国，新泽西地区新建了成千上万的工厂、船坞和政府机构。

他是一个坚强的人，该用拳头的时候毫不犹豫，这是许多蓝领工作中解决问题的唯一法则。但他努力过着规规矩矩的生活，把他的工资袋原封不动地带回家，尽力教养他的蹒跚学步的儿子去热爱祖国、热爱宪法和热爱乔·迪马齐奥[1]。

---

1 乔·迪马齐奥（1914—1999），美国著名棒球运动员，他的第二任妻子是影星玛丽莲·梦露。——译注（本书中的注释，如无特别说明，均为译注）

但后来，朝鲜战争之后，工作机会减少了。工业不景气，工会处在黑手党的控制之下。

加尔文五岁时，母亲离开了他们。他太小了，不可能明白为什么。他丝毫不懂，父母亲之间是没有爱情的结合，年纪小小的他还以为大声叫喊、争吵就是常态。他也不知道，当时有位经常出差的推销员曾经答应他母亲，会为她带来明亮的灯光和漂亮的衣服。大人只是简单地告诉他，妈妈“走了”。

现在他父亲每天晚上回家照顾他，闷闷不乐地盯着肮脏的电视机屏幕，而不是下班后在外面喝上几杯啤酒。他十几岁时才知道，母亲在被那个推销员抛弃后曾试图回来，但被愤怒而痛苦的父亲断然拒绝。

他七岁那年，父亲灵机一动，想出了一个既可以有固定住处、又可以随时到远方找工作的解决方案。他们搬出纽瓦克的那座没有电梯的合租公寓，买了一辆二手房车。这成了他长达十年的家。

父子俩随着一份份工作一次次搬家，但一直住在那个房车里，这个衣衫褴褛的男孩也换了一个又一个学校。那个时代，是加尔文从来没有听说过的猫王埃尔维斯 · 普雷斯利和披头士乐队的时代。那是肯尼迪时代、冷战时代和越战时代。

工作找到了，然后又结束了。他们在北部城市东奥兰治、尤尼恩和伊丽莎白之间搬来搬去；然后又去新布伦斯威克和特伦顿郊外打工。有一段时间，他们居住在派因拜伦斯，老德克斯特当上了一个小项目的工头。然后他们南下去了大西洋城。在八岁至十六岁之间，加尔文上过九所学校。他受过的正规教育相当有限。

但在其他方面，他却非常聪明能干：在社会上，在打架时。

如同他离家出走的母亲一样，他长得并不高大，身高只有五英尺九英寸（一米七五左右）。他不像他父亲那样身材魁梧和肌肉发达。但他那瘦瘦的结实的身架具有可怕的耐力，他打出去的重拳能够置人于死地。有一次，他在一个集市的杂耍擂台上向擂主挑战，把那人打翻在地，领走了二十美元奖金。

一个头上搽着廉价发油的人来找他父亲提议说，这男孩可以去他的拳击馆，可以被培养成一名拳击手，但不久父子俩就为了一份新的工作，搬到了一个新的城市。

假期里打工挣钱是没有问题的，所以学校一放假那男孩就跟着父亲去了建筑工地。他在那里煮咖啡，替人跑腿，干零活。有个戴着单只绿色眼罩的人告诉他说，假期里有种临时工作，是把一些信封送到大西洋城内的各个地址，只是不能透露给任何人。于是在一九六五年的暑假，他成了一名赛马赌注登记员的跑街。

即使是生活在社会的最底层，一个聪明的孩子照样能开阔眼界。加尔文·德克斯特可以不买票溜进当地的电影院，去惊异地观赏好莱坞的大片，观赏广袤狂野的西部景色，欣赏悦耳动听的电影音乐，观看马丁和刘易斯[1]演出的令人捧腹的滑稽戏。

通过电视广告，他可以看到装有不锈钢厨具的豪华公寓、幸福快乐的家庭，那些家庭的父母亲看上去互敬互爱。此外，他在公路上就可以看到闪闪发亮的轿车和跑车疾驶而过。

他对戴着安全帽的建筑工人并没有偏见。当然，他们脾气暴躁、举止粗鲁，但对他很和善，或者说他们大多数人是如此。在建筑工地上，他也戴着一顶安全帽。工人们普遍认为，一旦迈出校门，他将踏着他父亲的足迹进入建筑行业。但他另有想法。不管过上什么生活，他发誓要远离这些震耳欲聋的蒸汽打桩机和粉尘飞扬

1 指迪恩·马丁（1917—1995）和杰瑞·刘易斯，他们于1946年结成搭档，其舞台演出及电影风靡整个20世纪50年代。

的水泥搅拌机。

他很快明白，他没有资格去过更体面、更舒服和更富裕的生活。他想过电影业，这个想法的出现，只是因为一个酒吧女服务员认为他看上去有点像电影演员詹姆斯·迪安，但建筑工人们的一阵哈哈大笑使他丢掉了这个念头。况且他以为所有的电影明星都很高大，不知道他们大多数人的身高在五英尺九英寸之下。

体育运动能使一个孩子走出家乡，踏上成名成家和发财致富的道路，但由于频繁地转换学校，他从来没机会进入学校体育队。

任何要求正规学历和资格证书的工作都与他无缘。那就只剩下了工人阶级能够就业的其他行当：饭店服务员、旅馆行李生、汽车修理工、送货司机等等，但跟这些工作相比，他或许更愿意留在建筑工地。建筑工人繁重的体力劳动和潜在的危险性，使他能够获得比其他大多数工作更多的报酬。

或者还可以从事犯罪勾当。在新泽西州的码头附近或建筑工地里生长的人不会不知道，参加黑帮、从事有组织的犯罪，能够过上一种住高档公寓、开豪华轿车和玩漂亮女人的生活，而且极少会被抓进去坐牢。他不是意大利裔的美国人，这使得他不能成为黑手党的正式成员，但黑帮里也有干得很出色的盎格鲁–撒克逊人[1]。

十七岁时他离开了学校，第二天就开始在他父亲的建筑工地上干活了，那是在卡姆登郊外的一个公共住宅小区项目。一个月后，推土机司机病倒了，没有替换人员。这是一项技术工作。加尔文看了一会儿驾驶室内部。他能看懂。

“我能干这工作。”他说。工头犹豫不决：这是违反安全规定

1　盎格鲁–撒克逊人泛指北欧地区的白种人，包括英、德、比、荷、斯堪的纳维亚人等，他们大都金发碧眼、肤色较白，且信奉新教，与地中海地区的意大利人在人种、宗教和肤色等方面有较大的区别。

的。如果有安全检查员碰巧过来巡视，工头将因此而丢掉饭碗。但另一方面，堆积如山的泥土需要搬运移走，整个小组的工人正在旁边待命。

“里面可是有许多操纵杆呀。”

“相信我吧。”男孩说。

他花了二十分钟时间熟悉哪根杆子起什么作用。他就这么开始开推土机了，这意味着有一份收入，但还不算一份事业。

一九六八年一月他满十八岁时，越共发动了“春节攻势”。当时他在卡姆登市内的一个酒吧里看电视。在新闻结束并插播几条广告之后，开始播放由军方录制的一条征兵启事。该启事提到，如果你表现好，军队会为你提供一次受教育的机会。

第二天，他走进设在卡姆登的美军办事处说：“我要参军。”

那时候，每一位年满十八岁的美国青年都有义务服兵役。但大多数青年以及他们的家长都想极力逃避。坐在办公桌后面的那位军士长伸手索要征兵证。

“这个我没有，”加尔文·德克斯特说，“我是志愿要求参军。”这引起了他们的注意。

军士长抽出一张表格向他推了过去，一边死死地盯着他，好像一只追猎的雪貂不肯让这只野兔逃走。

“哦，好的，小伙子。这么做很聪明。是听了一位老者的忠告吧？”

“是的。”

“干上三年，而不是要求的两年，就有机会得到更好的职位和更多的职业选择。”他俯身向前，似乎是在透露一项国家秘密，“干三年，说不定你还能避开越南呢。”

“可我正想去越南。”穿着沾满尘土的工作服的小伙子说。军士长考虑了一下这句话。

“好吧。”他慢慢地说。他也许想说，“真是不识时务。”但实际上他说出来的是：“举起你的右手宣誓……”

三十三年后，这位以前戴过安全帽的人把四只橙子塞进榨汁机，再次用毛巾擦了一遍他湿漉漉的头发，拿上那叠报纸，端着果汁走到客厅。

他先看那本专业技术杂志。《经典飞机》并不是一份发行量很大的刊物，在彭宁顿村需要办理专门的订阅手续才能够看得到。这份杂志是专为那些喜爱经典飞机和二战期间飞机的读者服务的。跑步者翻到广告部分去看招聘启事。他停下来，那杯果汁举在了离嘴边不远的半空中。他放下玻璃杯，又把那条启事读了一遍。启事写道：

诚招复仇者。报酬无上限。有意请来电。

如果是太平洋战争时期的格鲁曼“复仇者”鱼雷轰炸机，那不是用钱就可以买到的，它们只出现在博物馆里。所以，有人已经发现了联络代码。还附有一个号码。那肯定是一个手机号码。

这一天是二〇〇一年五月十二日。

第二章

受害人

里基 · 科伦索可不是生下来就注定要在二十岁时死于波斯尼亚-黑塞哥维那（波黑）的一个粪池里的。他的生命不应该那样结束。他理应住在美国，获得大学学位，娶妻生子，自由自在地追求幸福，过上体面的生活。事情出了差错，因为他太善良了。

早在一九七〇年，一位叫阿德里安 · 科伦索的年轻聪明的数学家，当上了华盛顿郊外乔治城大学的数学教授。当时他才二十五岁，能评上这种职称算是相当年轻的了。

三年后，他在加拿大多伦多举办一个夏季讲座。在听课的人群中，有一个非常漂亮的女学生，叫安妮 · 埃德蒙。虽然她几乎听不明白他的讲座，但为他神魂颠倒，于是通过密友安排了一次见面。

阿德里安 · 科伦索从来没有听说过她的父亲，这使她又惊又喜：她已经有五六个追猎财富的求婚者了。在返回旅馆的汽车里，她发现他不但精通微积分运算，而且接吻也很有水平。

一星期后，他飞回华盛顿。埃德蒙小姐可是说一不二的。她辞去工作，在加拿大领事馆找到一份闲职，在威斯康星大道旁边租妥一套公寓，带着十件行李跟过来了。两个月之后，他们结婚了。婚礼在加拿大安大略省温莎市成了轰动一时的事件，随后小夫妻去美属维尔京群岛的卡尼尔湾度蜜月。

作为嫁妆，新娘的父亲在内布拉斯加大街旁边的福克斯路上购置了一座很大的乡间别墅。因为处于乔治城郊外，这个地段很宁静也很抢手。这栋大别墅自带一块树木茂盛的地皮，有五千多平米，还配有游泳池和网球场。新娘从娘家得到的津贴能维持这份房地产的日常维修保养，而新郎的薪水则用于家庭的其他开销。他们在爱巢里安顿下来了。

儿子理查德·埃利克·史蒂夫，于一九七五年四月出生，不久即被昵称为里基。

与几百万其他美国青年一样，里基在一个安全的、充满爱的家庭里长大，做着所有男孩们做的事：参加夏令营，着迷于年轻姑娘和跑车，担心学习成绩和临近的考试。

里基没有他父亲那么聪明，但也不笨。他承袭了父亲古怪的微笑和母亲俊美的长相。认识他的人都说他是一个好青年。如果有人求助于他，他会尽最大的努力。但他决不应该去波黑。

他于一九九四年高中毕业，并被哈佛大学录取，来年秋季入学。那年冬天他在电视里看到，在一个叫波黑的遥远的地方，发生了残忍的种族清洗，之后难民们状况悲惨，各种救援计划应运而生。他决心要以某种方式提供帮助。

他的母亲哀求说他应该留在美国；如果他真的要尽一分社会责任，美国当地就有援助项目。但他看到的被洗劫一空的村庄、饥寒交迫的孤儿和愁容满面的难民，深深地触动了他。必须去波黑。里基恳求他能获准参与救援。

父亲打了几个电话后了解到，国际性救援机构联合国难民事务高级专员公署，简称联合国难民署，在纽约有一个很大的办事处。

到一九九五年初春，原南斯拉夫联邦四分五裂，三年的内战使得波黑共和国千疮百孔。联合国难民署在那里投入了很大的力量，派去了大约四百名“国际援助人员”，还有几千个当地招募的工作人员。在现场负责装备的，是一位蓄着大胡子的精力充沛的前英国军人，名叫拉里·霍林沃思。里基在电视里见过这个人。于是他去纽约的办事处询问有关报名手续。

纽约办事处的人很和善，但不够热情。业余救援者的申请书如雪片般飞来，登门的人每天有几十个。因为是联合国的机构，申请手续繁琐，六个月的官僚主义运作，送进来的表格已经能压断皮卡车的弹簧了。里基秋季要去哈佛上学，到头来很可能会遭到拒绝。

几经努力都遭失败的里基垂头丧气，午饭时分他坐电梯下楼时，一位中年女秘书朝他露出了友善的笑容。

“如果你真的想去那里提供帮助，你就必须先去设在萨格勒布的区域办事处，”她说，“他们在那里接收救援人员。现场的手续相当简便。”

克罗地亚曾经是正在分崩离析的南斯拉夫的一部分，但已经获得了独立，现在是一个新的国家，许多机构都在它的首都萨格勒布设有办事处。联合国难民署是其中一个。

里基打了一个长途电话给父母亲，得到了他们的勉强同意，从纽约经维也纳飞到了萨格勒布。但回答依然相同：填表格，优先招收长期人员。假期来帮忙的业余人员给难民署带来的责任很多，但贡献甚少。

“其实你可以去试一试非政府机构，”那位乐于助人的地区办事处主任建议说，“他们就在隔壁的咖啡馆里碰面。”

联合国难民署是世界性救援机构，但绝不是唯一一家。救灾是一个产业，而且对许多人来说是一个职业。除了联合国和一些政府的努力，还有很多非政府组织。在波黑，有三百多个非政府组织在实施救援。

有几个组织的名字是人们耳熟能详的："拯救儿童"（英国的）、"喂养儿童"（美国的）、"关心老人""战争救济""无国界医疗队"——他们都到了那里。有些是教会机构，有些是世俗的，还有许多小机构是临时成立的——在电视上看了连续不断的波黑内战报道后就过来了。最小的团体，只有两个身强体壮的小伙子，他们在家乡的酒吧里募捐，然后驾着一辆卡车穿越欧洲一路过来。要进入波黑中心地带，萨格勒布是必经之地。

里基找到那家咖啡馆，要了一杯咖啡和一杯东南欧地区的烈性梅子酒以抵御三月的寒风。他朝四周打量着，寻找着可能的联络人。两个小时后，一个留着胡子、身材结实得像一辆卡车的人走了进来。他穿着一件格子风衣，点了一杯咖啡和一杯法国白兰地。根据他的口音判断，应该是来自美国南卡罗莱纳或北卡罗莱纳，于是里基走上去做了自我介绍。他遇上了好运气。

那人叫约翰 · 斯莱德，负责一个小型的美国慈善机构"面包和鱼"的救济物品调派和分发。"面包和鱼"是最近成立的一个分支，总部叫"救世之路"，是南卡罗莱纳州的查尔斯顿市一个宗教背景的慈善机构。斯莱德听了里基的自我介绍。

"你会开卡车吗，小伙子？"

"会。"里基回答。其实这话不太真实，但里基认为一辆大型越野吉普车应该与一辆小型卡车差不多。

"你会看地图吗？"

"当然会。"

“那么你想挣一份高工资吗？”

“不想。我有外公给我的津贴。”

约翰·斯莱德眨了眨眼睛。

“你什么也不想要？只是来帮忙？”

“是的。”

“好，你被录用了。我从事的是一个小规模的行动。我去购买救济食品、衣物和毯子等等，在现场采购，主要是在奥地利。我驾驶卡车把它们运往萨格勒布，加满油，然后继续前往波黑。我们的总部设在特拉夫尼克。那里有成千上万的难民。”

“这正适合我，”里基说，“我会支付自己的费用。”

斯莱德把尚未喝完的白兰地往前一推。

“我们走吧，小伙子。”他说。

他开的是一辆德国制造的哈诺玛格十吨卡车。在抵达国境之前，里基熟悉了驾驭它的窍门。开到特拉夫尼克花了十个小时，其间他们轮流驾驶。当他们到达位于城镇郊外“面包和鱼”租的院子时，已经是半夜时分了。斯莱德扔给他几条毯子。

“在驾驶室里过夜，”他说，“明天早上我们给你安排一间宿舍。”

“面包和鱼”的救援行动确实是小规模的。还有第二辆卡车，由一个说话不多的瑞典人驾驶，现在正要出发去北方接运更多的供应品；有一个小小的合用的院子，周围围着一道铁栅栏以防小偷；一个由移动式工作间改装的狭小的办公室；一间被称为仓库的棚屋，里面堆放着已经卸下、尚未分发出去的救济食品；还有三名当地招聘的波斯尼亚工作人员。再加上两辆新的黑色丰田越野吉普车，用于配送少量救济品。斯莱德把里基介绍给了其他同事。下午时，里基被安排住进了城里的一位波斯尼亚寡妇家里。为解决来回的交通问题，他买了一辆破旧的自行车，用的是他藏在腰带里的钱。约翰·斯莱德注意到了这条皮带。

“是否介意告诉我，你腰带里藏了多少钱？”他问道。

“我带了一千美元，”里基信任地说，“以备应急时使用。”

“嗯。但千万不要在别人面前张扬，要不然你真的会遇上紧急情况。这里的人得到这些钱能用上一辈子呢。”

里基答应会多加小心。他很快发现，波黑不存在邮政系统，因为波黑不是一个独立的国家，而原南斯拉夫的邮政系统已经瘫痪了。约翰·斯莱德告诉他，驾车去克罗地亚和奥地利的司机会为大家寄发信件和明信片。里基在维也纳机场买了一大叠明信片扔在帆布包里。他拿出一张写了个快信。那位瑞典司机把明信片带到北方去寄发。一星期后，科伦索夫人在美国收到了它。

特拉夫尼克曾经是一座繁荣的集镇，居民有塞尔维亚人、克罗地亚人和波黑穆斯林。不同种族的存在可以从不同的教堂看出来。镇子里有一座克族人的天主教堂，克族人已经离开了；一座塞族人的东正教堂，塞族人也已经走了；以及十几座穆斯林清真寺。穆斯林占人口大多数，他们现在仍被称为波斯尼亚人。随着内战的到来，多年来友好相处的三个种族分裂了。各地发生了一起又一起的大屠杀，所有种族间的信任全都消失得无踪无影。

塞族人离开了，退到了俯视特拉夫尼克的弗拉西奇岭的北部，越过拉斯瓦河谷，进入到河谷对岸的班亚-卢克。

克族人也被迫出走，他们大多数去了南方十英里远的维特茨。这样，形成了三个独立的种族堡垒。每个地盘都有各自的难民蜂拥而入。

全世界的媒体把塞尔维亚人说成是这些大屠杀的刽子手，尽管人们也看到过一些孤立的塞族村庄同样遭到了屠杀和洗劫。归罪塞族人的理由是，在原南斯拉夫，塞族人拥有对军队的控制权；当国家分裂时，他们夺取了百分之九十的重武器，这使得他们有了绝对的武力优势。

同样，克罗地亚人在屠杀他们地盘里的少数非克族人时，并不显得心慈手软，而且克罗地亚得到了德国总理的不负责任的提前承认，从而使得他们能在国际市场上购买武器。

波斯尼亚人基本上没有武器，并在欧洲政治家们的忠告下维持着这种状态。结果，他们遭受了最多的迫害。

一九九五年暮春，美国人对隔岸观火感到厌烦和恼火了，决定使用武力教训塞族人，并迫使各派坐到俄亥俄州代顿的谈判桌边。《代顿协定》将在那年的十月得到执行。里基·科伦索将看不到那一天。

里基抵达特拉夫尼克时，从山对面塞族人阵地上发起的炮击已经基本上停止了。大多数建筑物的墙上贴着木板，如果遭到枪击，木板会被击成碎片，但房屋得以保全。许多窗户上的玻璃已经不见了，遮着塑料布。那些色彩绚丽的清真寺倒没有遭到直接打击。城里两座最大的建筑物——中学的体育馆和曾经很著名的音乐学院——挤满了难民。

由于无法去附近的乡间，从而无法去种庄稼，三倍于原人口的难民依赖于援助机构才能幸存下来。那就是“面包和鱼”和其他十几个小型的非政府机构发挥作用的地方。

两辆吉普车的任务排得很紧，满载着五百磅的救济品，还要长途跋涉去周边村庄，那里比特拉夫尼克市中心更需要救援。里基同意驾驶吉普车把救济粮食运往南方的山区。

从一开始他在乔治城家里的电视荧屏上看到人类受苦受难，到他来到这里，已经有四个月了。现在他很高兴，他正在做着他想做的事情。当他把一袋袋小麦、玉米、奶粉和汤料运进一个已经断粮一个星期的孤立村庄时，那些古铜色脸庞的农民和睁着大眼睛的孩子们，深深地打动了他。

他相信，他这是在以某种方式回报仁慈的上帝让他生为一个美国人的恩情。

他不会说南斯拉夫的通用语言——塞尔维亚-克罗地亚语，也不懂波斯尼亚的方言。他对当地的地理一点也不了解，搞不清楚哪些山路通向何方，以及哪里安全、哪里有危险。

约翰 · 斯莱德让一个波斯尼亚当地的工作人员法蒂尔 · 苏勒耶曼与他搭档。那是一个年轻人，在学校里学过英语，可以当他的向导和翻译。

整个四月份和五月的上半月，里基每星期寄一封信或一张明信片给他的双亲。借着同事去北方装运救济品的机会，这些贴着克罗地亚或奥地利邮票的信件，虽多少有些延误，但都抵达了华盛顿郊外的乔治城。

五月的第二个星期，里基发现自己单独一人在负责整个中转站。那个瑞典人拉森，在驾车行驶在国境以北至萨格勒布的一条孤独的山路上时，汽车发动机出了故障。约翰 · 斯莱德驾着一辆越野吉普车去解救他，还要把那辆卡车拖到修理厂去。

此时，法蒂尔 · 苏勒耶曼请里基帮一个忙。

与特拉夫尼克地区成千上万的其他人一样，当战火蔓延过来时，法蒂尔也被迫逃离了家园。他解释说，他家是在弗拉西奇岭一条峡谷边的一个小农场。他非常想知道那里现在成了什么模样，是被烧毁了还是幸免于难？战争开始时，他父亲把家里的值钱东西埋在了一个谷仓的地下。它们仍在那里吗？总之，三年来他能不能第一次去探访一下他父母的家？

里基爽快地同意放他的假，但问题不止这个。由于下过春雨，山路上泥泞不堪，只有越野车才能开过去。这意味着需要借用那辆吉普。

里基举棋不定了。他想提供帮助，而且汽油费可以由他来承担。但那里的山区安全吗？塞族巡逻队曾经翻越过去，用他们的大炮猛轰山下的特拉夫尼克。

那是一年前的事情了，法蒂尔解释说。他父母那座农房所在的南坡现在是安全的。里基犹豫不决，他被法蒂尔的恳求打动了；他从来不知道失去了家园会是什么样子。他同意了，但有一个条件：他也一起去。

事实上，在明媚的春光下，这是一次愉快的出行。他们出了城镇，在朝顿耶瓦库夫的那条主路上行驶十英里之后，转向右边。

道路开始爬升，接着变成了一条土路，然后继续爬升。到处是长着绿叶的山毛榉、桉树和橡树。里基认为，这里的景色简直如同他曾经随学校野营团去露营过的谢南多亚。在道路的拐弯处，汽车开始打滑，里基承认，如果不用四轮驱动他们是无法在这里行驶的。

橡树林消失了，代之以针叶林。在五千英尺的高山上，他们进入了一条峡谷。这个地方相当隐秘，从远处山下的路上是看不见的。在峡谷的中间，他们找到了那座农房。只有石砌的烟囱幸存下来，其余的已被烧毁，洗劫一空。几座坍塌的谷仓没有遭到火烧，依然耸立在那个老旧的牛棚旁边。里基看了一眼法蒂尔的脸说："我很抱歉。"

他们在黑乎乎的烟囱旁下了车。里基等在旁边，看着法蒂尔穿过湿漉漉的废墟，在他从小长大的地方的残留物上东踢踢西踢踢。里基跟着他走过牛栏，走过一个因为下过雨而涨满了污水的粪池，来到那几个谷仓旁，他父亲埋的东西也许还在那里。这时候他们听到了一阵沙沙声和呜咽声。

两人在一张散发着异味的湿淋淋的油布下面发现了一群孩子。共有六个，四个小男孩和两个女孩，惊恐地互相挤在一起，年龄在四岁至十岁不等。年纪最大的那个女孩显然充当了代理母亲和头头的角色。看到两个男人在盯着，他们吓坏了。法蒂尔开始轻柔地说话。过了一会儿，那个女孩回答了。

“他们来自于高利察，意思是‘小山’，是沿着山路过去、离这里大约四英里的一个小村子。我知道那个地方。”

“发生了什么事？”

法蒂尔又用当地的方言说了。女孩回答后哭了起来。

“他们来过了，塞族人，准军事组织。”

“什么时候？”

“昨天晚上。”

“怎么了？”

法蒂尔叹了一口气。

“那是一个很小的村庄，只有四户人家，二十个成年人，十二个孩子。现在完了，全都死了。开火时，他们的父母亲大喊着要他们赶快跑。于是这些孩子趁着天黑逃了出来。”

“那么，他们全都是孤儿？”

“全是。”

“上帝呀，这是一个什么国家呀！我们必须让他们上车，带他们下山。”里基说。

他们引领孩子们走出那个谷仓，进入到灿烂的春天阳光下。林中鸟儿在歌唱。这是一个美丽的山谷。

在树林的边缘，他们看见了那帮人。一共是十个人，还有两辆涂着迷彩伪装色的俄罗斯产加斯吉普车。那些人穿着迷彩军服，而且全副武装。

三个星期后的一天，安妮·科伦索夫人检查了邮箱，里面又是空空如也，她拨通了加拿大安大略省温莎市的一个电话号码。第二次响铃之后有人来接听了。是她父亲的私人女秘书的声音。

“嗨，琼，我是安妮。我爸爸在家吗？”

“他当然在，科伦索夫人。我马上把你的电话接过去。”

第三章

巨富

空军A小队的棚屋里有十位年轻的飞行员，隔壁的B小队另有八位。外面机场碧绿的草地上停着几架飓风战斗机。驾驶舱后面的庞大机身，使得它们看上去像是驼背蹲伏在那里。它们已经不是新飞机了，机身上的一块块金属补丁表明，过去的两星期里它们曾在法国上空的战斗中受过伤。

一九四〇年六月二十五日这一天，棚屋里面的气氛，与英格兰诺福克郡科尔蒂绍机场温暖的夏日阳光形成了最强烈的对比。被简称为加拿大中队的皇家空军第242中队的士气，低落到了最低点。这当然是有原因的。

在第二次世界大战的西线战场，几乎自第一炮打响起，242中队就一直在参加战斗。法兰西战役中，从法国东部国境至英吉利海峡，他们打得很艰苦，但没能获胜。当希特勒的闪电战机器滚滚向前把法国军队打得落荒而逃时，这些飞行员们努力去阻挡德军的进攻洪流，但在他们驾机升空的时候，基地已经撤到了更远的后方。

他们不得不自己去寻找食物、住处、备用零件和油料。经历过撤退的战士们知道，最能描述这种场面的形容词是“混乱不堪”。

越过海峡撤回到英国以后，他们在敦刻尔克的沙滩上空参加了第二次战役。在他们的身下，英军试图挽救遭受的惨败，幸存的军人抓住一切能够漂浮的物体泅回英格兰。

当最后一名英国兵撤出那片可怕的海滩，最后一批在外围打掩护的战士被德军抓走，这些加拿大飞行员已经筋疲力尽。他们遭到了可怕的损失：九人战死，三人受伤，另三人在跳伞后成了俘虏。

三个星期后他们仍窝在科尔蒂绍，缺少备用零件和工具——全都遗弃在法国了。他们的指挥官戈比尔少校已经病了几个星期，一时不会返回指挥岗位。英国人答应马上给他们派一名新的指挥官过来。

一辆小型敞篷跑车从机库之间出现，停在了机组人员的这两座小木屋附近。一个男人有点吃力地爬了出来。没人上去招呼他。他步履蹒跚地走向A小队。几分钟后，他从那里出来，走向B小队的棚屋。加拿大飞行员们在窗口边注视着他，对他两脚分开一摇一摆走路的样子很是惊讶。门打开了，他出现在门框里。他的肩章表明他的军衔是空军少校。没人站起来迎接他。

“这里由谁负责？”他厉声责问。

一个身材结实的加拿大人站直了身子。在距他几英尺的地方，史蒂夫·埃德蒙蜷缩在一把椅子里，用一种迷惑的神情打量着这位新来者。

“我想应该是我吧。”斯坦·特纳说。这时候才是战争的初始阶段。斯坦·特纳已经获得了两枚军功章，他最后将得到总共十四枚奖章。

这位新来的英国军官瞪着一双愤怒的蓝眼睛，转过身子摇摇晃晃地走向一架飓风战斗机。加拿大人都从棚屋里涌出来观看。

"简直难以相信，"约翰尼·拉塔向史蒂夫·埃德蒙咕哝着，"英国佬给我们派来了一个没有双腿的指挥官。"

这是真的。这位新来者正在用两条假肢跌跌撞撞地走路。他爬进那架飓风的座舱，发动劳斯莱斯引擎，转到顶风方向后就起飞了。在之后的半个小时里，他驾着战机做完了每一个已知的空中杂技动作，还做了几个教科书上所没有的漂亮的惊险动作。

他本身很棒，在战前坠机事故失去双腿之前，他曾经是一位空中杂技英豪；另一方面，因为他没有双腿，他更棒了。当飞行员在紧急转弯或紧急俯冲的时候（空战时这些动作非常重要），重力全加到了他自己的身上。其结果是驱使血液从上身往下体流动，导致飞行员眩晕。但因为这位飞行员没有双腿，血液不得不留在上体，靠近脑部，现在全中队都看到了，他能完成比所有人都更小更急的转弯动作。最后他让飓风战机着陆，爬出驾驶舱，摇摇摆摆地走向那些静默的加拿大人。

"我的名字叫道格拉斯·巴德，"他告诉他们，"我们将成为整个空军中的王牌中队。"

他说到做到。在法兰西战役失利和敦刻尔克大撤退之后，又一场血战正在逼近：被称为空中英雄的德国空军元帅戈林，已经向希特勒许诺入侵英国必胜无疑。不列颠战役是空中争夺战。这场战役结束前，每次空中战斗都由他们的无腿指挥官一马当先，加拿大242中队创下了最佳击落与损失比的战绩。

到深秋时，德国空军无心恋战，退回到法国去了。希特勒把戈林怒骂一顿，然后把注意力转向了东方的苏联。

在一九四〇年夏季六个月内发生的三大战役——法兰西战役、敦刻尔克战役和不列颠战役中，这些加拿大人击落德军八十八架战机，其中单是不列颠战役就击落敌机六十七架。但他们也损失了十七位飞行员，都是在战斗中牺牲的，除了三个，其他都是加拿大人。

五十五年后，史蒂夫·埃德蒙从办公室书桌旁站起来，如同他多年来做过无数次的那样，穿过房间，走到墙上的那张照片面前。照片并没有包含与他一起驾机飞行过的所有战友；有些人在新人到来之前死去了。照片上是战争白热化阶段的八月下旬，一个炎热晴朗的日子里，在达克福与他并肩战斗的十七位加拿大人。

差不多所有的人都走了。大多数死在了战场上。这些十九岁到二十二岁之间的年轻小伙子们，从照片里向外凝视着。他们欢乐，活泼，憧憬未来的生活，刚刚跨进人生的门槛，然而他们大都注定无法看到以后的人生。

他凑近去看。本齐，他的僚机飞行员，在拍下这张照片两星期后的九月七日，在泰晤士河口上空被击落身亡。索兰德斯，来自纽芬兰的小伙子，死于次日。

在照片里并肩站在一起的约翰尼·拉塔和威利·麦克奈特，于一九四一年一月在比斯开湾上空双双阵亡。

“你是我们中间最优秀的，威利。”这位老人咕哝着说。威利·麦克奈特是王牌飞行员，是天生的空中英雄：在刚上战场的起初十七天里，创下了击落九架敌机的赫赫战绩。他死去时，共赢得了二十一次空战的胜利，他才初出茅庐十个月，年仅二十一岁。

史蒂夫·埃德蒙幸存下来了，现在是一位老人，也是一位富人，起码是加拿大安大略省最富有的矿业商人。但这么多年以来，他一直把这张照片挂在墙上：当他居住在一间简陋棚屋里、与一把鹤嘴锄相伴时，当他首次成为百万富翁时，尤其是当《福布斯》杂志宣布他为亿万富翁时。

他保存这张照片的目的在于提醒自己，我们称之为生命的那种东西是何等脆弱。回顾过去时，他常常纳闷自己是怎样幸存下来的。一九四一年十二月，他第一次在战斗中被击落。他还躺在医院里时，242中队开赴远东。康复之后，他被派往培训中心担任飞行教官。

他对这种安排极为恼火，于是多次去找上级领导，强烈要求重返前线。最后，他被及时地允许参加诺曼底登陆战，驾驶攻击地面目标的新型台风战斗轰炸机。这种战机功率强大，速度极快，是一种可怕的坦克杀手。

他第二次被击落是在德国雷马根附近，当时美军蜂拥般地渡过了莱茵河。他与十几架英国的台风战斗机一起在前方为盟军提供空中掩护。飞机发动机被击中起火后，他用最后的几秒钟时间拉起机头提升高度，打开座舱罩，在飞机爆炸之前跳了出去。

由于低空跳伞着陆力度很大，他的双腿摔断了。他躺在雪地上，因疼痛而神志昏迷。他朦胧地感觉到一大群圆圆的钢盔在朝他跑过来。他清楚地知道德国人对台风战机的刻骨仇恨，而且一支精锐的党卫军装甲师刚刚被他炸成了碎片。

一个模糊的人影停下来俯视着他。一个声音说："喂，看看我。"他宽慰地舒了一口气：希特勒的精英部队里可不会有人会说带有密西西比口音的美国腔英语。

美国人给他打上一针吗啡，把他送回莱茵河对岸。之后，他被安排飞回英国。他的双腿被妥善地固定好之后，医生们认为他不应该再占用前方伤员所需要的床位了，于是他被送到了英格兰南海岸的一座疗养院。他在那里等待康复，最后被遣返回加拿大。

他喜欢疗养院所在的迪尔伯利庄园。这是几座散落的历史味很浓的都铎时期建筑物，里面有碧绿的草坪和漂亮的护士。那年春天他二十五岁，是一名空军中校。

病房由两名军官合用一间，但直到一星期之后他的室友才到。跟他同样年纪，美国人，没穿军装。左臂和左肩碎裂了，是在意大利北部的一次交火时受伤的。那是在敌人后方，意味着是秘密军事行动，所以他是特种部队战士。

“嗨，”新来者说，“我叫彼得·卢卡斯。你会下棋吗？”

史蒂夫·埃德蒙生长在安大略省一个艰苦的矿区，于一九三八年加入皇家加拿大空军，以逃避因为国际市场不需要镍而引起的矿产业萧条和失业。其实稍后，这种金属被用在他驾驶的每一架飞机的航空发动机上。卢卡斯生长在新英格兰州的上层社会，从一降生起就生活得无忧无虑。

两个年轻人坐在草坪上，中间放着一张棋盘。这时候从大厅的长方形窗户里传来了英国BBC电台的新闻广播，陆军元帅冯·伦德斯泰德代表纳粹德国刚刚签署了无条件投降书。那是一九四五年五月八日。

欧洲的战事结束了。美国人和加拿大人坐在草地上，想起了所有那些永远不能回家的朋友。将来在他们的回忆中，这是他们最后一次在公众场合哭泣。

一星期后，他们分别了，回到各自的祖国。但从此他们建立了一种牢不可破的终生友谊。

当史蒂夫·埃德蒙回家时，加拿大变了，他自己也变了。一个战斗英雄回到了一个经济蓬勃发展的国家。他来自于萨德伯里盆地，他回到的也是这个盆地。他的父亲以及祖父都是矿工。自从一八八五年起，加拿大人就在萨德伯里附近开采铜矿和镍矿。埃德蒙家庭一直在此从事矿业。

史蒂夫·埃德蒙发现，空军给了他一份优厚的退伍安置费，于是他用这笔钱去上大学。他是他们家的第一个大学生。自然，在大学里他主修采矿工程，辅修冶金学。他发奋学习，这两门专业课的成绩一直在班级里名列前茅。一九四八年毕业时，他立即被盆地里的一家大公司——国际镍矿公司抢了过去。

成立于一九〇二年的国际镍矿曾让加拿大成为世界镍金属的主要供应国，公司的重点是在安大略省萨德伯里以外的大矿床。埃德蒙加入公司当了一名见习采矿经理。

史蒂夫·埃德蒙本可以一直担任一名采矿经理，居住在萨德伯里郊外一座舒适但质量一般的木板房屋里，但他那躁动不安的内心总是在告诉他，应该还有一种更好的活法。

大学老师教过他，基本的镍矿，亦即硫镍铁矿，也含有其他元素。铂、钯、铱、钌、铑、碲、硒、钴、银和金，也存在于硫镍铁矿之中。埃德蒙开始钻研稀土金属、它们的用途和市场对它们的潜在需求。其他人都不想去搞。这是因为它们的含量非常微小，把它们提取出来很不经济，所以它们留在矿渣堆里。当时极少有人知道什么是稀土金属。

几乎所有发财致富的故事都依赖于一个出色的好主意，以及着手去做的勇气。艰苦工作和运气当然也有帮助。当其他年轻的采矿经理们在关心大麦的收成、盼着能多喝几杯啤酒时，史蒂夫·埃德蒙的好主意是回到实验室里去。他所研究出来的成果，就是今天我们所知的“压酸滤取法”。

这种方法的基本流程是把微量的稀土金属从矿渣中溶解出来，然后再让它们重新构成金属。

假如他把这个科研成果交给公司，他顶多会得到上司的一句赞扬，也许还能品尝到一顿美味佳肴。然而他辞去工作，坐上火车的一个三等席位去了多伦多，去找专利局。那一年他三十岁，踏上了开始创业的道路。

他当然借了钱，但不是很多，因为他开发的项目不需要很多启动资金。当硫镍铁矿被提取了镍，或者至少已被提炼得失去了经济价值后，矿业公司留下了巨大的矿渣堆。矿渣是废物，是垃圾，没人要。但史蒂夫·埃德蒙要。他用极低的价格把矿渣买了下来。

他创立了埃德蒙金属公司，在多伦多股市被简称为埃米斯，而且股价持续上升。他从来不抛售，也从来没有听从银行和金融顾问们向他提出的冒险建议。这种做法，使他避免了大起大落，避免了泡沫，避免了毁灭。到四十岁时，他已经是一个几百万富翁了，到一九八五年六十五岁时，他成了亿万富翁。

他没有丝毫的张扬和炫耀，从来不忘本；他大力资助慈善事业，对政治敬而远之，是一个爱家的好男人。

多年来，确实有几个傻瓜认为他外表和善，可以欺负，千方百计地想骗他、坑害他。史蒂夫·埃德蒙的意志力如同他所操纵过的航空发动机一样坚强，而那些笨蛋发现这点的时候总是太晚了。

他只结过一次婚，是在一九四九年，正好是他做出重大发现的前夕。他和妻子菲伊相亲相爱，直至一九九四年运动神经疾病夺去了她的生命。他们有一个孩子，女儿安妮，生于一九五〇年。

到了老年，史蒂夫·埃德蒙依然一如既往地溺爱这个女儿，喜欢女儿在二十二岁时所嫁的女婿——乔治城大学学者阿德里安·科伦索教授，喜爱唯一的外孙里基。小伙子今年二十岁了，在上大学前离家去了欧洲的某个地方。

大多数时间里，史蒂夫·埃德蒙是一个心满意足的男人，他有理由感到满足。但有时候他也会伤感，寝食难安。这时候他就会穿过他在安大略省温莎市内那座高楼的顶层办公套间，去凝视照片里那些年轻的脸。来自遥远地方和很久以前的脸。

内线电话响了。他走回到书桌边。

“说吧，琼。”

“是您的女儿科伦索夫人从美国弗吉尼亚来电。”

“好的，把她接过来。”在转接电话时，他靠在了一把摇椅的椅背上。“嗨，亲爱的，你好吗？”

听着听着，笑容在他的脸上凝固了。他在椅子里坐直身体，又向前倾，靠在桌边上。

“你说的‘失踪’是什么意思？……你打过电话了吗？……波黑？电话不通……安妮，你知道现在的年轻人是不写信的……也许邮件在那边耽搁了……是的，他是做过承诺……好吧，把这事留给我来处理。他在为谁工作？”

他拿过来一支笔和一本便笺，把她的口述内容写了下来。

“‘面包和鱼’。是这个名字吗？它是一个救济机构？发放粮食给难民。好的，那样的话，它就会列在名册上了。肯定能查到的。把这事交给我吧，亲爱的。好的，我一有消息就会告诉你的。”

放下电话后，他思考了一会儿，打电话给他的首席执行官。

“在你所雇用的年轻人中，有没有人懂得上因特网查询？”他问道。那位执行官被搞得一头雾水。

“当然了。许多人都会上网。”

“我要查找一个叫‘面包和鱼’的美国慈善机构，负责人的名字和私人电话号码。不，只要这些。我有急用。”

十分钟内，他得到了这些资料。一小时后，他与美国南卡罗莱纳州查尔斯顿市的某人通完了一个长途电话。那是个电视传教机构的总部，他不太喜欢的那种类型，以救世的名义从容易上当的人那里掠夺捐款捐物。

“面包和鱼”是那个华而不实的救世组织的分支机构，为当时饱受内战之苦的波黑难民募集基金。到底有多少美元送到了难民手中，又有多少美元落入了那个牧师的豪华车队之中，人们只能猜测了。但查尔斯顿的那个人告诉他，如果里基是作为志愿者在波黑为“面包和鱼”工作，那么他肯定是在一个叫特拉夫尼克的分发中心。

“琼，你还记不记得，两年前多伦多有一个人乡间别墅里两幅名画失窃了？这事件上过报纸。然后又找回来了。我在俱乐部里听人说，那人用了一个很隐蔽的私家侦探机构去侦查，并把名画追回来了。我要知道那人的名字。给我回电。”

这种信息肯定不是在因特网上能查得到的，但还有其他网络。琼·塞尔使用了她的关系网，她有位朋友是警察局局长的秘书。

“鲁宾斯坦？好的。给我接通鲁宾斯坦先生，不管他是在多伦多的家里还是在任何其他地方。”

这用了半个小时时间。这位艺术品收藏家正在参观荷兰阿姆斯特丹的国家博物馆，又一次去观赏伦勃朗的艺术大作《守夜人》。由于六个小时的时差关系，他在晚餐桌边被唤去接听电话。但他乐于提供帮助。

“琼，”在结束与荷兰的通话之后，史蒂夫·埃德蒙说，“打电话给机场。备妥那架格鲁曼飞机。现在。我要去伦敦。不，不是加拿大伦敦，是英国伦敦。日出时出发。”

那是一九九五年六月十日。

第四章

战 士

加尔文·德克斯特才刚刚完成对祖国尽忠的宣誓，就踏上了去新兵训练营接受基础操练的路。他用不着去很远的地方，迪克斯堡就在新泽西州。

一九六八年春天，成千上万的美国年轻人蜂拥般地参了军，百分之九十五的人是不情愿的。负责军训的军士们不敢掉以轻心。他们的工作是把这批理着短平头的年轻小伙子，在三个月后被送往各个连队之前，训练成为稍微像样点的战士。

新兵们来自于何方，他们的父亲是谁，他们的文化水平如何，都是无关紧要的。新兵训练营是除了死亡之外，最能使所有人一律平等的地方。对某些人来说，死亡后来才发生。

德克斯特是一个天生的反叛者，但他也比大多数人更具有小聪明。伙食很普通，但比他曾经待过的许多建筑工地的伙食要好一些，因此他狼吞虎咽地吃了下去。

与那些富家孩子不同，他对于集体宿舍里睡觉、敞着门洗澡、保持个人储物柜里的所有物品十分整齐这些要求完全没有意见。最重要的是，从来没有人跟在他屁股后面帮他收拾东西，所以他当然不会指望新兵训练营里会有这种事。而其他被伺候惯了的那些人，在一位瞪着眼睛的军士的监督下，经常被罚去操场里跑步或做俯卧撑。

除了这点，德克斯特觉得部队里大多数的规定和礼仪是没有意义的，但他很聪明，不会把这话说出来。可是他绝不服气，为什么军士们永远是对的，而他永远是错的。

志愿当兵三年的优点很快就显露出来了。在基础训练营里差不多相当于上帝的那些中士和下士们，很快就获悉了他的情况，于是对他另眼相看。毕竟，以后他将成为他们中的一员。而那些被父母宠坏了的富家男孩们则不会有好日子过。

两个星期之后，他第一次去参加评估小组对他的评定。被评定的人要坐到一个几乎从来没有见过的军官面前。面试他的是一位少校。

“有什么特长吗？”少校问道。这话他很可能已经问过一万次了。

“我会开推土机，长官。”德克斯特说。

少校审视了一下他的表格，然后抬起头来。

“你什么时候开过？”

“去年，长官。在走出校门之后，报名参军之前。”

“你的履历表明你今年刚满十八岁。那就是你十七岁的时候。”

“是的，长官。”

“那是非法的。”

“长官，先生，这事我很抱歉。我当时不知道。”

他可以感觉到旁边的那位坐得笔挺的下士正在努力忍住不笑出

来。但少校的问题也解决了。

“我想，你适合当一名工程兵。有反对意见吗？”

“没有，长官。”

在迪克斯堡，很少有人会含着热泪依依惜别。新兵训练营不是度假营。他们结束训练走出来了，挺着脊背，展着肩膀，理着平头，穿着二等兵军服，挂着装具袋，带着去各个连队报到的通行证。德克斯特被分配去密苏里州伦纳德伍德堡，参加高级技术培训。

那是基本的技术课程，不单单是驾驶推土机，而是驾驶所有装轮子或履带的机械，还有发动机修理、车辆维护；如果时间允许，还要学习另五十门课程。又过了三个月，他获得了军事工程技术证书，并被指派到肯塔基州诺克斯堡。

世人大都只知道诺克斯堡是美国联邦黄金储备基地，是每一个做着白日梦的银行抢劫犯所心驰神往的地方，是有许多图书和电影的文化中心。

但那里也有一个巨大的军事基地，还是装甲兵学院的所在地。任何这种规模的军事基地，总是有一些房屋要建造，一些坦克掩体需挖掘，或者一条壕沟要填平。德克斯特作为一名工程兵战士在诺克斯堡待了六个月，直到有一天被召唤到指挥官办公室去。

他刚刚过完十九岁生日，军衔是一等兵。那位指挥官看上去很严肃，似乎要传达亲人的死讯。德克斯特以为也许是他的父亲出了什么事。

“是越南。”少校指挥官说。

“好极了。”一等兵德克斯特说。

少校眨了好几下眼睛。

“哦，那就这样吧。”他说。

半个月后，加尔文·德克斯特收拾行装，告别同事，与十几个调派越南的士兵一起，登上了一辆大客车。一星期后，他走下一架C-5银河运输机的跳板，进入到又闷又热的西贡机场。

从机场出来，他坐在大客车前面的驾驶员旁边。“你是干什么的？”当军车在机库之间穿行时，下士司机问他。

“开推土机的。”德克斯特说。

“哦，我想你也会成为一个REMF，与我们这里的其他人一样。”

“REMF？”德克斯特问道。他以前从来没有听说过这个词语。

“后方混日子的（Rear Echelon Mother Fucker）。”下士回答。

德克斯特正在开始了解美军在越南的状况。来越南的美国大兵，十个里有九个从来没有见过一个越共，没有放过一枪一弹，甚至极少听见过枪声。在华盛顿倒影池旁边那座纪念碑上的五万个阵亡官兵，除个别的以外，都属于另外的十分之一。即使越南的炊事员、洗衣工和服务员组成第二支军队，美国人也会让九个大兵留在后方，只派一个去从林里打赢这场战争。

“你是哪个部队的？”下士又问。

“‘大红一师’，第一工兵营。”

司机发出一声尖叫，好像一只受到了惊吓的蝙蝠。

“对不起，”他说，“我告诉你，那是在莱溪，铁三角边缘。还好是你去那里，而不是我，朋友。”

“那里很糟吗？”

“但丁笔下的地狱，朋友。”

德克斯特从来没有听说过但丁，猜测他可能在另一个部队。他耸耸肩。

有一条路从西贡通往莱溪。那是十三号公路，经过富强，北上抵达铁三角东缘，到边葛，然后继续延伸十五英里。但是，美国大兵走这条路是很不明智的，除非有装甲车护送。即使这样，在夜间也还是很危险。因为那是一个森林密布的地区，到处埋伏着越共游击队。当加尔文·德克斯特抵达重兵防守的美军第一机械化步兵师，即“大红一师”的驻地时，他是坐直升机进去的。他再次把装具袋挂上肩膀，打听去第一工兵营营部的方向。

半路上他经过停车场，看到一个使他喘不过气来的东西。他拦住一个美国兵问道：“那是什么家伙？”

“猪爪，”那个战士简短地说，“用于地面清理。”

“大红一师”，与来自夏威夷的第二十五机械化步兵师“热带闪电”一起，要对付整个中南半岛最危险的地区——铁三角。那里的植被极其浓密，外来者要渗透进去异常艰难，而游击队在迷宫里神出鬼没，美军要开辟战场的唯一方法是清除丛林植被。

为此，美军已经研制出两种可怕的机械设备。一种是坦克推土机，那是一辆M-48中型坦克，前面装上一块推土机的推板。放下推板后，坦克开足马力向前推进，装甲炮塔可以保护里面的乘员。但还有一种，被称为“罗马犁”或“猪爪”，威力更大。

这是一种专门对付灌木丛、树木或岩石的极为残忍的机器。一台六十吨的D7E履带式车辆，配装着一块特殊铸造的曲面推板，它有着向前突出的硬质钢材制造的下缘，可以直接割裂一棵合抱三英尺的大树。

顶部的驾驶室里只设一个驾驶席位，上面有防护装置，防止坠落物体砸伤驾驶员，此外驾驶舱本身就可以抵挡狙击手的枪弹或游击队的突袭。

“罗马犁”或“猪爪”的作用，是使其所到之处永远无法再成为越共的藏身之地。

德克斯特走进营部办公室，立正敬礼，并做自我介绍。

“早上好，长官。一等兵加尔文·德克斯特前来报到，长官。

我是你们新的猪爪操作员，长官。”

坐在办公桌后面的那位中尉厌倦地叹了一口气。他的一年期限快要结束了。他已经断然回绝了延长期限。他讨厌这个国家，讨厌那些来无影去无踪但专门放冷枪的越共，讨厌炎热，讨厌潮湿，讨厌蚊子，讨厌阴部和屁股上反复长出来的痱子。在气温几近摄氏五十度的时候，他最不想见到的就是一个开玩笑的人。

但加尔文·德克斯特是一个坚韧的年轻人。他百般纠缠和要求，最后在他报到后两个星期，他分配到了一台罗马犁。他第一次可以去操纵它了。一位有经验的司机给他做了讲解，他听完后爬进那个高高的驾驶室，在步兵的配合下，驾着它进行了一整天的联合演习。他以自己的方式、更好的方式，操纵这台高大的机器。

他受到了一位工程兵中尉越来越频繁的关注。但那人的职责似乎不是把他留在工程兵部队。那是一个安静的人，说话不多，但善于观察。

“他很坚强，”一星期后，那位军官自言自语地说，“他骄傲自大，独来独往，也很聪明。让我们看看他是不是会被轻易地吓倒。”

大个子机枪手完全没有理由要去跟个子比他小得多的罗马犁司机争吵，但他故意挑起事端。这已经是他第三次与这位来自新泽西州的一等兵争吵了，眼看就要打起来了。但不能在公开场合打架，那是违反军规的。食堂后面有一块空地，两人约定天黑后要来这里用拳头解决他们之间的争端。

他们在车灯照耀下相会，一百多个战友围成了一圈，大都打赌小个子战士必输无疑。一般的猜测是，他们将看到乔治·肯尼迪与保罗·纽曼在电影《冷手卢克》中那场恶斗的重演。但他们猜错了。

没人事先提出过要遵守《昆斯伯里拳击规则》，那位小个子战士直接走向机枪手，突然转身一记重脚狠狠地踢在了对方的膝盖上。绕着单腿的对手走了一圈之后，这个推土机司机又在机枪手的腰上砸了两拳，还用一只膝盖猛顶他的腹股沟。

当大个子的头垂下来与他处于同一高度时，他挥起右拳，一下子打在对方左边太阳穴上。机枪手两眼一黑，倒在了地上。

“你打得不公平。”当德克斯特伸手去要奖金时，赌金保管员说。

“是不公平，可我也没输。”德克斯特说。在车灯照射范围之外，那位军官朝着两名宪兵点点头。于是宪兵走进去抓人了。后来，那个被打得一瘸一拐的机枪手得到了事先约定的二十美元。

对德克斯特的惩罚是三十天的单独囚禁，而且由于拒不说出对方的名字，他又被从重处罚。他在牢房里没有被褥没有席子的光石板上睡得很香，当有人用一只金属勺子在他的铁门上敲打时，他还在睡觉。那是黎明时刻。

“起来，当兵的。”一个声音说。德克斯特醒过来了，一骨碌爬下石板，站成了立正姿势。那人的领章上佩有一条银杠，是个中尉。“三十天待在这里很枯燥吧。”那军官说。

“我没事，长官。”前一等兵德克斯特说。现在他已被贬回到二等兵。

“现在你可以走了。”

“我认为这事是有个缘由的，长官。”

“哦，是的。你抛开那些笨重的机器，来参加我的部队。然后我们来看看，你到底是不是像你自己所认为的那么厉害。”

“你的部队，长官？”

“他们叫我六号老鼠。我们走吧？”

军官签字放出这个囚犯。他们在整个第一师那间最小、最隐蔽的餐厅里，边吃早饭边继续交谈。未经许可，任何人不得进入这个餐厅。当时，里面有十四个人，加上德克斯特后是十五个。但这个人数将在一星期后因两名战士牺牲而减为十三个。

这个小型俱乐部又被称为“私制劣质酒”，门上有一个古怪的图案，是一只啮齿动物，长着一张咆哮的脸和一条男性生殖器般的舌头，一手拿着一支枪，另一手提着一瓶酒。加尔文·德克斯特加入了地道老鼠部队。

六年来，虽然人员排序经常变换，地道老鼠们一直从事着越南战争中最肮脏、最危险和最可怕的任务，然而他们的任务绝密，人数又如此之少，所以当今的人们，即使是美国人，都几乎从没听说过他们。

他们最多时有三百五十人：“大红一师”工兵的一支小部队，加上“热带闪电”（第二十五师）的一支同等的小部队。其中有一百个人永远没能回家。另外大约一百个人神经崩溃了，尖叫着被拖离战区，送进医院去进行创伤治疗，永远也不能参加战斗了。其余的返回了美国，由于天生是沉默寡言的孤独者，他们极少提起他们做过的事情。

美国是最喜欢宣扬战斗英雄的，但也并没有向他们颁发奖章或奖状。他们悄悄地来，做了他们做的事，因为这事不得不做，然后又悄悄地回去了。他们这个故事的开始，全是因为一名中士屁股被刺痛而引起的。

美国不是越南的第一个侵略者，只是最后一个。在美国人之前是法国人，他们在越南的东京省（北部）、安南省（中部）和交趾支那省（南部），还有老挝和柬埔寨，进行过殖民统治。

日本人随后入侵，在一九四二年赶走了法国人。一九四五年日本被打败后，越南人相信他们终将会团结起来并摆脱外国人的奴役。法国人另有想法，而且卷土重来了。越南独立斗争的主要领导人是胡志明。他组建了“越明”抵抗力量，越南人返回丛林展开了持久的抗战救国。

抵抗运动的重要堡垒，是西贡西北部上行去柬埔寨边境的森林繁茂的农业区。法国人对此十分重视（后来美国人也同样），进行了一次又一次的征伐。为寻求藏身之地，当地的农民没有逃离，而是开始挖掘。

他们没有技术，没有设备，只有蚂蚁啃骨头的艰苦劳动精神、耐心、狡诈，和对当地情况的了解。他们还有锄头、铁锹和用棕榈编织的箩筐。到底挖出过几百万吨的泥土，是永远无法计算的。他们无休止地挖土、运土。当法国人一九五四年战败离开时，整个铁三角地区布满了地道网，而且没人知道它们。

美国人来了，扶植起一个傀儡政权，越南人认为是另一次殖民统治。他们返回丛林里重新开始了游击战。而且他们继续挖掘地道。到一九六四年，他们挖成了总长度达三百多公里的通道、长廊、仓库和隐藏处，全都在地下。

当美国人最终一点一点发现地下的秘密时，地道系统之复杂简直让他们叹为观止。那些垂直向下的地道口伪装是如此巧妙，以致在丛林地表相隔咫尺都无法发觉。下面有多达五层的横向地道，最深处有十五米，由一系列狭窄、弯曲的通道把它们连接起来，只有越南人或小个子的白种人才能够爬过去。

各个层面之间的连接，用的是活动翻板。有些朝上，有些朝下。翻板门也进行了伪装，使之看上去像是地道到了尽头。地道里有仓库、会议室、宿舍、修理车间、食堂，甚至还有医院。到一九六六年时，地道里可以容纳一个整编战斗旅，当然在“春节攻势”之前，从来没有必要隐藏那么多军队。

进攻者派人下去不是一个好办法。如果发现一个垂直的地道口，那么它的底部很可能有一个隐蔽的陷阱。朝下面开枪是没有用的；地道每隔几码距离就改变方向，子弹只能直接打在地道尽头的墙壁上。

爆破不能奏效；在漆黑的迷宫里有几十条通道可供选择，但只有当地居民才知道它们。毒气也不顶事；他们把地道搞得水泄不通，如同抽水马桶的U形弯管。

地道网从西贡郊外开始，在丛林下面几乎一直通到柬埔寨边境。其他地方也有各种地道，但都没有古芝地道那么复杂。

季风过后，红土松动了，容易挖掘，人们把泥土刮出来，装进箩筐里运走。在旱季，红土干结，像混凝土一般坚硬。

肯尼迪去世后，美国人大量抵达，再也不是来充当军事顾问了，而是来打仗。那是一九六四年春天。他们有武器，有设备，有火力，但他们什么也没有打到。他们什么也没有打到是因为他们什么也没有发现；如果他们碰上好运气，可以偶尔打死一两个越共。但他们遭到了伤亡，而且伤亡人数开始上升。

一开始，美军简单地认为，越共白天混杂在几百万穿着黑衣服的农民之中，到了晚上摇身一变成了游击队员。但为什么美军白天也有那么多伤亡，而且看不到任何目标可以回击？一九六六年一月，“大红一师”决定一次性地扫平铁三角。这就是“褶皱行动”。

他们从一头开始，以扇形展开，向前推进。他们有足够的弹药可扫平印度支那。他们抵达了另一头，结果连一个人影也没有发现。他们的战线向前推进，子弹却从后面射过来，造成了五名美国大兵的死亡。不管是谁在背后放冷枪，他们使用的是老旧的苏制拉栓式步枪，但从这种枪械里射出来的子弹照样能够穿透心脏。

美国大兵折回来，去搜索原来经过的地方。什么也没有，没有敌人。他们遭到了更多的伤亡，敌人总是在背后。他们发现了几个狐洞和防空洞。里面空荡荡的，洞口也没有掩蔽。从后翼射过来更多的枪弹，但没有逃跑的人影让他们还击。

第四天，与周围的战友们一起吃饱喝足之后，斯图尔特·格林中士坐下来休息。他马上跳起用手捂住了屁股。越南到处都有火蚁、蝎子和蛇。他坚信刚才他被蜇了一下或咬了一口，但后来发现那是一棵钉子头，钉子钉在一个木框架上，而木框架是一个垂直地道口的一道暗门，下面黑咕隆咚的。现在，美军发现了那些狙击手的藏身之地。两年来，美军一直在越共的头顶上方行军。

用遥控的方法去对付隐藏在黑暗地道里的越共是不顶用的。这个能在三年之后把两名宇航员送上月球的国家，还没有专门的技术去对付古芝地道。与隐形的敌人作战，只有一个方法。

只能派人下去，穿上单衣裤，带上手枪、匕首和电筒，深入到那些漆黑、臭烘烘的、缺乏空气、没有地图、前途未知、布满陷阱的、致命的、阴森恐怖的、满是没有出口的狭窄通道的迷宫之中，去杀死等待在自己的巢穴里的越共。

找到了几个人，特殊类型的人。身材魁梧的大个子是没用的。百分之九十五患有幽闭恐惧症的人是没用的。嗓门粗大、喜欢张扬、招摇过市的人是没用的。能执行这种任务的人，是安静、说话轻柔、不露声色、自我控制能力强的人，往往是部队里的那些孤独者。他们必须十分冷静，甚至冷酷，具有铁石心肠，遇事不会惊慌失措。

喜欢繁文缛节的部队官僚主义者，称这些战士为“地道探险人员”。他们则自称为“地道老鼠”。

当加尔文·德克斯特抵达越南时，他们已经存在三年了，这是唯一的百分之百得到紫心勋章（授予在战斗中负伤的军人）的部队。

当时的指挥官被称为六号老鼠。每个人都有一个不同的号码。一旦加入，他们就与他们自己相伴。其他人对他们敬而远之，面对他们就像面对被判死刑的人一样，感到很别扭。

六号老鼠的直觉是正确的。这个来自新泽西州建筑工地的坚强的小个子年轻人，遇事不易惊慌，能施展出置人于死地的拳脚，是一个天生的地道战勇士。

他把德克斯特带到古芝地道里，很快就发现这个新手比他更强。他们成了地道里的一对搭档，在那里不分级别高低，不称呼“长官”。在两次地道战期间，他们在黑暗的地道里一起战斗，一起杀敌，直至美国国务卿亨利·基辛格与越南领导人黎德寿会面，同意美军撤出越南。此后，地道战就失去了意义。

对“大红一师”的其他官兵来说，他们一对成了一个传奇，在部队里被轻声传说着。这位军官的外号是“狗獾”，而新近被提升为中士的加尔文·德克斯特是“鼹鼠”[1]。

1　狗獾和鼹鼠都是善于在地下打洞和生活的动物。

第五章

地道老鼠

在部队里，两个仅仅相差六岁的年轻人似乎隔了一代。年长者几乎担当了父亲的角色。狗獾和鼹鼠之间就是这样。这位二十五岁的军官比德克斯特大六岁。而且他具有不同的社会背景，接受过良好的教育。

他的双亲是专业人员。高中毕业后，他去欧洲旅游了一年，游览了古希腊和古罗马，走遍了历史悠久的意大利、德国、法国和英国。

在应征入伍前，他已经在大学里读了四年，主修土木与机械工程。他也选择了从军三年，并直接去了在弗吉尼亚州贝尔沃堡的军官学校。

当时的贝尔沃堡每个月培养出一百名初级军官。入学后九个月，狗獾已经是一名少尉了，并在加入“大红一师”第一工兵营开赴越南时晋升为中尉。他也是被“猎头”选中参加地道老鼠的，而且由于他的军衔，很快就在他的前任回国时成为六号老鼠。他的越南使命为期一年，还需要待九个月时间，比德克斯特少两个月。

但在短短的一个月时间里就清楚地显示出，一旦进入到地道里，这两个人的关系就颠倒过来了。狗獾听从鼹鼠的指挥，因为这个在新泽西州街头和建筑工地上混过多年的年轻人对危险很敏感，能察觉出下一个弯道里有那种静谧的威胁，能嗅出前方有一个隐蔽的陷阱，这是具有大学文凭的人所无法匹敌的，这也许能使他们幸存下来。

在这两个人抵达越南之前，美军司令部就已经明白，试图用炸药爆破地道系统是在浪费时间。干结的红土太坚硬，地道的范围太广泛。地道方向不断改变，意味着爆炸力相当有限，远远不够。

已经试过了朝地道里灌水的方法，但水仅仅流过了地道的地面。由于里面有灌水的密闭阀，放毒气也同样不管用。最后做出决定，向敌人挑战的唯一方法是派人进入到地道里，努力去找到整个C战区的越共总部。

美军相信这个总部应该在西贡河与柿静河会合处的铁三角南端，和柬埔寨那一头的贝利森林之间。要找到敌人的这个总部，要消灭越共的高级干部，要获取大量的情报，就必须深入到地道里去——这是目标，如果能够达成，将比黄金更珍贵。

事实上，越共的这个总部在西贡河岸边的胡布森林地下，从来也没被发现过。但美军的坦克推土机或罗马犁总能发现另一个地道入口，于是老鼠们就进入到地狱里去不断的寻找。

那些地道入口总是垂直向下，这就有了第一个危险。如果是双脚先下去，那就会使下身暴露于等待在横向地道里的越共面前。他会开心地把一支尖利的竹箭射进这个摇摇晃晃的美国大兵的腹部或腹股沟，然后退回到黑暗的地道深处。当这个垂死的美军战士被拖上来时，箭柄与地道井壁的刮擦、涂有毒液的箭头在肠子里的搅动，使其存活概率降至极低。

头先下去则意味着可能喉部中箭、中弹或中刺刀。

最安全的方法似乎是慢慢地下去，直至最后的一米半处，然后快速落下并以最轻微的动作朝地道里开火。但竖井的底部也许有枝条或树叶，遮掩着一个陷阱坑，里面插着削尖的竹子，尖头上也涂着毒液。这些尖竹能够刺穿作战靴的鞋底，穿过脚板深入到肌肉之中。由于削成了倒钩状，一旦刺入，就很难把它们拔出来。幸存下来的机会也是很小的。

一旦进入到地道里面向前爬动，也许就有一个越共等待在下一个拐角处。但更危险的是那些隐蔽的陷阱。它们的形式是多种多样的，其设置手段极为高明。必须先把它们清除掉，才能继续前进。

有时候，恐怖根本不是来自于越共。芳香蝙蝠和黑须坟墓蝙蝠都是穴居动物，白天蛰伏在地道里，被惊扰后就会乱飞。还有密布在地道壁上的巨蟹蜘蛛，当它们爬动时，壁面似乎在闪闪发光。数量更多的是火蚁。

这些动物都不是致命的；真正致命的是竹叶青毒蛇，被它咬上一口，人会在三十分钟之内死去。陷阱机关通常是一段约一米长的竹筒，埋设在地道顶部，以一个角度朝下突出不超过三厘米。

一条蛇被放置在这个竹筒里面，头朝下。由于下端被一只软木塞子封住，它在竹管里动弹不得，被憋得很愤怒。一条钓鱼线穿过这个塞子，两端分别拴在地道两壁的小木桩上。如果正在向前爬动的美国大兵触动了这条钓鱼线，就会把他头顶上的那只塞子拉出来，于是毒蛇就会翻滚着落到他的后颈上。

还有老鼠，真正的老鼠。它们在地道里发现了它们私有的天堂，生活得很滋润。如同美军不会把一个伤员甚至一具尸体留在地道里一样，越共也不愿意把他们的伤亡人员留在地面上，让美国人发现、添加到“杀敌”战果上去。越共的尸体被拖到下面，埋在了地道的侧壁，然后在外面封上一层湿黏土。

但一层薄薄的黏土阻挡不了老鼠。它们有了无穷无尽的食物，长到猫一般大。但越共仍然几星期甚至几个月地蜗居在那里，迎接美国人来到他们的领地，来找他们战斗。

那些参加过地道战并幸存下来的人，对恶臭已经如同对隐蔽生活方式一般地习惯了。地道里面闷热、狭窄、漆黑一片，而且散发着臭味。那些越共把他们的大小便拉在粪缸里，盛满后盖上一块黏土，埋在地道的地面下。但老鼠把粪缸盖扒开了。

这些美国大兵来自地球上武力最强大的国家，但在成为地道老鼠后，不得不抛开所有的高科技回归到原始人。一把突击短刀、一支手枪、一支手电、一只备用弹匣和两节备用电池，就是在地道里的全部装备。偶尔也会用手雷，但这样很危险，有时候甚至会使投弹者送命。在狭小的空间里，爆炸会吸走几百英尺范围内的所有氧气。人会在外面的氧气补充进来之前死去。

对一个地道老鼠来说，使用手枪或手电会暴露他的位置，宣告他来了，而他根本不知道谁在前方的黑暗处蹲伏着，静候着他的到来。在这种情况下，越共具有优势。他们只要静静地等待。

最吓人和最要命的，是穿过翻板门，从一个层面到另一个层面，多数是向下。

地道常常会到了一个尽头。真的是到头了吗？假如果真如此，那一开始为什么要挖它？在黑暗中，手指头在前方什么也摸不到，只有红土地道壁，左右也没有侧边通道，地道老鼠们不得不打开手电。这时，往往能够在侧翼或地面或顶部，发现一块巧妙伪装起来的、容易错过的翻板门。要么行动到此结束，要么去打开这块翻板门。

但有谁等候在另一边呢？如果美国大兵把头先伸进去，而那里有一个越共在等待着，那么这个美国人就会被切断喉管或被绞索勒死。如果他先伸出双脚跳下去，很可能会有一支长矛刺穿他的腹部。然后他会活活痛死，他尖叫的上半身处在一个层面上，血肉模糊的下半身处在下一个层面上。

德克斯特已经让武器装备部为他配置了小红橘那么大的手雷，炸药量比正常的少，但装有更多的杀伤性钢珠。在起初六个月的地道战期间，有两次他拉起一块翻板门，投进去一颗只有三秒钟导火索的手雷，马上盖住翻板门。当他再次打开门，用手电去照时，那个地室里横七竖八地躺满了被撕裂的尸体。

复杂的地道网里还有免遭毒气进攻的水门。爬行的地道老鼠会在面前发现一汪臭水。

这意味着这条地道在水的另一边继续延伸。

要穿过水的唯一方法是仰卧在地上，憋住一口气，用手指头抓着地道顶部爬过去。要紧的是保证在这口气用完前这段水路能结束。不然的话，他就会在水里淹死，在黑咕隆咚的十五米深的地下。要活命得依赖他的伙伴。

在进入水中之前，打头阵的人在脚上拴一条绳子，把另一头递给身后的伙伴。他进入水中后九十秒内，如果身后的同伴没有感觉到他在把握很大地向前拖动，不能确信他已经到了水路的另一边，就必须立即把他拉回来，不然他会死在水下。

经历了千难万险、九死一生，地道老鼠们时常也会获得意外的惊喜。通常是一个洞穴，有时候越共才刚刚匆忙地撤走，显然曾经是一个重要的指挥部。于是一箱箱文件、证据、线索、地图和其他资料就会被运回到地面上，交给情报专家们。

狗獾和鼹鼠有两次遇到了这种阿拉丁洞穴。美国的高级军官们不知道该如何对待这些奇特的年轻人，就对他们进行了热情的表扬并向他们颁发了军功章。但通常热切地想报道战争进展的新闻媒体，是不会知道这种情况的。谁也没有吐露过一个字。曾为媒体记者安排过一次现场考察，那位“客人”才刚刚进入到地下四五米的一条“安全”地道里，就开始歇斯底里地狂呼乱叫起来。此后，这事就再也没提起。

地道老鼠们和所有其他美国大兵们一样，在越南也有时会长时间没有战事。有些人以睡觉来打发时间，或者写信，盼望早点结束越南之行踏上回家的旅程。有些人以喝酒来消磨时间，或者打牌，或者吹牛侃大山。许多人都抽烟，但不是总有万宝路。有些人成了瘾君子。还有些人看书。

加尔文 · 德克斯特是这些喜欢看书的人中的一员。通过与他那位军官搭档交谈，他明白他受过的正式教育是非常有限的，于是他从头开始学习。他发现自己对历史很着迷。基地的图书管理员对他印象很深，高兴地为他开列了一份长长的必读书清单，然后又为他把那些书从西贡调运过来。

德克斯特埋头于古希腊和古罗马的史书之中，读到亚历山大大帝在三十一岁时就已经征服了所有已知的世界，还为他再也没有其他世界可去征服而难过得哭了起来。

他知道了罗马的兴衰、中世纪的欧洲、文艺复兴、启蒙运动、雅致时代和理性时代。他尤其着迷于美洲殖民地诞生的早期时代、美国的独立战争，以及在他出生九十年以前他自己的国家所发生的残酷的内战——南北战争。

在必须待在基地里的漫长时间里，他还做了另一件事情。在一位年长的越南清洁工的帮助下，他学会了日常的越南话——能为别人所听懂，更能听懂别人讲话。

在他抵达越南九个月时，发生了两件事。他第一次在战斗中负了伤；狗獾的一年期限到期。

子弹是隐藏在某条地道里的一个越共射过来的，当时德克斯特正爬下垂直的地道竖井。为迷惑等在地道中的敌人，德克斯特已经琢磨出了一个办法。他把一颗手雷扔下竖井，然后快速进去，捏紧拳头。如果手雷没炸毁竖井的底部，那么说明井底没有插着尖竹子的陷阱。如果炸掉了井底伪装，那么他在落到尖竹上之前还有时间停住。

这颗手雷应该能把等待在那里的越共引诱出来。这一次，确实有个越共在那里，但站在横向的地道一侧，手里端着一支卡拉什尼科夫AK-47冲锋枪。敌人没被炸死，但负了伤，朝着正在迅速降下来的地道老鼠开了一枪。德克斯特落到井底，拔出手枪，回击了三次。那个越共倒下去后爬远了，后来被发现死在了地道里。德克斯特的左上臂中了弹，是皮肉伤，痊愈得很好，只是他一个月不能下地道作战。

但狗獾到期的问题更为严重。

战士们会承认，警察们会证实，一个配合默契、能够绝对依赖的搭档绝不能随便替换。狗獾和鼹鼠在地道战的早期就形成了伙伴关系，再也不能跟任何其他人一起下地道。在九个月内，德克斯特已经看见四个地道老鼠被杀死在地道里。有一次，一个幸存下来的地道老鼠哭叫着回到了地面上。他再也不想到地道里去了，经过几个星期的心理创伤治疗之后也不想回去。

但是那个没能活下来的战士尸体仍在地道里。狗獾和鼹鼠带着绳子爬下去，找到他，把他拖出来，遣送回去，并为他举行一次基督教仪式的葬礼。他的喉管被割断了，不能使用开顶棺材。

在原先的十三名战士中，四个已在完成期限后离去了，四个牺牲了，六个新人加入进来。他们又是一支由十一个人组成的地道老鼠小分队了。

“我不想与任何其他人一起进地道。”当狗獾来基地里的医务所探视时，德克斯特告诉他的伙伴。

“换我也一样。”狗獾说。他们商定，如果狗獾延长一年在越南的逗留期限，鼹鼠也延长三个月。事情就这么定了。两个人都接受了第二次战斗任务，回到地道里去。“大红一师”师长又向他们颁发了两枚军功章。

在地道里，有一些规矩是决不能打破的。其中一个就是，千万不能单独下去。由于嗅觉特别灵敏，鼹鼠总是打头阵，狗獾跟在他身后几米远的地方。另一个规矩是，千万不能把弹匣里的六发子弹一次性打光。这会告诉越共，你现在已经用完了弹药，成了一个挨打的人。在第二次参加地道战的第二个月，即一九七〇年五月，加尔文·德克斯特几乎把这两条规矩全破了，但他幸运地存活下来了。

这对伙伴进入到了胡布林地里的一条新近发现的地道里。鼹鼠在前面开路。他已经在一条四次改变方向的地道里爬行了近三百米距离。他的指尖感觉到了两个隐藏的陷阱，并把它们拆除掉了。他没有注意到狗獾遇到了麻烦——两只坟墓蝙蝠落到了他的头上，他停在那里，既不能说话又不能继续前行。

鼹鼠在独自爬行，这时候他看见，或者他以为看见了一抹十分暗淡的亮光从前面的一个拐角处移动过来。它是如此暗淡，以致他认为也许是视网膜的错觉。他静静地滑到拐角处停了下来，右手握着手枪。那道亮光也停住不动了，就在拐角的另一边。他这样静静地等待了十分钟时间，根本不知道他的伙伴已经没有跟在他的身后了。然后，他决定打破这种僵局。他转过了那个拐角。

三米距离之外有一个越共，四肢着地趴在地面上，他们之间就是那个光源：一盏椰子油灯，漂浮着一条细细的灯芯。看来那个越共是一边把油灯往前推进，一边爬行去完成他的任务，也就是去检查那几个隐蔽的陷阱。在半秒钟时间里，这两个对手互相对视着，然后两人都做出了反应。

那个越共用手背把滚烫的油灯弹向了美国人的面部。亮光立即熄灭了。德克斯特举起左手去保护自己的眼睛，手背顿时产生了一阵热辣辣的感觉。他听到一阵狂乱的窸窣声，是那人爬回到前方地道去的声音，他用右手开了三枪。他很想把剩余的另三发子弹也打出去，但他不知道前面还有多少敌人。

狗獾和鼹鼠所不知道的是，他们正在爬向越共的整个战区指挥部。守卫在那里的是五十名铁杆越共游击队员。

当时在美国有一个秘密的小单位叫“有限战争实验室”。越战期间，这些科学家们凭空想象出一些旨在帮助地道老鼠们的妙计，虽然他们没有一个下过地道。这些妙计到了越南，让那些真正下地道的老鼠们去使用。地道老鼠们试用后，发现根本不管用，就把它们退回去了。

一九七〇年夏天，“有限战争实验室”开发出一种新型的枪械，可用于狭窄范围内的近距离作战。这种枪是在点44口径的玛格南手枪[1]基础上改良的，枪管缩短为七厘米，便于携带和使用，但弹药很特殊。

这种点44枪弹的弹头很重，分成四块，在弹壳里是一个整体，但从枪管里射出来后就变成四颗子弹，而不是一颗。地道老鼠们发觉这种手枪在近距离作战时效果很好，能在地道里形成致命的威胁，因为开了两枪后，前方的地道里就会有八颗子弹，而不是两

1　点44 Magnum，点44口径玛格南手枪是目前威力最强的左轮手枪。

颗，击中越共游击队的机会就大大增加。

这种枪械一共只生产了七十五支。地道老鼠们使用了六个月，然后它们被收回去了。有人已经发现他们很可能违反了《日内瓦公约》。所以能被追查到的七十四支史密斯和威森[1]被送回美国去了，此后再也没有露面过。

地道老鼠们有一条简短的祈祷语。“如果我中了一弹，那是命中注定。如果我中了一刀，那是我运气不好。但仁慈的上帝呀，请千万别把我活活地埋在那里。”

一九七〇年夏天，狗獾被活埋了。

要么美国大兵们不应该那会儿下地道，要么从关岛起飞的B-52轰炸机不应该那会儿在三万英尺的高空投弹。但有人给轰炸机下达了命令，而且忘了通知地道老鼠们。

这种事情确实发生过，不是很多，但当过兵的人都遇见过这种由于粗心大意造成的错误。

当时有一种新思路，用B-52轰炸机进行大规模轰炸去摧毁地道系统，把越共埋葬在里面。新思路的一部分原因，是美国人心理的变化。

在美国，当时的主流民意是全面反对越战。家长们与他们的孩子一起参加示威游行。

在战区，三十个月前的越共“春节攻势”仍然让大家记忆犹新，美军的士气已经降到了最低点。最高司令部里大家都闭口不提，但高级军官们越来越普遍地认为这场战争是打不赢了。距最后一名美国大兵登上最后一架离开那里的飞机，还会有三年时间，但在一九七〇年，美军决定一劳永逸地用炸弹摧毁“自由战区”里的

1　Smith&Wesson，著名军械制造商，这里指他们生产的手枪。

地道系统。铁三角是一个自由战区。

整个第二十五步兵师就驻扎在那里，轰炸机接到的命令是不得把炸弹投到离美军部队的三公里之内。但那一天，最高司令部忘记了狗獾和鼹鼠，他们在另一个作战师。

他们正在边蓄郊外的第二层地道里。这时候，他们与其说是听到，倒不如说是感觉到他们头顶上方第一波炸弹倾泻下来。他们忘了越共，狂乱地爬向通往上一层地道的竖井。

鼹鼠成功了，他离直通地面的最后一口竖井只有十米距离了，这时候地道顶部崩塌了。崩塌就在他的身后。他大喊一声："狗獾！"没有应答。他知道前方约二十米处有一个凹室，因为他们进来的时候曾经经过那里。浑身冒汗的他爬进那个凹室，利用那里的宽度掉过头来，又爬了回去。

他的手指碰到了那座土堆。接着他触到了一只手，然后是第二只手，但除此之外没有摸到其他的，只有塌落下来的泥土。他开始挖掘，把泥土扒到身后，但他这么做堵住了自己的出口。

他用了五分钟时间扒出了伙伴的头部，又用了五分钟时间使身躯得到了自由。轰炸已经停止了，但上面落下来的沙土已经阻塞了空气流通。他们开始缺氧了。

"快离开这里，加尔文，"黑暗中狗獾嘶哑地说，"然后带上救援回来。我没事。"

德克斯特继续用指尖扒土。他已经失去了两片指甲。带救援回来要花一个小时的时间。在空气受阻的情况下，他的伙伴活不了半个小时。他开亮手电，把它递到伙伴的手中。

"拿住。把灯光从你肩膀上照过来。"

在黄色的灯光下，他能够看到压在狗獾腿上的大片泥土。扒开这些泥巴又用了半小时。然后他爬回到地道口去，推开身后那些刚才被他扒过来的沙土。他的肺在绞痛，他的头在眩晕；他的伙伴已经半昏迷了。他爬过最后的那个转角，感受到了流通的空气。

一九七一年一月，狗獾结束了他的第二次期限。第三年延期是不允许的，而且他也已经待够了。在他飞回美国的前夜，鼹鼠征得上级同意后陪同他的伙伴去西贡道别。他们在装甲车队的护送下进入了首都。德克斯特相信能在第二天搭上一架直升机返回去。

两个年轻人一起吃了一顿美味佳肴，然后去逛酒吧。他们避开了一群群妓女，他们是专门去喝酒的。凌晨两点钟，他们发现已经到了河对岸的西贡唐人街——堤岸。

那里有一家文身店铺，仍开着，仍在做生意，尤其是付美元的生意。那个华人老板很聪明，他打算以后离开越南去其他地方发展。

在登上渡轮返回河对岸之前，两个美国人刺了文身，一人一个，都在左前臂。图案是一只老鼠，不是在莱溪的“私制劣质酒”门上的那只具有进取精神的老鼠，而是一只活泼愉快的老鼠。一只脱下裤子、光着屁股的老鼠。它的头不是去看前方，而是看向肩后。两人又嬉笑了一阵，直到他们清醒过来。时间已经很晚了。

第二天上午，狗獾飞回美国去了。十个星期以后，三月中旬，鼹鼠也跟着回去了。一九七一年四月七日，地道老鼠们正式停止了存在。

就在那一天，加尔文·德克斯特谢绝几位高级军官的挽留，退伍回家回归了平民生活。

第六章

私家侦探

极少有部队能比英国特别空勤团更为隐蔽，如果有一支部队能使特空团相形见绌，那么它就是Det。

第十四独立情报连，也被称为第十四情报队，分遣队，或Det，是一支从全军选拔人员的部队，而且与全体男性的特空团不同，还有相当比例的女兵。

虽然在需要时也能高效率地参加战斗，但分遣队的主要任务是追查和确定坏人的巢穴，从而实施监视和监听。他们从来没被看见过，他们安放的监听器非常先进，极少会被发现。

分遣队较典型的行动是，尾随一个恐怖分子到他的老窝，半夜里悄悄地潜入进去，安置一只窃听器，持续几天或几星期窃听这些坏蛋的对话。用这种方法很可能获得恐怖分子的下次行动计划。

然后，身手敏捷、说话轻柔的特空团战士会安排一次伏击，在恐怖分子打响第一枪后把他们全部消灭。合法自卫。

截至一九九五年，分遣队的大多数行动都在北爱尔兰进行，他们获得的秘密情报，使爱尔兰共和军遭受了几次惨败。分遣队想出了个天才主意，潜入安放着恐怖分子棺材的停尸所，把一只窃听器塞入棺木里。

因为恐怖分子的头目知道他们已受到怀疑，极少开会讨论行动计划。但在葬礼时，他们会聚集起来，聚在棺材边，讨论行动计划。当然他们会用手遮住嘴巴，以免被架设在墓地上方山腰上的望远镜捕捉到他们的嘴唇运动，从而演绎出他们的讲话内容。棺材里的那只窃听器可以记录他们的谈话。这个方法使用了很多年。

后来，在南斯拉夫，也是分遣队去对波黑的大屠杀凶手进行“近目标侦察”，再让特空团逮捕队去把他们抓起来送交海牙国际法庭。

史蒂夫·埃德蒙从多伦多艺术品收藏家鲁宾斯坦那里获悉，帮他追回被盗藏品的那家公司，叫哈泽德管理公司，是设在伦敦维多利亚区的一个非常隐蔽的机构。

哈泽德管理公司员工多数都是特种部队退役军人，他们主要专长于三种业务。盈利最多的业务是财产保护，顾名思义，就是为那些极为富有的人保护他们不想失去的珍贵财产。这只是在特殊情况下的一定期限内的业务，不是永久性的。

其次是人员保护。这也是一定期限内的业务。其实在威尔特郡就有一所小小的专为富人培训私人保镖的学校，收费相当昂贵。但暂时性人员保护仍然有不少客户。

哈泽德管理公司内最小的部门叫作“追查和带回”。这就是鲁宾斯坦先生需要的，派人去追查他失窃的艺术品并进行谈判让艺术品归还。

接到女儿心慌意乱的电话后两天，史蒂夫·埃德蒙与哈泽德管理公司的负责人会面了，他解释了他的要求。

“去找到我的外孙。酬金不封顶。”他说。

前英国特种部队指挥官露出了微笑，即使军人也需要钱养家糊口。第二天他召唤来的那人叫菲尔·格雷西，是前伞兵团的一名上尉，也是分遣队的一名十年老兵。在公司内部，他被简称为“私家侦探”。

格雷西会见了加拿大富翁，他询问得非常详细。如果那个男孩仍然活着，他要知道他的个人习惯、品位、爱好甚至厌恶等一切详情。他拿了里基·科伦索的两张照片，并记下了外公的手机号码，点点头离开了。

私家侦探花了两天时间差不多一直在打电话。在彻底搞清楚他要去哪里、如何去、为什么要去和去找谁之前，他不想贸然出发。他花了几个钟头时间阅读材料：波黑内战、援助计划以及那里的非波黑军事存在。他在最后的那份资料里遇到了好运气。

联合国创立了一支“维持和平”部队，极为愚蠢地派部队到一个没有和平可以维持的地区去维持和平，然后禁止他们开创和平，命令他们观望屠杀，不得去干预。这支军事力量被称为联合国维和部队。英国政府派去过一支强大的小分队，驻扎在维特茨，离特拉夫尼克只有十六公里。

一九九五年六月时，这个英国维和团最近换了一位新的指挥官，而前任指挥官两个月前才刚刚离任回国。私家侦探在皮尔布赖特的军人高尔夫球场里追查到了这位刚从维特茨回来的上校，了解到了许多情况。在与加拿大外公会谈后第三天，私家侦探飞赴巴尔干；不是直接进入波黑，那是不可能的，而是飞到了克罗地亚海岸的亚得里亚海旅游胜地斯普利特。他的身份掩护是一名自由撰稿记者。这是一个很棒的掩护，因为无从考证。但他还是带着一封某家星期天大报的信，内容是委托他撰写有关救济效果的连续报道，以备万一。

他在斯普利特待了二十四个小时，这座城市是通向波黑中心地区的一个热闹的集散点，他买了一辆二手但结实的越野吉普车和一把手枪。手枪只是防备万一。从这里的海岸到特拉夫尼克是漫长的、艰苦的行车路途，但他确信他掌握的情况是准确的，他预计不会经过战争地区，他也确实没有。

波黑内战是一次奇特的战争。几乎没有任何战线，而且从来没有发生过一次激战。只有单一种族聚居的、生活在恐惧之中的村民，几百个遭焚毁和遭种族“清洗”的村庄，以及游荡在其间的一股股武装。这些武装部队大多数属于周围居民的“国民”军，但也有几支雇佣军、土匪团伙和自称是爱国者的丧心病狂的准军事组织。最后一种是最糟糕的。

在特拉夫尼克，私家侦探遭遇了第一次挫折。约翰·斯莱德已经不在那里了。“关心老人”机构的一位热心人说，那个美国人已经加入了“喂养儿童”，一个更大的非政府慈善组织，其总部设在萨格勒布。私家侦探在他的四轮驱动车内的睡袋里过了夜，于次日驱车北上，长途跋涉开赴克罗地亚首都萨格勒布。在那里，他在“喂养儿童”的仓库里找到了约翰·斯莱德。但斯莱德没能提供多少帮助。

“我不知道发生了什么。不知道他去了哪里，为什么要去。”斯莱德说，“听着，朋友，‘面包和鱼’的行动已在上个月结束了，他曾经是其中的一员。他带着我的一辆崭新的越野吉普车消失了。这可是我百分之五十的运输工具呀。

“此外，他还带走了我三个当地助手的一个。查尔斯顿方面很不高兴。当和平最终到来时，他们不想继续救援了。我告诉他们，还有许多事情要做，但他们回绝了我。我在这里找到一份工作还算是幸运的。”

“那个波黑人后来怎样了？”

“你说的是法蒂尔吧？不会是他干的。他是一个好青年，经常为自己家破人亡而伤心落泪。如果他有什么仇人，那只会是塞族人，而不是美国人。”

“那条钱包腰带有任何线索吗？”

“哦，那是一个愚蠢的主意。我提醒过他，放在那儿或带在身上都太张扬了。可我认为法蒂尔不会因为那个去杀他。”

“当时你在哪里，约翰？”

“问题就在这里。假如当时我在场，这事是决不会发生的。我肯定会反对，不管他们是去干什么。可我在克罗地亚南部的一条山路上，试图把一辆发动机断了油的卡车拖到最近的城镇去。愚蠢的瑞典人啊，你能想象吗？汽车开到半路上油箱用空了却完全没注意到。”

“你发现了什么？”

“我回来时吗？看来他们肯定是进了那座院子，坐上那辆越野吉普车开走了。另外一个波黑人，易卜拉欣，看见了他们两个，但他们没说话。他们是在我回来前四天走的。后来我一直在拨他的手机，但没人接听。我恼火极了。我猜想他们是去参加派对。起先我主要是恼怒，而不是担忧。”

“知道他们是往什么方向去的吗？”

“嗯，易卜拉欣说他们朝北开的。那就是直接进入特拉夫尼克镇。从镇中心道路朝四面八方延伸。谁知道他们去了哪里。”

“你怎么想这件事，约翰？”

“哦，我猜他接到一个什么电话，或者更有可能是法蒂尔接到一个电话，并向里基求助。里基是一个容易动感情的人。如果他接到请求医疗急救的电话，他会马上驾车赶去提供帮助。他们可能冲动之下来不及留下信息就走了。

“你见过那里的乡村吗，朋友？你驾车去过那里吗？到处是山峦、峡谷和溪流。我猜他们冲出悬崖跌入了峡谷。我认为到冬天树叶掉光时，会有人发现下面岩石丛中的汽车残骸。嗯，我要走了。祝你好运。他是一个好青年。”

私家侦探回到了特拉夫尼克，建立起一间小小的兼作居所的办公室，并招聘了一位很乐于受雇的当地人——易卜拉欣做他的向导和翻译。

他带着一部电话、几只备用电池和一台扰频设备，跟伦敦总部通话时候能够防止窃听。

他相信有四种可能性。其中最小的可能是，里基·科伦索决定偷走那辆越野吉普车，驾着它南下去了塞尔维亚首都贝尔格莱德，卖了它，抛弃以前的生活方式，成了一个流浪汉。他否定了这个可能性。这不是里基·科伦索的为人，而且如果他外公能买下一座工厂，那他为什么还要去偷一辆吉普车呢？

第二个可能性是，法蒂尔·苏勒耶曼说服里基驾车去外面兜风，然后杀了这个美国人，以谋求那条钱包腰带和那辆汽车。有可能。但作为一个没有护照的波黑穆斯林，法蒂尔不能逃到克罗地亚或塞尔维亚这两个对他来说都有敌意的国家，而且一辆崭新的越野吉普车在市场上是很容易发现的。

三是他们遇到了不认识的人，同样为谋财而被杀了。当时局势很乱，不少自由杀手在外游荡，随便杀人。有几个来自中东的狂热的穆斯林小组，来波黑帮助他们受迫害的穆斯林同胞。这伙人杀害了两个欧洲雇佣兵——本来这些人跟他们应该是同一阵营的——还有一个救援人员和一个不愿捐献汽油的穆斯林加油站老板。

但可能性最大的还是约翰·斯莱德的说法。于是私家侦探带上易卜拉欣日复一日地沿着从特拉夫尼克出去的各条道路进入山区。私家侦探步行，波黑助手驾车缓慢地跟在后面，他仔细地察看了伸到下面山谷里去的每一个路边陡坡。

他正在做着他最拿手的事情。慢慢地、耐心地寻找，不错过任何蛛丝马迹：轮胎的印迹、磨碎的路沿、滑行的痕迹、捣碎的植被和被轮子压平的青草。有三次，他用绳子一头栓住吉普车，拉住绳子下到深谷里去，那里的一丛植被也许遮掩着一辆坠毁了的越野车。但没有。

他坐在路边，用一架望远镜去扫视下面的山谷，搜寻那里是否有金属或玻璃的闪光。没有。到第十天结束的时候，他深信斯莱德搞错了。如果那种型号的越野吉普车在转弯时冲下路面，是会留下痕迹的，即使很不明显，即使过了四十天时间。而他肯定会发现这些痕迹。没有，特拉夫尼克周围的山谷里没有坠毁的车辆。

他发布了一条悬赏线索的启事，其酬金之高，令人垂涎欲滴。这条新闻在难民营里传播开了，那些怀着领奖希望的人纷纷前来报告情况。但他得到的最有用的消息是，那辆汽车在穿越城镇时被看见过。目的地不知道，行驶的线路也不知道。

两个星期之后，他结束搜寻行动，转移到英国维和部队的驻地维特茨。

他在一个主要接待英国媒体的招待所里找到一个空房间。招待所是由学校改建的，在一条被称作电视巷的小街上，就在英军院子的外面。在情况严峻时，这是一个安全的处所。

他了解大多数军人对新闻媒体的看法，因此他收回了“自由记者”的身份，以他前特种部队军人的身份，找机会与英军上校指挥官会面。

上校恰好有一个弟弟在伞兵部队。共同的背景，共同的兴趣。没有问题，有什么能帮忙的吗？

没错，他听说过那个失踪的美国小伙子。太不幸了。他的巡逻队一直在留心，但什么也没有发现。私家侦探提到，他的主顾愿意为部队的慈善基金捐献一大笔款项。于是上校安排了一次空中侦察，从炮兵抽调了一架轻型飞机。私家侦探登上飞机与飞行员坐在一起。他们在山峦和溪谷上空飞行了一个小时。什么情况也没发现。

"我认为你应该转向谋杀方面去调查。"吃晚饭时，上校提议说。

"穆斯林狂热分子？"

"有可能。你知道，这帮人是一群匪夷所思的暴徒。他们一看到你不是穆斯林，甚至虽然你是穆斯林、但还不够是一个原教旨主义者，他们就会立即杀了你。五月十五日……我们才刚到这里两个星期，还在熟悉地形。但我查阅过事件记录本，当时那个地区没有什么特殊事件发生。你也可以去查一查ECMM的形势报告。大多数资料没什么用处，但我的办公室里有一本，查查无妨。应该还有五月十五日的例行记载。"

ECMM是欧洲共同体监视委员会的缩写。总部设在布鲁塞尔的欧盟一直想渗入欧洲的一些事务，但影响力有限。波黑争端早前一直是联合国的事务，直至最后在万般无奈的时候由美国接手才得以解决。但布鲁塞尔也想发挥作用，所以组织了一批观察员去了解事态的发展。这就是ECMM的任务。第二天，私家侦探翻阅了一大叠报告。

欧盟观察员主要是从欧盟国家的部队里抽调出来的无所事事的现役军官。他们分散在波黑各个地区，都配有一个办公室、一套公寓、一辆汽车，还能领到一份生活津贴。有些形势报告读起来更像是一篇社会日记。私家侦探集中精力查阅五月十五日或者此后三天的记载。五月十六日班亚-卢卡的一份报告引起了他的注意。

班亚-卢卡是塞族人的一个大本营，位于特拉夫尼克北面和弗拉西奇山脉另一边。驻那里的欧盟军事观察员是一位丹麦少校，名叫拉塞·布耶利加德。他记录说，头天晚上，即五月十五日，他在波斯纳旅馆里喝酒时，听到两个穿着迷彩军服的塞族人一阵激烈的争吵。其中一人显然对另一个人愤怒至极，用塞尔维亚语对他尖叫辱骂，接着打了他好几个耳光，但受辱的那人不敢还手，清楚地表明打人者是上级军官。

事情结束后，少校想从酒吧老板那里了解情况。这个老板懂英语，而且丹麦人英语说得也很清楚，但老板耸耸肩粗鲁地走开了，根本不像他的为人。第二天上午，那些穿军服的人走了，丹麦少校再也没有见过他们。

私家侦探认为这简直是他一生中最艰巨的一项任务。他打电话给在班亚-卢卡的欧盟观察员办公室，又换人了，这次是一名希腊军官。是的，那个丹麦人上星期已经回家了。私家侦探打电话到伦敦总部，让总部去询问丹麦国防部。三个小时后，伦敦回电了，幸好那人的姓氏不是很常见。布耶利加德少校在休假，他的私人电话号码显示是在欧登塞。

那天晚上私家侦探打电话找到了他，他刚刚带全家经过一天的水上游玩回到家里。布耶利加德少校尽可能提供了帮助。他还清楚地记得五月十五日晚上的事情。毕竟一个丹麦人在班亚-卢卡没有多少重要的事情可做，那是一个十分孤独和单调的任务。

那天，与每天晚上一样，少校在七点三十分去那家酒吧，喝一杯晚饭前的啤酒。大约一小时后，一小组穿着迷彩军服的塞族人走进了酒吧。少校认为他们不是南斯拉夫军队，因为他们没有部队的肩章。

他们似乎很自信，点了东南欧地区的烈性梅子酒加啤酒。这是最容易喝醉的组合。几巡酒过后，丹麦少校正要去餐厅，因为这里的噪音太大了，这时候另一个塞族人进了酒吧。他似乎是指挥官，因为其他人都安静下来了。

他用塞尔维亚语对他们说话，肯定是命令他们跟他走。于是这些人开始把啤酒杯往后一推，把香烟和打火机放进军服口袋里。这时，其中一个人表示要埋单。

指挥官怒不可遏。他开始朝那个下属尖叫。其余的人变得死一般静寂。其他顾客也一样，还有酒吧老板。谩骂仍在继续，还伴随着两记耳光。还是没人敢提出异议。最后，那个军官气急败坏地冲了出去，后面跟着其他人。没人支付账单。

丹麦少校曾试图询问酒吧老板。几个星期在这里喝酒，他已经与他混熟了。但那人脸色一片煞白。丹麦人以为，他也许是看到酒吧里的这种情景而在生气，但他看上去更像是恐惧。丹麦人追问他到底是怎么回事，他耸耸肩，高视阔步地走到酒吧内已是空荡荡的另一头，故意去看其他方向。

“那个指挥官也责骂了别的人吗？ ”私家侦探问道。

“没有，只是那个想付款的人。”来自丹麦的声音说。

“为什么只是他呢，少校？你在报告里没有提到理由。”

“哦，我没有说明吗？对不起。我认为是因为那人试图用一张百元美金付账。”

第七章

志愿者

私家侦探收拾行装驾车离开特拉夫尼克去了北方。他要经过波黑的穆族聚居区进入到塞族占领区。他那辆拉达汽车上飘扬着一面英国的米字旗，这应该能让他避免遭到远处的冷枪射击。如果被拦住检查，他打算依赖他的护照，那封证明他正在撰写有关救援工作报道的信，当然还有慷慨地分发在维特茨兵营商店里买来的美国香烟。

如果这些全都不起作用，他的手枪已经装满了子弹，就在近旁随手可及之处，而且他知道如何使用。

他被拦下了两次，一次是他在离开穆族控制区时，被一支穆族民兵巡逻队拦住；另一次是在班亚-卢卡南部，被一支南斯拉夫军队拦下盘问。这两次，他的解释、文件和礼物都起到了作用。五个小时后，他驶入了班亚-卢卡。

波斯纳宾馆当然算不得豪华气派，但已经是这个城镇最好的了。他登记入住了。里面很空。除了一个法国的电视摄制组，他是住在那里的唯一的外国人。那天晚上七点钟，他步入了酒吧。里面有三个喝酒的人，都是塞族人，都坐在桌子边。酒吧老板在吧台里面。私家侦探跨坐到了吧台的凳子上。

“哈罗。你一定是杜斯科吧？”

他表现得很坦率，友好，迷人。酒吧老板握了握他伸出来的那只手。

“你以前来过这里？”

“没有，是第一次。这酒吧很漂亮，很友好。”

“你是怎么知道我的名字的？”

“我的朋友最近来这里逗留过。一个丹麦人，叫拉塞·布耶利加德。他要我在经过这里时向你问好。”

酒吧老板显然放松了。这个人没有威胁。

“你是丹麦人？”

“不，英国人。”

“军人？”

“天哪，不是。我是记者，在撰写有关救助机构的系列报道。一起喝一杯吧？”

杜斯科为自己倒了一杯最好的白兰地。

“我也想当记者，将来有机会的话。到处旅行，周游世界。”

“好呀。先从当地的报纸入手，积累一些经验，然后到大城市去发展。我就是这么干的。”

酒吧老板无助地耸耸肩。

“这里？班亚-卢卡？这里没有报纸。”

“那就试试萨拉热窝，甚至贝尔格莱德。你是塞族人，你可以离开这里。战争不会是永远的。”

“离开这里是要花钱的。没有工作就没有钱，没有钱就不能旅行，不能找到那样的工作。”

“哦，是的，钱，总是一个问题。或者也许不是问题呢。”

英国人取出一叠美元，全是百元面值的，在吧台上数了起来。

“我是一个老派的人，”他说，“我相信人应该互相帮助。这会使生活容易一些、快乐一些。你愿意帮助我吗，杜斯科？”

酒吧老板目不转睛地盯着距他的指尖只有几英寸的几千美元。他无法把目光转向别处。他压低了说话声音。

“你要什么？你来这里干什么？你不是记者。”

“嗯，在某种意义上我是一名记者，我是提问的。我是一个富有的提问者。你想与我一样富有吗，杜斯科？”

“你要什么？”酒吧老板重复着。他朝其他喝酒的人投去了一瞥。他们正在凝视着他们俩。

“你以前见过一张一百美元钞票。在五月十五日，对不对？一个年轻的战士试图用它支付账单，引起了一场争吵。当时我的朋友拉塞在这里，是他告诉我的。我要你告诉我到底发生了什么，以及为什么。”

“这里不行，现在不行。”这位吓坏了的塞族人低声说。桌子边的一个客人站起来走向吧台。一块抹布被熟练地盖在了那叠钞票上。“酒吧十点钟打烊。到时候你再来吧。”

十点半光景，酒吧已经关门落锁了，两个人坐在半明半暗的一间卡座里，交谈着。

“他们不是南斯拉夫军队的，不是战士，”酒吧老板说，“是准军事组织，是坏人。他们逗留了三天。住了最好的房间，吃了最好的饭菜，喝了许多酒，离开时没有付钱。”

“其中有一个人试图付钱给你。”

“是的。只有一个。他是个好孩子，与其他人不同。我不知道他怎么会跟他们混在一起。那孩子受过教育。其他人是歹徒，是恶棍。”

“你对他们白吃白住了三天没有意见吗？”

“意见？意见？我能提什么意见？这些畜生可是有枪的呀。他们会杀人，即使是塞族同胞。他们全是杀人不眨眼的恶魔。”

“那么当那个好孩子要付钱给你时，是谁打了他的耳光？”私家侦探问道。

他能够感觉到黑暗中那个塞族人马上变得紧张起来。

“不清楚。他是他们的头目、领导。但我不知道名字。别人就叫他长官。”

“所有这些准军事组织都有名称，杜斯科。什么阿尔肯猛虎队，法兰基青年战斗队。他们想出名，他们都炫耀自己的名字。”

“这个组织没有名字。我发誓。”

私家侦探知道这是一个谎言。不管这个自由杀手是谁，这人把他的塞族同胞们吓得浑身直冒冷汗。

“但那个好孩子……他叫什么名字？”

“我从来没有听到过。”

“我们在这里谈论的是一大笔钱，杜斯科。你再也不会见到他，再也不会见到我。战争结束后你会有足够的钱到萨拉热窝去发展。告诉我那个孩子的名字。”

“他离开的那天付了钱，好像为他的同伴们感到羞耻。他返回来用支票付了账。”

“遭拒付了？支票回来了？在你手里？”

“不，支付倒是接受了。是南斯拉夫第纳尔。来自贝尔格莱德的一家银行。全额结清了。”

“那么，支票不在你这里了？”

“支票应该在贝尔格莱德的那家银行里。但现在很可能已被销毁了。可我记下了他的身份证号码，以免万一遭拒付。”

“在哪里？你把它记在了哪里？”

“在那本饮料单的背面。用圆珠笔写的。”

私家侦探查到了。客人点单时，用脑子记不住的又长又复杂的饮料名，就会潦草地记在那个本子上。本子现在只剩下最后两张纸，再用一天就会被扔掉了。在硬纸板的背面，有圆珠笔写的一组七位数和两个大写字母。隔了八个星期，字迹仍清晰可辨。

私家侦探留下给埃德蒙先生的一千美元后离开了。从那里出发去贝尔格莱德的最短路径是北上进入克罗地亚，在萨格勒布搭乘飞机。

原先由七个共和国组成的南斯拉夫联邦，在五年的混乱、残酷和血腥的内战中已经四分五裂了。北方的斯洛文尼亚首先独立，幸好没有发生流血冲突。在南方，马其顿也获得了独立。但在中部，塞尔维亚独裁者斯洛博丹・米洛舍维奇正在试图运用一切残忍手段拉住克罗地亚、波黑、科索沃、黑山和他自己的家乡塞尔维亚。他已经失去了克罗地亚，但他对权力和战争的胃口依然没有消失。

一九九五年私家侦探来时，贝尔格莱德暂时还没有遭到战争影响。科索沃战争引起破坏是后来的事。

伦敦总部告诉过他，在贝尔格莱德有一家侦探事务所，是他们以前合作过的前高级警官在当家。这个事务所起了一个不太正宗的名字——钱德勒[1]。

这地方很容易找到。“我需要查找一个年轻人。”私家侦探告

1　雷蒙德・钱德勒（1888—1959），美国推理小说作家，代表作有《漫长的告别》《长眠不醒》《再见，吾爱》等。他塑造的菲利普・马洛已经成为硬汉派私家侦探的代表。

诉这位调查员德拉根·斯托伊奇，“但我不知道他的名字，只有他的身份证号码。”

斯托伊奇咕哝了一声。

“他干了什么？”

“没什么事，据我所知。他也许看见了什么，也许没看见。”

“哦。要知道他的名字？”

“要找到他，然后我要找他谈话。我没有汽车，也不会说塞-克语。他也许会说英语，也许不会。”

斯托伊奇又咕哝了一声。这应该是他的专长。他显然已经看过了菲力普·马洛的每一部小说和每一部电影。他正在努力模仿《长眠不醒》里的罗伯特·米彻姆，但由于身高只有五英尺四英寸，他的表演差强人意。

“我的条件……”他开始说。

私家侦探取出另一千美元，从桌面上推了过去：“我要你全力以赴去办这件事。”

斯托伊奇神志恍惚了。他说出来的话直接来自于电影《再见，吾爱》里的那句台词。

“就这么定了。”他说。

该重视的事情就得重视，这位言语不多的前警官没有浪费时间。他的南斯拉夫国产轿车，后面冒着黑烟，前面旅客座上坐着私家侦探，一路穿城去了康雅尼克区，贝尔格莱德警察总局就坐落在莱蒙托娃街的转角上。它是一座棕黄色的巨大、丑陋的楼房，如同一只巨型大黄蜂侧卧在那里。

“你最好留在这里。”斯托伊奇说。他去了有半个小时，肯定跟他以前的同事喝了一杯，因为他呼吸时透出来一股梅子烈酒的气味。他拿着一张纸条。

“那张身份证属于米兰·拉耶克，二十四岁，法律系学生。他父亲是一位律师，业务相当成功，是中上层家庭。你肯定没找错人吗？”

“除非他有一个鬼魂。两个月前，他和贴着他照片的身份证在班亚-卢卡出现过。”

“他在那里干什么？”

“他身着军装。在一家酒吧里。”

斯托伊奇回想着刚才让他看了但没让他复印的那份档案。

“他服过兵役。所有的南斯拉夫年轻人都必须服兵役，年满十八至二十一岁的年轻人。”

“作战部队士兵？”私家侦探问道。

“不，通信兵。无线电操作员。”

“从来没真正参战过。也许加入了一个小组，赴波黑为塞尔维亚的事业而战斗。会不会是遭欺骗的志愿者？可能吗？”

斯托伊奇耸耸肩。

“有可能，但参加那些准军事组织的全是些地痞和恶棍。这个法律系学生与他们搅在一起干什么呢？”

“暑假实习？”私家侦探问。

“但哪个组织呢？我们去问问他？”

斯托伊奇看了一下他手中的纸。

“家庭地址在森耶克，不到半个小时的路程。”

“那我们走吧。”

他们很容易就找到了那个地址，伊斯特斯卡街上的一座坚固的中等大小的独立房子。看来，为铁托元帅和为斯洛博丹·米洛舍维奇政权服务多年，拉耶克先生混得不错。一位脸色苍白、神情紧张的妇女应声来开了门，她可能只有四十几岁，但看上很老。

斯托伊奇用塞–克语与她进行了一番交谈。

“米兰的母亲。”斯托伊奇说，“是的，他在家里。她问你有什么事。”

“跟他谈谈。一次采访，我是英国的新闻媒体。”

拉耶克夫人显然一头雾水，但还是让他们进去并呼唤她的儿子。然后她把他们引到了客厅里。楼梯上传来了脚步声，一个年轻人出现了。他与他的母亲耳语着交谈了几句话，然后走了进来。他一脸迷惘、担忧，几近恐惧。私家侦探友好地微笑了一下，并与他握了手。客厅门仍开着一条缝。拉耶克夫人正在打电话，说话很急促。斯托伊奇朝英国人投去了警告性的一瞥，意思是说：“不管你要问什么，要速战速决。老家伙已经上路了。”

英国人拿出从特拉夫尼克那家酒吧带来的便笺本。他把硬纸板翻过来，让米兰 · 拉耶克去看那七位数字和那两个缩写字母。

“你能结清账款，说明你是好人，米兰。酒吧老板十分感激。不幸的是，支票遭拒付了。”

“不，不可能。这是……”

他停下来，脸色像纸一般白。

“谁也没有指责你什么，米兰。所以你只要告诉我，你在班亚–卢卡干什么？”

“访问。”

“访问朋友？”

“是的。”

“穿着迷彩战斗服？米兰，那是一个战区。两个月前的那天发生了什么？”

“我不知道你这是什么意思。妈妈……”然后他换成了塞–克语，私家侦探听不懂了。他朝斯托伊奇扬起了眉毛。

“他爸爸来了。”斯托伊奇咕哝着说。

“当时你与另外十个人在一起，都穿着军装，带着武器。他们是谁？”

米兰·拉耶克冒出了豆大的汗珠，看上去似乎马上就要哭了。私家侦探判断这是因为这个年轻人精神极度紧张。

“你是英国人？但你不是记者。你来这里干什么？你为什么要迫害我？我什么也不知道。”

房子外面传来了一阵汽车轮胎的吱嘎声和脚步踏上台阶的跑动声。拉耶克夫人打开了门，她的丈夫冲了进来。他出现在客厅的门口，既慌张又愤怒。比儿子大了一代的他不会说英语，因此他用塞-克语喊叫。

“他问你在他家里干什么，为什么你要骚扰他的儿子。”斯托伊奇说。

“我没在骚扰，”私家侦探平静地说，“我只是在提问。八个星期之前这个年轻人在班亚-卢卡干什么？与他在一起的那些人是谁？”

斯托伊奇做了翻译。拉耶克先生又开始喊叫。

“他说，”斯托伊奇解释，“他的儿子什么也不知道，也没去过那里。整个夏天他一直待在这里。如果你再不离开，他就要报警了。我个人认为我们必须离开。这是一个有势力的人。”

“好的，”私家侦探说，“最后一个问题。”

来这里之前，这位前英国特种部队指挥官曾与英国秘密情报局的一个熟人一起悄悄吃过一顿中饭。秘情局巴尔干科的负责人提供了不少信息。

“那些人是不是‘佐兰狼群’？打你耳光的人是不是佐兰·季利奇本人？”

斯托伊奇才翻译了一半就停住了。米兰完全听懂了用英语说出来的这些话。产生的效果有两部分。有那么几秒钟时间，空气似乎凝固了，客厅里出奇地宁静。紧接着，像是一颗手榴弹爆炸了。

拉耶克夫人发出一声尖叫，跑出了房间。她的儿子倒进了一把椅子里，用双手捂住脸开始颤抖。父亲的脸色由白转青，手指头指向房门，喊出了一个单词，私家侦探格雷西猜测这个词的意思是“出去”。斯托伊奇朝门口走了过去。私家侦探跟在了后面。

经过那个年轻人时，私家侦探把一张卡片塞进他的西装口袋里。

“如果你改变主意，”他轻声说，“请打电话给我，或写信给我。我会来的。”

在返回机场的路上，汽车里的气氛紧张得使他们两人都不想说话。德拉根·斯托伊奇显然感觉到，他已经挣足了那一千美元的每一个子儿。当他们在机场的国际出发大厅停住汽车时，斯托伊奇隔着车顶向正要离去的英国人说了一番话。

“朋友，如果你再回到贝尔格莱德，我劝你不要再提那个名字。即使在开玩笑时也不要说起。尤其不能在开玩笑时说起。今天的事情从来没发生过。”

在四十八个小时之内，私家侦探写完了给史蒂夫·埃德蒙的报告，后面附上费用清单。报告的最后一部分是这么写的：

> 恐怕我不得不承认，导致您外孙死亡的事件，死亡的方式，以及尸体所在的地方，将很可能永远不会明了。假如我说我认为您的外孙仍然活着，那只是安慰您的谎言。目前和可以预见的将来，唯一的判断只能是：失踪，推定已被杀害。
>
> 我不相信他和陪同他的那个波黑人会冲出山崖，坠入

溪谷之中。本人已对每一处可能会出车祸的路段进行了查看。我也不相信那个波黑人会因为那辆汽车或那条钱包皮带，或者为了这两者而谋杀了他。

我推测，他们不经意地驶入了危险地区，并被不明身份的人所谋杀。很可能是到处游荡的一帮塞尔维亚准军事组织罪犯。但没有证据、身份证明、供词或法庭证言，现在还不可能进行指控。

我十分遗憾地不得不向您报告这个消息，但我几乎可以肯定这就是事实。

我很荣幸能为您提供服务，先生。

您忠诚的，

菲利普·格雷西

那是一九九五年七月二十二日。

第八章

律 师

加尔文·德克斯特从没对人解释过他退伍的原因，因为他不想被人嘲笑。他已经决定要去上大学，拿学位，当律师。

至于资金，他已经在越南攒了好几千美元，此外他还可以根据兵役法要求进一步的资助。

美国的兵役法是没有讨价还价的余地的；如果一个美国大兵退伍后申请上大学，只要他不是被开除的，政府就会出钱供他上大学，直至他获得学位。政府的津贴可以供学生随意花费，唯一的条件是，大学确认他是全日制学生。

德克斯特知道，农村地区的大学可能费用比较便宜，但他想上有法学院的大学。而且，如果他以后要当执业律师，那么地域更大的纽约州比新泽西州机会更多。研究了五十份招生简章之后，他向设在纽约市的福德姆大学提出了入学申请。

他于暮春时递交了入学申请书，附上每一个美国兵退伍时那份重要的退伍证书，即DD214证书。他赶上了好时候。

一九七一年春天，虽然反对越战的呼声很高，尤其是大学校园里的反战呼声更高，但美国军人倒没有受到指责，反而被视为受害者。

到了一九七三年，美军匆匆地、狼狈地撤离后，军人的这种处境改变了。虽然理查德·尼克松总统和亨利·基辛格国务卿尽力为越南故事进行了最好的润色，虽然从越南这个无法战胜的泥潭里解脱出来让所有人松了口气，但越战依然被看作是一次失败。

如果有什么美国老百姓不想与之经常沾边，那就是“失败”二字。接受失败不是美国人的理念，即便是自由的左翼。一九七三年后回国的美军官兵本以为他们会受到欢迎，因为他们已经尽了他们最大的努力，他们遭受了伤亡，失去了战友；但他们回国后受到了广泛的冷遇，甚至是敌意。那些左翼人士更为关心的是美莱事件[1]。

但在一九七三年的夏天，德克斯特的入学申请书得到了郑重的对待，表格上的“生活经历”栏内，他在“大红一师”当兵三年，被认为是一种积极正面的经历，如果是两年以后这事就会完全不同。他被录取了，政治历史系四年制学生。

这位年轻的老兵在布朗克斯区找到了一套廉价的一居室小公寓，是在一座没有电梯的楼房内。那里离校园不远，当时的福德姆大学坐落在市内一片不起眼的红砖楼房丛中。他精打细算，步行或乘坐公共交通工具，省吃俭用，利用漫长的暑假回到建筑工地去打工，他的钱足够维持到毕业。在之后的三年他到无数工地打过工，其中有一个当时正在建造这个世界的一个新奇迹——世贸中心双子座。

1　1968年3月，美军在南越美莱村屠杀了几百名手无寸铁的村民。该事件于1969年因《生活》杂志刊出了照片而被曝光。对该事件负有责任的军官卡利中尉在1971年受到了军法惩处。

一九七四年发生的两件事改变了他的人生。他遇上并爱上了安琪拉·马洛齐，一个漂亮活泼、热爱生活的意大利裔美国姑娘，在浴门大街上的一家花店里工作。那年夏天，他们结婚了，用他们的共同收入搬进了一套稍大的公寓。

那年秋天，离毕业还有一年时间，他提出了进入福德姆法学院深造的申请。这是福德姆大学下属的一个院系，坐落在河对岸的曼哈顿。要进去很难，申请者很多，名额有限。

进法学院意味着，一九七五年本科毕业后，要再读三年研究生取得硕士学位，然后是律师协会的资格考试，最后是获准在纽约州当律师。

申请就读福德姆法学院不需要参加面试，只要求把大量的材料递交给招生委员会，供他们研究和取舍。这些材料包括从小学起（这方面他是一个差生）直至最近的政治历史系的成绩报告单，一份自我鉴定，和现在的任课教师的评语（这方面他是一个优秀生）。夹在他的一大叠档案材料里的，还有他那份DD214证书。

他进入了最后一轮的候选人名单，招生委员会碰头做最后的选择。委员会有六个成员，主任委员是霍华德·凯尔教授。他已经七十七岁了，早就过了退休的年龄，但他很聪明，是一位荣誉教授，也是他们所有这些学者中的元老。

最后，到了两个候选人争夺最后一个名额的时候。加尔文·德克斯特是其中一个。会议室里发生了一阵激烈的争论。凯尔教授从位于桌首的椅子那儿站起来，踱到了窗户边。他凝视着湛蓝的夏日天空。一位同事走过来与他一起站在窗边。

“很难抉择，对吧，霍华德？你心里喜欢谁呢？”

老人拍了拍手中的一张纸，把它展示给这位导师。导师看了一遍那份获奖清单，不由得低低地吹了一声口哨。

“他二十一岁生日之前就获得了这些奖章。”

“他到底干了什么？”

“他得到了进这所学院学习的一次机会，这就是他做的。”教授说。

两个人回到桌子边参加投票。投票结果是三比三，但在这种情况下主任委员的一票抵两票。他解释了原因。委员们都去看那份DD214证书。

“他可能有暴力倾向。”政治上一贯正确的系主任表示了反对。

“哦，我希望如此，”凯尔教授说，“我不喜欢现在那些没有个性的人。”

两天后，加尔文·德克斯特得到了这个好消息。他和安琪拉正一起躺在床上。他抚摸着她渐渐隆起的肚子，谈论着将来有一天他会成为一个富裕的律师，他们会在韦斯切斯特或费厄菲尔德县郊外拥有一座漂亮的别墅。

他们的女儿阿曼达·琼在一九七五年春天出生，分娩引起了并发症。医生们尽了最大的努力，但结果还是一样。这对夫妻再也不会自然怀孕了，再要孩子只能领养。安琪拉的家庭牧师告诉她，这是天主的旨意，她必须接受主的意愿。

那年夏天，加尔文·德克斯特以班级前五名的成绩毕业，并于秋天开始了他在法学院的三年攻读。生活很艰苦，但马洛齐家庭全家动员起来了；丈母娘负责照顾婴儿阿曼达·琼，这样安琪拉就可以继续去上班。加尔文仍想当一名全日制学生而不是上夜校，因为法律课程的夜校要再多花一年时间。

在法学院的前两年，他仍在暑假期间出卖体力去打工，但到了第三年，他在曼哈顿著名的霍尼曼·弗莱舍法律事务所找到了一份工作。

福德姆大学一直保存着一份校友通讯录，霍尼曼·弗莱舍律师事务所里有三位资深的合伙人，都是福德姆法学院的毕业生。在导师的介绍下，德克斯特在那里得到了一份暑期法律助理员的工作。

一九七八年夏天，他父亲去世了。从越南返回后，他们不经常见面，因为父亲永远不明白儿子为什么不回到建筑工地，与安全帽相伴终生。

但德克斯特与妻子安琪拉曾去看望过他，借用马洛齐先生的汽车，让老德克斯特看了看他唯一的孙女。他死得很突然。突发心脏病把这位建筑工人击倒在一个工地上。儿子孤独地去参加了寒碜的葬礼。儿子曾经指望父亲能够参加他的研究生毕业典礼，并能为自己受过教育的儿子而感到自豪，但父亲没能看到这一天。

那年夏天他毕业了，在参加律师资格考试之前，他在霍尼曼·弗莱舍事务所找到了一份初级的但是全职的工作，这是他从部队退伍后七年来的第一份正式工作。

霍尼曼·弗莱舍崇尚自由，对共和党人士敬而远之。为表明事务所积极的社会意识，特地设立了一个公益部门，免费为穷人和弱者担任法律代理人。

但那些高级合伙人觉得没必要夸大他们的社会理想，这个公益部门一直只配备着几个收入最低的新手。一九七八年秋天，加尔文·德克斯特成了霍尼曼·弗莱舍律师事务所里一名级别最低的职员。

德克斯特没有抱怨。他需要钱，他珍爱这份工作，而且通过为穷人提供法律帮助，他获得了比单一专业更为丰富的经历。他可以得到出庭的机会：为一些轻微罪行、疏忽渎职和其他有争议的指控进行辩护。

那年冬天，事务所的一位女秘书出现在他那间简陋的小办公室门口，朝他晃着一份卷宗。

“是什么案子？”他问道。

“移民上诉，”她说，“罗杰说他没时间处理。”

公益处负责人罗杰如果碰上有油水的案子就会留给自己，相比之下，移民事务完全没有油水。

德克斯特叹了一口气，开始埋头阅读这份新卷宗的详情。听证会将在第二天举行。

那是一九七八年十一月二十日。

第九章

难 民

当时在纽约有一个慈善机构叫“关注难民”，其工作人员自称为“忧国忧民的公民”；还有一种戏称是“行善者”。

这个机构自定的任务是，睁大眼睛注视那些被海浪冲到美国海滩上的流离失所的难民，这些人希望美国能够履行刻在自由女神铜像基座上的那些文字，希望美国能收留他们。

大多数情况下，这些难民孤苦凄凉，被抢掠一空，来自世界各地。他们在求生存的挣扎中花尽了最后的积蓄，而且通常顶多只能说一些只言片语的英文。

他们的直接对手是美国移民与入籍局。该机关的集体意见往往是，百分之九十九的申请入籍者都是江湖骗子，应该被遣送回原籍，或任何其他地方。

一九七八年初冬的那天，放在加尔文·德克斯特办公桌上的卷宗，是关于从柬埔寨逃出来的一对夫妻——孟鸿先生和夫人的。

孟鸿先生已经代表他们夫妻俩做了一份长长的声明笔录。这位受过法语教育的柬埔寨人是用法语陈述的，经翻译后，他的故事呈现在律师面前。

自一九七五年起，柬埔寨的统治者是波尔布特，此人是一个疯子、弑杀成性的暴君，他手下有一支狂热的军队——红色高棉。这在美国广为人知，后来因电影《杀戮的田野》而更加为世人所知。

波尔布特有一些浮躁的梦想，想让他的国家回归到某种农耕石器时代。他的幻想充满了对城里人和任何受过教育的人的刻骨仇恨。这些人应该被处决。

孟鸿先生声称，他原是柬埔寨首都金边一所高级中学的校长。他的妻子是一家私人诊所的护士。显然，两人都属于红色高棉要处决的人。

当形势越来越严峻时，他们躲藏起来，在朋友和同事的房子东躲西藏，经常转移住所，直到最后，朋友和同事们也全都遭到逮捕。

孟鸿先生在声明中说，他们不可能潜逃到越南或泰国边境，因为在乡村，到处布满了为红色高棉通风报信的人，而他根本不像一个农民。然而他设法买通了一个卡车司机，这人同意把他们偷运出金边，穿越乡间抵达磅逊港。他用最后剩余的积蓄，说服一艘韩国货轮的船长带他们离开形同地狱的祖国。

他不在意、也不知道“仁川之星”这艘船舶驶往何处。结果它载着柚木去了美国纽约港。抵达美国后，他没去回避当局，而是直接报告并申请获准居留。

在听证会的前夜，德克斯特坐在厨房桌子边整夜没合眼，他的妻子和女儿就睡在相距几米的隔壁房间里。这个听证会是他第一次上诉辩护，他要为这个难民尽他最大的努力。读完当事人陈述之后，他去翻阅移民局的答复。官方的回复口气相当强硬。

在每个美国城市，最高官员是地区行政长官。第一道障碍就是这个地区行政长官办公室。负责这个案例的行政办公室官员，以奇怪的理由拒绝了这项避难要求，他说按照美国传统，孟鸿夫妻应该去柬埔寨当地的美国使馆或领馆提出申请，并排队等候。

德克斯特觉得这不是一个大问题。几年前当红色高棉冲进金边时，所有的美国外交人员已经撤离了柬埔寨首都。

在第一道关卡遭拒绝，就把孟鸿夫妻推到了办理驱逐手续的程序之中。就在此时，“关注难民”组织听到了这个消息并尽力为他们辩解。

根据程序，申请入境人在地区行政长官办公室的听证会上遭拒绝后，可以请求举行一个更高层次的听证会，即有避难听证官在场的行政听证会。

德克斯特注意到在第一次听证会上，移民局的第二个拒绝理由是，孟鸿夫妇不符合遭受迫害的五条基本理由：人种、国籍、宗教、政治信仰和社会阶级。他觉得他可以指出，作为狂热的反共人士（他会去叮嘱孟鸿先生）和校长，当事人至少符合最后两条。

在明天的听证会上，他的任务是请求避难听证官，按照移民与国籍法第243（H）条，实施“暂缓驱逐”的宽限。

在其中一张资料的下面，“关注难民”的某个工作人员用小号字打印了一条注释，注明避难听证官名叫诺尔曼·罗斯。这个信息很有意义。

德克斯特提前一个小时到了联邦广场二十六号的移民与入籍局大楼，去会见他的当事人。他本人并不高大，但孟鸿夫妇更矮小，孟鸿夫人就像一个娇小的娃娃。她透过啤酒瓶底般的眼镜观察着这个世界。律师手头上的卷宗告诉他，这对当事人的年龄分别为四十八岁和四十五岁。

孟鸿先生似乎很平静，一副逆来顺受的样子。因为加尔文·德克斯特不会说法语，“关注难民”组织派来了一名女译员。

德克斯特把一个小时的准备时间用在了回顾那份原陈述上面，但发现没有什么可添加或要删除的。

这种案子的听证不是在真正的法庭上进行，而是在一个大办公室里。听证之前五分钟，他们被引了进来。

如同律师所猜测的那样，地区行政长官的那位代表，仍坚持在首次听证会上做出过的拒绝避难申请的论证。没有什么可以增加或删减的。罗斯先生坐在办公桌后面，阅读着记载在卷宗里的、在此之前已经进行过的那番争论，然后朝着霍尼曼 · 弗莱舍律师事务所派来的这位新手扬了扬眉毛。

加尔文 · 德克斯特听到在他的身后，孟鸿先生正在对他的妻子说话：“我们必须指望这年轻人能成功，要不然我们会被送回去受死。”但他是用他的本国语言说的。

德克斯特先去反驳地区行政长官的第一条论据：自从红色高棉的杀戮开始之后，在金边已经没有美国的外交或领事机构了。最近的也要到泰国的曼谷，这是孟鸿夫妇永远不可能到达的地方。他注意到罗斯先生的嘴角上有一丝不易察觉的微笑，而来自移民局的那个人已经脸色涨红了。

律师的主要任务是表明，面对红色高棉致命的狂热，任何像他的当事人那样明显的反共人士，都注定会被抓起来受刑、处死。即便不是反共人士，这位具有大学文凭的校长无疑也会因为受过教育而遭处决。

头天晚上德克斯特获悉，诺尔曼 · 罗斯先生并不是一直姓罗斯。他的父亲塞缪尔 · 罗森在世纪之交抵达美国，来自现在的波兰某地区，为的是逃离俄国沙皇的迫害，这种迫害那时是由哥萨克骑兵实施的。

“先生，把这些两手空空地来到这里、只是为了寻求生存机会的人拒之门外是很容易的。说声不行就走开是很容易的。告诉这两个人，说这里没有他们的容身之地，他们应该回去遭逮捕、受刑、处决，是不用花费成本的。

“可我问您，假定我们的先辈是这样回绝的，我们先辈的先辈是这样回绝的，那么，那些被拒之门外的人回到已成为屠宰场的祖国时，有多少人会说：‘我去了自由之地，但他们关上大门把我送回来受死。’有多少人，罗斯先生？一百万？接近一千万。我请求您，不是从法律的角度，不是从一位聪明的律师获得一次成功的意义上，而是从莎士比亚称之为仁慈的本质这个角度，我请求您宣布，在我们这个泱泱大国，我们可以为已经失去了除生命之外的一切、仅仅寻求一次求生机会的一对夫妻，提供容身之地。”

诺尔曼·罗斯若有所思地盯着他看了好几分钟时间。然后他把铅笔当作木槌在办公桌上敲了一下，并宣布：“暂缓驱逐。下一个案例。”

来自“关注难民”的那位女士，激动地用法语把结果告诉了孟鸿夫妇。其后的手续会由她和她的组织去办理。会有一些行政程序，但不需要辩护了。孟鸿夫妇现在可在政府的保护下留在美国，最后还能获准工作、避难，随着时间的推移还可以入籍。

德克斯特朝她微笑着说她可以走了，然后他转向孟鸿先生说：“我们去那边的自助餐厅，你可以告诉我你到底是什么人，你在这里干什么。”

他说的是孟鸿先生的本国语言——越南语。

在那家地下餐厅角落里的一张餐桌边，德克斯特检查了柬埔寨人的护照和身份证。

“这些证件已经由西方几位最优秀的专家检验过了，是真实的。

你是怎么弄到它们的？”

这位难民看着他娇小的妻子。

“是她制作的。她是义族人。”

越南有一个叫义的宗族，几个世纪以来，顺化地区的学者大都是出自这个宗族。他们有一项历代相传的书法专长，曾为皇帝撰写宫廷文书。

到了现代，尤其是一九四五年开始抗法战争后，他们绝对耐心、细致和令人惊异的制图术，让世界上最高明的伪造证件者相形见绌。

这位戴着瓶底眼镜的小个子妇女因长期的战争而损失了视力，她曾俯伏在一个地下工作室里制作通行证和身份证。这些证件是如此完美，越共特工可以拿着它们随意地进出南越的每一座城市，从来没被抓住过。

加尔文·德克斯特把护照和身份证递了回去。

“那么，你到底是什么人，你为什么来这里？”

妻子开始轻声哭泣，她的丈夫握住了她的手。

“我的名字叫阮文镇，”他说，“我来这里，是因为我是逃出来的。至少这部分是真实的。我在越南的一个集中营里被关了三年。”

“那为什么要假装是柬埔寨人？美国已经接受了在那场战争中曾与我们一起战斗的许多南越人。”

“因为我曾经是越共的一名少校。”

德克斯特缓慢地点点头。

“这也许会是一个问题，”他承认道，“告诉我，把一切都告诉我。”

“我生于一九三〇年，在最南方靠近柬埔寨边境的地方。所以我懂一点高棉语。我的家庭并不信仰共产主义，我父亲是一个忠诚的民族主义者。他希望看到我们的国家摆脱法国的殖民统治。他用这种思想教育和抚养我长大。”

“这方面我看不出有什么问题。那为什么转向其他团体了？”

“那是我的问题。也是为什么我进了集中营的原因。其实我不是这个团体的人，我假装是。”

“说下去。”

“第二次世界大战前，我是在法国人的教育体系中成长的，尽管我渴望在长大后要为独立而奋斗。一九四二年，日本人来了，把法国人赶了出去，虽然维希政府的法国实际上也是与法西斯站在一边的。于是我们转而抗击日本人。

“领导抵抗运动的是以胡志明为首的人。他们比那些民族主义者更高效、更老练、更残酷无情。这时许多人改变了立场，但我父亲没有。一九四五年日本人败走后，胡志明成了民族英雄。当时我十五岁，已经参加了抵抗运动。后来，法国人回来了。

“然后就是九年的战争。胡志明的‘明越’抵抗运动吸纳了所有的其他抵抗力量。任何反对的人都被清除掉了。我也参加了那场战争。一九五四年，法国人在奠边府被打败时，我也是搬运大炮上山的人海中的一员。然后是《日内瓦协定》，一个新的灾难。我的祖国被划分为北方和南方两个部分。”

“你重新参战了？”

“没有立即参战。有一段短时间的和平。我们期待着协定所规定的全民公决。但全民公决取消了，因为南方的吴庭艳政权知道他们会失败。于是我们重新拿起了枪杆。当时的选项，只有南方令人厌恶的吴庭艳及其腐败的政权，以及北方的胡志明和甲将军。我曾经在甲将军手下战斗过，像崇拜英雄般地崇拜他。所以我选择了这个团体。”

“那时候你还是单身吗？”

“不，我已经娶了我的第一任妻子。我们有过三个孩子。”

“他们还在吗？”

“不，全都死了。”

“病死的？”

“B-52炸死的。”

“说下去。”

“第一批美国人来了。是肯尼迪派来的，说是来当顾问。但对我们来说，吴庭艳政权只不过是另一个傀儡政府，跟以前日本人、法国人扶植的政权一样。所以，我的半个祖国又一次被外国人占领了。我回到丛林里参加战斗。”

“那是什么时候？”

“一九六三年。”

“又是十年？”

“又是十年。当这场战争结束时，我已经四十二岁了。我已经像动物般地生活了半辈子，遭受着饥饿、疾病、恐惧和经常性的死亡威胁。”

“但一九七二年以后，你们应该已经获胜了。”德克斯特说。那越南人摇摇头。

“你们不明白一九六八年胡志明死后发生了什么事。党和政府落到了不同的人手中。我们许多人仍在为一个我们理想中的国家而战斗，一个能有一些宽容的国家。从胡志明那里接过班的人可没有这种意愿。一个又一个爱国者被逮捕处决了。当权的人是黎笋和黎德寿。他们根本没有胡志明那种把人们团结起来的内在力量。他们用杀人的方式来巩固他们的统治地位。秘密警察的权力迅速膨胀。你还记得‘春节攻势’吗？”

“记得太清楚了。”

“你们美国人还以为这是我们的一次胜利。其实不然。它是河内精心设计出来的，是黎笋指使的，又归咎于甲将军。这次行动是直接针对越共的。这摧毁了我们，这就是它的用意。我们有四万名优秀干部死于这次自杀一般的行动。其中包括南方所有推举上来的领导人。除掉他们之后，河内取得了最高统治权。新年过后，北越军队控制了全国，赢得了胜利。我是南方民族主义者的最后一批幸存者之一。我希望的是一个自由统一的国家；不错，但我还希望有文化自由，私有经济成分，农民拥有土地。结果这是一个错误。”

“发生了什么？”

“一九七五年最终征服南方后，真正的迫害开始了。先是华人，两百万华侨被剥夺了所有财产，要么被送去劳改，要么被驱逐出境。还有船民也遭到了同样的迫害。我表示反对，说这样不行。然后持不同政见的越南人也开始遭迫害。有二十万人被关进了集中营，主要是南方人。一九七五年底，公安，也就是秘密警察，来抓我了。我写了太多的意见信，他们说我做的一切已被检举揭发了。他们不喜欢我那么做。”

“怎么处置你的？”

“三年集中营，接受‘再教育’。此后又是三年的日常监视。我被送进了河西省的一座集中营，离河内大约六十公里。他们总是把你送到远离家乡的地方，防止逃跑。”

“但你还是逃跑了？”

“是我妻子安排的。她确实是一名护士，也是一个证件伪造者。在那几年的和平时期，我也确实是一名校长。我们是在集中营里相遇的。当时她在医务室工作，我患了双腿脓肿。我们交谈了，我们相爱了。你能想象吗？我们这种年纪。她把我从那里弄了出来。她私藏了一些金条，没被没收，我们就是用这些金条买了船票。后来的事你全都知道了。”

“你认为我会相信你吗？”德克斯特问道。

“你会说我们的语言。你去过那里？”

“是的，我去过。”

“去打仗？”

“是的。”

“那么，我以一个战士的身份对另一个战士说一句话，当你看见失败的时候就应该认识到失败。你应该知道如何判断摆在你眼前的事实。我们走吧？”

“你打算去哪里？”

“当然是回到移民局。你会把我们的情况汇报上去。”

加尔文·德克斯特喝完咖啡站了起来。阮文镇也想站起来，但德克斯特把他按回到了椅子里。

“那是两码事，少校。战争已经结束了。它发生在很久以前，遥远的地方。努力享受你以后的生活吧。”

那越南人好像受到了极大的震动。他默默地点点头。德克斯特转身走开了。

当他踏下台阶走向街道时，有件事情使他困惑不解。那个越共军官，他的脸，那僵住的震惊的表情。

街上的行人纷纷转过头来打量这位正在仰头嘲笑命运捉弄的年轻律师。他不经意地摸了一下自己的左手，那里有一块在地道里被曾经的敌人用滚烫的椰子油烫伤的疤痕。

那一天是一九七八年十一月二十一日。

第十章

黑 客

到一九八五年时，加尔文·德克斯特已经离开了霍尼曼·弗莱舍律师事务所，但还没有找到足够住上韦斯切斯特漂亮别墅的工作。他加入了公众辩护人事务所，成了纽约州法律援助律师。这工作不是很风光，也不是很赚钱，但能给予他从事公司法或税法工作不能得到的东西，他知道这一点。这就是职业满足感。

妻子安琪拉已经很好地接受了他的状态，比他希望的更好。其实，她并不真正介意。马洛齐家庭是地地道道的纽约布朗克斯人，彼此非常亲近。女儿阿曼达·琼在她喜欢的一所学校上学，身边有许多小朋友。德克斯特家的要求并不高。

这份新的工作每天工作量特别大，经常要代表那些怀着美国梦钻法律空子的人。这意味着在法庭上为付不起律师费的人做辩护。

以加尔文·德克斯特的观点来看，贫穷，口齿不清，并不必然意味着有罪。他的当事人也许地位卑微，但每每因为他成功的辩护，让这些茫然又充满感激的当事人得以无罪释放而走出法庭时，律师都会引起一阵小小的轰动。他遇上华盛顿·李，是在一九八八年一个炎热的夏天晚上。

在纽约市内，光是曼哈顿岛每年就有十一万件刑事案件要处理，还不包括民事诉讼。司法机关显然一直处于工作量超负荷和人手不足的状态。但之所以似乎还能应付得过来，当时的部分原因是，在中央大街100号那座花岗岩大厦里，法庭听证系统一天二十四小时连续运转着。

如同连轴转的歌舞杂耍表演，刑事法院大楼可以吹嘘“我们永不关门”。要说这里“能体现所有生活”或许是夸大其辞，但曼哈顿的下层生活肯定在这里有所显现。

一九八八年七月的那个晚上，德克斯特正在值夜班，听候一位忙得不可开交的法官随时分配给他一名当事人。凌晨两点钟当他正准备溜走时，一个声音把他召回到AR2A法庭。他叹了一口气，没人会去与哈塞尔布拉德法官争论。

他走近律师席。一位地区检察官助理手里抓着一份卷宗，已经站在那里了。

“你累了吧，德克斯特先生？”

“我想大家都一样，先生。”

“是啊。但现在又有一个案子我想让你接手。不能等到明天，现在就交给你。拿上这份卷宗。这位年轻人似乎遇上了大麻烦。”

“你的愿望就是我的命令，法官。”

哈塞尔布拉德的脸上绽出了微笑。

“我就喜欢听话的人。”他说。

德克斯特从地区检察官助理手里接过那份卷宗，他们一起离开了法庭。卷宗的封面上写着：“纽约州人民起诉华盛顿·李”。

“他在哪里？”德克斯特问道。

“就在这里的一间拘留室里。”地区检察官助理说。

从卷宗里的那张大头照片来看，他的当事人是一个骨瘦如柴的青年，带着一脸希望破灭的茫然表情，是被世界上任何司法系统唾弃的未受过教育的人。他看上去迷茫多于聪明。

这个被告十八岁年纪，是破败的贝德福街道的居民，那是布鲁克林区的一个部分，是一个黑人社区。光是他的住址就引起了德克斯特的兴致。为什么他会在曼哈顿遭起诉？他假定这个小青年到河对岸去偷了一辆汽车，或抢了一只钱包。

但事情不是这样的，起诉的罪状是银行欺诈。是伪造支票？或是企图使用偷来的信用卡？甚至是采用了从两个柜台上由一个假账户里同时提款那种老把戏？不是。

指控的罪名很奇怪，而且不精确。地区检察官的起诉罪名是欺诈一万多美元。受害人是总部设在曼哈顿中部的东河银行。这解释了起诉发生在曼哈顿岛，而不是布鲁克林区的原因。欺诈行为被银行的安全员发现了，银行要按规定的最高金额追索。

德克斯特朝华盛顿 · 李露出鼓励的笑容，做了自我介绍，坐下来分香烟。他自己不抽烟，但他百分之九十五的当事人都喜欢吸烟。华盛顿 · 李摇摇头。

“吸烟有害健康，朋友。”

德克斯特很想说，在州立监狱里待七年时间也会大大有害健康，但他忍住了。

他注意到，这位李先生，不单单其貌不扬，简直可说相当丑陋。那么他是如何施展魅力让银行乖乖交出那么多钱来的？以他的模样、他的穿着举止，他很可能会被拦在享有盛名的东河银行的意大利大理石大堂之外。

加尔文 · 德克斯特需要更多的时间去研究这个案子。当务之急是办理指控手续，看看是否有一丝保释的可能性。他怀疑没有这种可能性。

一小时之后，德克斯特和那位地区检察官助理回到了法庭。看上去一脸迷惘的华盛顿·李被及时地提审了。

“可以继续了吗？”哈塞尔布拉德法官问。

“尊敬的庭上，我必须请求诉讼延期。”德克斯特说。

“请过来。”法官说。当两位律师都站到下面的律师席上时，他问道：“有问题吗，德克斯特先生？”

“这个案子表面看起来似乎比较简单，其实很复杂，法官大人。这不是鸡毛蒜皮的事。指控超过一万美元的金额，而且是从一家第一流的银行里诈骗所得。我需要更多的时间研究案情。”

法官的眼睛瞟向地区助理检察官。后者耸耸肩，表示没有反对意见。

“本星期之内。”法官说。

“我请求保释。”德克斯特说。

“我反对，法官先生。”地区助理检察官说。

“我把保释金额设在起诉书提到的金额，一万美元。”哈塞尔布拉德法官说。

这是不可能的，他们都知道。华盛顿·李连十美元都拿不出，而且没有任何保证人会愿意替他交纳保证金。他只能回到囚室里去。当他们离开法庭时，德克斯特要求地区助理检察官帮一个忙。

“做件好事，把他关在‘坟墓’里，而不是‘岛’上。”

“行，这没问题。抓紧时间睡觉吧，嗯？”

曼哈顿司法系统有两座短期拘押监狱。“坟墓”听起来好像是设在地下，但实际上是在法庭大楼隔壁，比起东河上游的赖克斯岛，这里更方便辩护律师去探访他们的当事人。虽然地区助理检察官劝他去睡觉，但这个案子也许使他睡不成觉了。第二天上午他要去与华盛顿 · 李商量，他现在需要马上研读案情。

在一双训练有素的眼睛看来，这叠卷宗叙说的是华盛顿 · 李如何被查到和被逮捕的过程。欺诈是银行内部被查到的，由此追踪到了李。银行安全处负责人名叫丹 · 威特科夫斯基，曾经是纽约警察局的一名侦探，是他说服了他的前同事去布鲁克林逮捕了华盛顿 · 李。

李先是被抓来，关进了曼哈顿中部的一个警署里。抓来的恶棍和歹徒在警署的看守所里关不下了之后，会被带到刑事法院的拘留所里，每天吃着一成不变的大香肠和奶酪三明治。

然后司法机器的无情进程就开始了。罪状页上会列上一连串各种违法犯罪行为，大多是小罪名：街头行骗、商店行窃、从自动售货机里偷东西。这项手续完成后，华盛顿 · 李已被定为起诉对象。就是在那个时候，哈塞尔布拉德法官命令要为这个年轻人安排一位辩护律师。

从表面上看，这个年轻人出身贫苦，现在依然一无所有。照一般人的推测，他将从逃学发展到小偷小摸，直到终身成为纽约州监狱里的常客。但他到底是如何对东河银行甜言蜜语，骗了他们一万美元？没有答案。卷宗里没有说明。只有一项简单的指控，以及一个设在曼哈顿的愤怒的、报仇心切的银行。三级非法侵占财产罪，要判七年徒刑。

德克斯特抓紧时间睡了三个小时，送女儿阿曼达 · 琼去上学，吻别妻子安琪拉，然后回到中央大街。在“坟墓”的会见室里，他才从黑人小伙子华盛顿 · 李那里把整个故事搞清楚了。

在学校里，华盛顿 · 李就一无所长，学习成绩一塌糊涂。他的前途一片黑暗，只能走上一条毁灭、犯罪、坐牢的道路。有一天，学校的一位老师，不知是比其他人更聪明还是仅仅是更好心，竟然允许这个没有教养的孩子去碰他那台惠普电脑。

这如同是向小男孩耶胡迪·梅纽因[1]提供了一次接触小提琴的机会。他凝视着键盘，凝视着屏幕，他开始奏出了音乐。这引起了那位教师的兴趣，他自己显然是一个电脑迷，因为那时候个人电脑远没有普及。那是五年前的事。

华盛顿·李开始钻研。他也开始存钱。当他打开储蓄罐倒空里面的积蓄时，他没把钱用在抽烟、喝酒、吸毒或添置衣服上。他积聚了足够的钱，到二手市场买了一台电脑。

“那你是如何去骗东河银行的？”

“我闯进了他们的电脑主机。”小伙子回答。

有那么一瞬间，德克斯特还以为他也许用了一根撬棍之类的东西，于是他让当事人解释。这个小伙子第一次变得有生气了，他在谈论的是他唯一知道的事。

“你知不知道，有些数据库的防护系统其实相当脆弱？”

德克斯特承认他没有认真思考过这个问题。与大多数非专家一样，他只知道电脑系统的设计者设置了“防火墙”，阻止外来者进入高度敏感的数据库。但防火墙是如何设置的，他从来没有想过，更不用说如何攻破了。他让华盛顿·李把故事说了出来。

东河银行把每一位客户的详情都储存在一个巨大的数据库里。因为客户的金融状况是非常私密的，进入数据库、获得这些详情需要银行员工输入一个复杂的密码。除非这些密码绝对正确，否则电脑屏幕只会闪现一条信息：“进入遭拒”。三次错误的尝试，就会引发总部的报警信号闪亮。

1 耶胡迪·梅纽因（1916—1999），生于美国纽约，是世界著名的小提琴家。

华盛顿 · 李破解了密码，没有触发报警系统。他让曼哈顿的银行总部地下室里的电脑主机听从他的指令。简言之，他已经在不间断地与一件非常昂贵的技术设备交流了。

他的指令很简单。他命令计算机辨明银行每一位客户的每一项储蓄和账户，以及每月支付给这些账户的利息。然后他命令，从每一笔利息中，扣出四分之一转到他自己的账户里。

由于他没有账户，他在当地的蔡斯曼哈顿开了一个。假如他知道把这笔钱款转到巴哈马去，那么他很可能不会被抓住了。

要确定一笔存款的应得利息是一项很复杂的计算，因为结果取决于计息期内的周边利率，而且周边利率还会经常波动，因此要算得准确是很花时间的。大多数人没有这个时间，他们相信银行的计算不会出错。

但托尔斯泰先生不相信。他已经八十岁了，但他的思维依然很敏捷。他的问题是无所事事，成天在他位于西一〇八大街的那套小公寓里消磨时间。当了一辈子保险公司统计员的他深信，如果乘上足够的次数，即使一分一毫也能积少成多。他花时间努力寻找银行的差错。有一天，还真让他找出来了。

他坚信他四月份的利息少了四分之一。他核查了三月份的数字，也同样。他又核对了前面的两个月。然后他投诉了。

银行的客户经理本可以给他补上少算了的钱就完事了，但规定就是规定，必须严格遵守。经理把这份投诉写成了一个报告。总部认为，这可能是单个账户的单个差错，但他们随机抽查了其他六个账户，结果发现了同样的问题。然后计算机专家被召来了。

专家们查明，电脑主机对银行的每一个账户都发了相同的指令，而且已经这么做了二十个月。他们询问为什么。

“是你们叫我这么做的。”电脑回答。

“不，我们没有。”科技人员说。

“反正有人说过。”电脑说。

这时，他们叫来了安全处的丹·威特科夫斯基。没有花多长时间就查清楚了。这些零零星星的钱都被转移到布鲁克林区蔡斯曼哈顿的一个账户上。客户的名字是华盛顿·李。

“告诉我，你用这种手段赚了多少？”德克斯特问道。

“一百万美元不到一点。”

律师咬住了笔头。怪不得指控那么含糊。确实是“超过一万美元”。这个数额使他有了一个主意。

东河银行总经理洛·阿克曼先生特别珍惜早餐。对他来说这是一天中最佳的膳食，不会像中饭那样匆匆忙忙，也不会像晚宴那样营养过剩。冰镇果汁的凉爽，咀嚼麦片时吱吱嘎嘎的响声，煎蛋的蓬松柔软，新鲜过滤的蓝山咖啡的香味，都让他无比愉快。在中央公园西翼他的一楼阳台上，在炎热到来之前的夏日早晨，早餐真是一种享受。使人恼火的是加尔文·德克斯特搅乱了他的美好时光。

当菲律宾男佣把一张名片带到他的大阳台来时，他瞟了一眼卡片上的“律师”字样，皱起了眉头，他完全没概念这个客人是谁。名字倒有点眼熟。他正要告诉用人让客人上午到他的办公室去找他，一个声音在菲律宾人身后响了起来：“我知道这有点不太礼貌，阿克曼先生，对此我深感抱歉。但如果你现在给我十分钟时间，我们就用不着在众目睽睽之下在你的办公室里会面，我想你事后会很庆幸的。”

银行家耸耸肩，朝桌子对面的一把椅子示意了一下。

“告诉夫人，我在早餐桌上与人谈话。”他吩咐菲律宾用人。然后转向德克斯特：“简短一些，德克斯特先生。”

“好的。你在起诉我的当事人华盛顿·李，控告他从你们客户的账户上骗走了几近一百万美元。我认为，马上撤诉才是明智之举。”

东河银行的这位首席执行官真是后悔莫及。你稍微显示了一点点仁慈，然后怎么样呢？一个不速之客搅乱了你的早餐。

“算了吧，德克斯特先生。会谈到此结束。没门，这个小混混必须进班房。必须制止这种事情，公司政策。再见。”

“真遗憾。你看，他做这事的手法是巧妙的。他闯进了你们的电脑主机。他穿过了你们的所有防火墙，所有的安全警卫。似乎没人能够做到。”

“你的时间到了，德克斯特先生。”

“再等几秒钟，你享受早餐的机会多着呢。你们大概有一百万个客户，包括支票账户和储蓄账户。客户都认为把资金存放在你这里是安全的。这个星期的晚些时候，一个来自贫民窟的骨瘦如柴的黑人青年站到法庭的被告席上，承认是他从你们的账户上骗走了这么多钱。那么随便一个大字不识的业余人员，都能够在经过几小时的试探之后，骗过你们的安全系统，提走你们客户的所有资金。你认为你们的客户会怎么想？”

阿克曼放下咖啡，去凝视对面的公园。

“这不可能，而且客户们怎么会知道？”

“因为法庭的记者席上将会坐满了人，而且广播和电视媒体都会等在外面。我认为你们的客户中至少有四分之一会决定转换银行。”

“我们将宣布我们正在安装一套全新的安全系统。市场上最先进的系统。”

“但此前你们也说用的是最先进的系统。而一个来自贝德福贫民窟的学习成绩一塌糊涂的年轻人闯了进去。你们还算是幸运的。你们追回了这一百万美元。假定这种事情再次发生，一个周末被提走几千万美元，而且钱款是转移到开曼群岛呢？根本无法追回，银行将不得不进行赔付。你们的董事会会喜欢这种羞辱吗？”

洛·阿克曼想了想他的董事会。他有几个机构股东，地位权势堪比皮尔逊-莱曼或摩根·史坦利。他们痛恨受到羞辱，也能让他丢掉饭碗。

“这事有那么糟糕吗？”

“恐怕是的。”

“好吧。我通知地区检察官说我们对起诉不感兴趣了，因为我们已经把钱都追回来了。但请你注意，地区检察官如果想要起诉，他还可以继续起诉。”

“那么就要你去说服他了，阿克曼先生。你要说的只是，‘诈骗，什么诈骗？’此外不要多说。好不好？”

律师站起来，转身要离开。阿克曼是一个输得起的人。

“我们永远愿意与好律师打交道，德克斯特先生。”

“我有一个更好的主意。把华盛顿·李招为你们的银行员工。我想五万美元的年薪应该可以吧。”

阿克曼跳了起来，蓝山咖啡的棕色斑渍沾到了餐巾上。

“我干吗要把那个穷鬼招聘到我的银行里来？”

“因为在计算机方面，他是最佳的。他已经证明了这一点。他冲破了你们花巨资设立起来的安全系统，而且只花费了五十美元的成本。他可以为你建立一个完全无法攻破的系统。这会成为你们的卖点：大西洋西部最安全的数据库。给他一个窝，远比让他在外面搞鬼更为安全。”

二十四小时后，华盛顿·李被释放了。他搞不清楚这到底是怎么回事。地区助理检察官也是一头雾水。但银行发了一阵健忘症，地区检察官办公室还有一大堆积压的案子需要处理，他为什么要去坚持呢?

银行派了一辆轿车去“坟墓”接他们的新员工。李以前从来没有坐过轿车。他坐进后座，看见他的律师在车窗边探头探脑。

“朋友，我不知道你做了什么还有你是怎么做到的。有一天我也许会报答你。”

“好的，华盛顿。也许有一天你会的。”德克斯特说。

那一天是一九八八年七月二十日。

第十一章

凶 手

在铁托元帅当政时期，南斯拉夫实际上是一个没有犯罪的社会。妇女在街上行走绝对安全，骚扰游客简直不可思议，敲诈勒索完全不存在。

这很奇特，因为南斯拉夫，这个西方联盟在一九一八年把七个共和国拼凑起来的联邦国家，曾出过一些欧洲最邪恶、最残暴的歹徒。

其原因是一九四八年以后，南斯拉夫政府与南斯拉夫的黑社会订立了一个协议。交易很简单，你们可以随心所欲，我们将睁一只眼闭一只眼，但有一个条件——你们到国外去干。贝尔格莱德只不过把所有犯罪团伙的犯罪行为驱逐出境了。

南斯拉夫犯罪集团头目们选中的主要目标是意大利、奥地利、德国和瑞典。理由很简单：二十世纪六十年代中期，土耳其人和南斯拉夫人构成西欧富国的第一波外来工人浪潮，也就是由他们去干那些养尊处优的当地人不想干的脏活累活。

每一次大规模的种族迁徙都会夹带着犯罪团伙。意大利黑手党伴随着移民来到了纽约，土耳其的犯罪分子很快就混入了遍布欧洲的土耳其“外来工人”之中。南斯拉夫人也同样。但当局与黑社会的那份协议还有更多的意义。

贝尔格莱德的这一举措可谓一箭双雕。成千上万的赴国外打工者，每星期把他们挣来的硬通货寄回国内。南斯拉夫这个国家，经常处于经济混乱之中，但定期的硬通货流入掩盖了这个事实。

只要铁托与莫斯科分道扬镳，美国和北约对他的其他事就相当宽松。确实，铁托是整个冷战时期不结盟国家的重要领导人。亚得利亚海的达尔马提亚海岸成了旅游胜地，不仅有阳光，还有更多的外汇收入。

在国内，铁托对持不同政见者和反对派采取高压政策，但他把迫害行动做得很隐蔽。与黑帮分子的协议不是由普通的警察机关执行，而是由秘密警察组织即国家安全局（简称国安局）来监督执行。

国安局拟订了协议的具体条款。黑帮歹徒在国外抢掠，可以回国休假而免受处罚。他们用不义之财在沿海地带、在首都为自己盖起了别墅和庄园。他们为国安局的头目捐助了养老基金，偶尔他们也被要求去执行一些十分隐蔽的“特别任务”。做出这种聪明安排的人，就是那位长期担任国安局头头的肥胖而又可怕的斯洛文尼亚人斯坦尼·多兰奇。

南斯拉夫国内有少量的卖淫业，但都在当地警方的有效控制之下；还有一些赢利丰厚的走私活动，同样，这些收益也能帮助官方建立起养老基金。但在国内，暴力是绝对禁止的，除了某些“国家需要”之外。年轻的流氓至多闹到争抢地盘、偷窃汽车（不许偷外国游客的）、打架斗殴这个地步。如果他们想闹得再大一些，他们就不得不离开，去国外闹去。不听劝告的人会被关进不明地点的监狱，牢房钥匙被扔进深井，永世别想出来。

铁托元帅不是傻瓜，但他终有死去的一天。在一九八〇年他去世后，形势开始失控了。

一九五六年，在贝尔格莱德的蓝领工人住宅区泽姆恩，一个姓季利奇的汽车技工生了一个儿子，取名为佐兰。从小时候起，佐兰就显露出邪恶和暴力的本性。十岁时，他的老师们一听到他的名字就会吓得浑身发抖。

但有一件事情，使得他后来从贝尔格莱德其他黑帮人物（如泽利科·拉茨纳托维奇，也就是“阿尔肯”）中间脱颖而出：他很聪明。

十四岁从学校辍学后，他成了一个少年帮派的头目，热衷于偷窃汽车，打架斗殴，大吃大喝，勾引当地姑娘。在两个帮派之间的一次特大“火并”之后，对方三名成员被自行车链条打成重伤，在生死线上挣扎了几天几夜。当地警察局局长认为事情已经闹得够大了。

佐兰·季利奇被抓进去，关进地下室，两个高大结实的人用橡皮管轮番抽打，直至他被打得站不住倒了下去。警方没有恶意，他们只是要让他听话。

然后警察局局长给了他一番忠告。那是一九七二年，季利奇十六岁。一个星期后，他离开了南斯拉夫。但他带着一份介绍信。在德国，他加入了柳巴·泽姆纳奇的帮派。这位黑帮头目的姓氏是个假名，取自他出生的那个郊区的名字——他也来自于贝尔格莱德市泽姆恩区。

泽姆纳奇是一个十分狂暴的歹徒，后来在德国的一个法院大厅里遭枪杀身亡。佐兰·季利奇与他相处了十年时间，赢得了这个老家伙的赞赏，被认为是他手下最野蛮、最残忍的助手。在敲诈勒索要保护费时，恐吓的能力是至关重要的。季利奇能让人觉得恐惧，还能津津有味地享受这种感觉。

一九八二年，季利奇二十六岁时独立出去，组建他自己的帮派。这本来会引起与他老雇主之间的一场地盘争夺战，但泽姆纳奇不久就摆脱尘世的烦恼死了。在之后的五年时间里，季利奇一直是德国和奥地利的黑帮组织的头目。他早就学会了德语和英语。

在他的家乡，情况正在发生变化。

没有人可以替代铁托元帅。铁托作为一名游击战士抵抗德国人的战斗经历，加上他伟大的人格力量，已经将这个由七个共和国组成的联邦维持得相当长久。

二十世纪八十年代的南斯拉夫，一系列联合政府轮番登台执政，但是，要求脱离联邦、争取独立的运动，已经在北方的斯洛文尼亚和克罗地亚，以及南方的马其顿闹得沸沸扬扬了。

一九八七年，季利奇与一个小干部斯洛博丹·米洛舍维奇打成了一片。他很是欣赏后者所具有的两种品质：追求权力的绝对冷酷无情，以及解除对方戒心的狡诈手段。米氏被其他人低估、忽视，季利奇发现了这个正在上升阶段的人物。一九八七年，季利奇主动提出去“照顾”米氏的对手，没有遭到回绝，他也没有开口要价。

一九八九年时，米洛舍维奇明白南斯拉夫已经死定了，他要换的新旗帜，是塞尔维亚民族沙文主义。

南斯拉夫正在四分五裂。米洛舍维奇假装想挽救联邦，闭口不提他实施救国的手段就是种族清洗和大屠杀。在贝尔格莱德所在的塞尔维亚共和国内部，他获得了民众支持，因为人们相信他会挽救任何地方的塞族人免遭非塞族人的迫害。

要挽救塞族人于水火之中，那塞族人先要受到迫害。如果波斯尼亚人和克罗地亚人没能及时领会，那么他就去这么安排。在波斯尼亚人和克罗地亚人中间安排一次小范围的杀戮，就会挑起大多数居民去对抗他们中间的塞族人，此时再由米洛舍维奇派出军队，去救护那些塞族人。一帮由地痞恶棍组成的所谓“爱国者”准军事组织，充当他的奸细。

与许多掌握了国家大权的二流政客一样，米洛舍维奇迷上了金钱。他对金钱着魔的程度，如同眼镜蛇听到耍蛇人的笛声。他迷恋的，并不是能用金钱可以买到的奢侈生活，他个人直到最后一直保持着俭朴。主要是金钱作为权力的另一种形式使他着迷。到米氏倒台时，据继任的南斯拉夫政府估算，米氏和他的亲信贪污并转移到他们的外汇账户上的资金约有两百亿美元。

其他人就没有那么俭朴了。比如他极为可怕的妻子和同样恐怖的儿子女儿。跟米氏一家相比，电视剧《恶魔之家》绝对是小巫见大巫。

一九八九年以前，南斯拉夫一直把它的黑社会组织放在国外，米洛舍维奇把黑帮们作为铁杆帮手召集到国内来了。

在这帮铁杆助手中就有佐兰·季利奇。他成了这个独裁者的私人助手和雇佣杀手。米洛舍维奇施与的奖励从来不会是现金，而是专有权，尤其是获利丰厚的非法行业的特权，再加上官方绝对不会找麻烦的保证。这个暴君的亲信可以抢劫、拷打、强奸、杀人，当地的警方绝对奈何他们不得。米勒舍维奇建立了一个犯罪和贪污集团，打着爱国团体的招牌，使得塞族人和西欧的政客们被蒙蔽了好几年。

在实施了所有这些残暴血腥手段之后，他仍然没能拯救南斯拉夫联邦，也没能实现他的大塞尔维亚梦想。斯洛文尼亚独立了，然后是马其顿和克罗地亚。到一九九五年《代顿协定》签订时，波黑也分裂出去了，到一九九九年七月时，他不但实际上失去了科索沃，连塞尔维亚本身也因遭到北约的空袭而几乎毁灭。

与阿尔肯一样，季利奇也组建了一个准军事小组。当时还有其他几个准军事组织团伙，如法兰基·斯塔马托维奇所创建的邪恶、隐蔽和残忍的“法兰基青年队”等。使人惊异的是，斯塔马托维奇甚至不是塞族人，而是来自伊斯特利亚半岛的一个克罗地亚叛徒。阿尔肯比较张扬、爱出风头，最终在贝尔格莱德的假日酒店大堂里被枪杀。季利奇本人和他的武装小组相当低调，行动非常隐蔽。在波黑内战期间，他组织了三次行动，带着他的团伙北上，一路上强奸、殴打、谋杀这个悲惨的共和国的居民，直至美国人干预后才最终停止。

他的第三次行动是在一九九五年四月。

阿尔肯把他的武装组织称为“猛虎队”，并拥有两百名战斗队员；季利奇起了个“佐兰狼群”的名称，把人员控制得很少。在第三次出击时，这个团伙人数不超过十二个，全都是以前参加过烧杀抢掠的流氓恶棍，只除了一个人。当时他们缺一个无线电操作员，其中一个队员提到，他上法律学校的弟弟有一个同学，服兵役时当过通信兵。

通过那个队员的弟弟联系，这个法律系学生同意放弃复活节假期来加入“狼群”。

季利奇询问新加入者，他是什么背景？是否见过战斗？没有，这个学生只是在服兵役时，受过信号兵的训练，这就是为什么他愿意来参加一些“行动”。

“如果他从来没参加过战斗，那么他肯定从来没杀过人，”季利奇说，“所以这次征战对他来说是一次很好的学习机会。”

五月份的第一个星期，这伙人出发北上了，途中因为俄制吉普车的机械故障而被耽搁了时间。他们穿过了帕莱，这个曾经的小滑雪胜地，现在成为了自成体系的塞尔维亚共和国首府，是波黑境内经过“清洗”之后只有塞族人居住的三个城镇之一。他们从外围经过了萨拉热窝，这个曾经举办过冬季奥运会的漂亮城市现在已经成了一片废墟。然后他们进入波斯尼亚，在班亚-卢卡这个堡垒建起了他们的基地。

从那里，季利奇开始朝外行动，避开穆斯林战士，去寻找波黑穆斯林聚居区内那些可能缺乏武装保护的软目标。

五月十四日，他们在弗拉西奇岭地区发现了一个小村子，发起一次奇袭，占领了它，杀死了村民，在林地里过了夜，并于十五日傍晚回到了班亚-卢卡。

第二天，新招来的那个人离开了他们，尖叫着说他要回去上学。季利奇放他走了，但对他进行了警告，假如他胆敢张嘴吐露一个字，那么季利奇将用一只敲破的葡萄酒杯亲手割下他的生殖器，并把这东西连同破杯子一起塞下他的喉咙。不管怎么说，他不喜欢那个既愚蠢又爱大惊小怪的男孩。

《代顿协定》结束了季利奇在波黑寻欢作乐的好日子，但科索沃问题正在冒出来。于是一九九八年季利奇开始转到科索沃开展行动，声称是去镇压科索沃解放军，实际上是在扫荡农村地区，大肆掠夺财物。

但季利奇从来没有忘记过他与斯洛博丹·米洛舍维奇联盟的真正动机。他为这个暴君服务得到了丰厚的回报。他的交易是“业务特许权”，也就是每一个黑帮头目都觊觎的那些暴利业务的特权，但他们都尚未得到总统点头许可。

在这些专有经营权中，香烟、香水、高级白兰地、威士忌，以及所有其他奢侈品，能保证获几倍的纯利。这些专有权，由季利奇与拉茨纳托维奇和为数不多的其他几个人一起分享。即使向警方和政客们支付必要的保护费之后，他在九十年代中期也是一个百万富翁了。

之后他转向色情、毒品和军火交易。由于他能说一口流利的德语和英语，比起只会说单种语言的其他人，他更适合与国际犯罪集团打交道。

毒品和军火获利尤为丰厚。他的美元存款很快达到了八位数。他也被列入了美国缉毒署、中央情报局、国防情报局（由于军火交易）和联邦调查局的档案之中。

米洛舍维奇周围的其他人，那些溜须拍马、玩弄权术、贪污腐化、骄奢淫逸、横行霸道的人物，变得懒惰和骄傲自满。他们认为他们可以永远这样有权有势。但季利奇并不这么认为。

他避开了大多数亲信们使用的容易追查的银行。他把他得到的差不多每一元钱都存到了国外，通过塞尔维亚无人所知的银行进行转账。而且他还在注意时局的变化。他清楚地知道，即使是英国和欧盟最软弱的政治家和外交家，也迟早会看穿米洛舍维奇，并大声疾呼："是时候了！"果然，科索沃问题让他的预感变成了现实。

塞尔维亚在南斯拉夫联盟中的剩余领地，只剩下黑山和以农业经济为主的科索沃省。科索沃有大约一百八十万穆斯林，与邻国阿尔巴尼亚人几乎没有什么区别，还有二十万塞族人。

米洛舍维奇故意迫害科索沃人已有十年了，战略与以往一样：无端镇压、迫害当地人，到他们忍无可忍、起来暴力反抗时，就宣称他们是"恐怖分子"，再派军队去拯救塞族人，去"恢复秩序"。在科索沃问题上，北约宣布再也不能坐视不管。米洛舍维奇不相信，但他错了，这次北约是当真的。

一九九九年四月，种族清洗开始时，主要是由驻扎在科索沃的第三军实施的。安全警察、"阿尔肯猛虎队""法兰基青年队"和

“佐兰狼群”这些准军事组织提供协助。如同早先预期的那样，一百多万科索沃人越过国境逃进了阿尔巴尼亚和马其顿。西方应该把这些人全都收留为难民，但他们没有，他们开始轰炸塞尔维亚。

贝尔格莱德坚持了七十八天。从表面上看，当地的反应是抗议北约。但在背后，塞族人开始议论，是米洛舍维奇这个疯子给他们带来了灭顶之灾。政权倒台之际，留心战争的狂热如何消退，很有教育意义。季利奇听到了人们在背后的议论。

一九九九年六月三日，米洛舍维奇同意了停火条件。外界是这么说的。但在季利奇看来，这是无条件投降。他决定，应该离开了。

战争结束了。第三军在北约的轰炸中几乎毫发未损，带着全部装备撤出了。北约盟军进驻了科索沃。那里余留的塞族人开始逃进塞尔维亚，怀着满腔愤恨。当塞族人注视着他们满目疮痍的国家时，他们的怒火开始由北约转向米洛舍维奇。

季利奇开始转移他的最后一批资金，并为他自己的离开做准备。一九九九年秋天，抗议米洛舍维奇的浪潮一浪高过一浪。

一九九九年十一月，在两人的一次秘密会见时，季利奇请求这位独裁者去观察写在墙上的标语，趁他的军队还忠于他的时候，发动一场军事政变，除掉假惺惺的民主党派或反对党派。但米洛舍维奇那时候一心沉浸在他自己的小圈子里，在那里，他的支持率并没有下降。

季利奇离开了米氏，再次对自己注意到的一个现象感到不解，那就是，曾经执掌过最高权力的人在即将失去权力时往往会全面崩溃。勇气、意志、知觉、决断，甚至还有认识现实的能力，全都消失了，如同浪潮冲走沙堡。到十二月时，米洛舍维奇已经不是在行使政权了，他只是依附它。季利奇完成了自己的准备工作。

他的财产不少于五亿美元，他有一个安全的地方可去。阿尔肯已经死了，在与米洛舍维奇吵翻之后被处决。实施波黑清洗和斯雷布雷尼察大屠杀的元凶卡拉季奇和姆拉迪奇将军，在他们避难的塞尔维亚共和国内，正像动物那样到处被追捕。其他人已被作为新战犯抓获，送到海牙国际法庭受审。米洛舍维奇成了一根折断的芦苇。

米洛舍维奇于二〇〇〇年七月二十七日宣布，将于九月二十四日举行总统选举。尽管多次舞弊，不愿接受结果，他还是输了。蜂拥的人群冲进议会大厦，拥戴起他的继任人科什图尼察。新政权上台后放的第一把火，就是开始调查米洛舍维奇当政期间数不清的谋杀和两百亿美元的下落。

这位前暴君蛰居在贝尔格莱德郊外的豪华别墅里。二〇〇一年四月一日，科什图尼察总统做好了准备，对米洛舍维奇实施了逮捕。

但季利奇早就走了。二〇〇〇年一月时他就消失了。他没有说再见，也没有带上行李。他去异乡过一种新的生活，在那里，那些陈旧的华而不实的东西是没有用处的。所以他把他的过去全部抛在了身后。

他没有带走任何东西，也没有带走任何人，除了他绝对忠心耿耿的私人保镖，一个叫库拉奇的身材魁梧的巨人。一个星期之内，他就在他的新窝里安顿下来了，他已经花了一年时间在那里做好了迎接新生活的准备。

情报界没人注意到他的离开，只除了一个人。在美国，有一个安静、隐蔽的人颇感兴趣地注意到了这个歹徒的新居所。

第十二章

隐 士

是那个梦，总是那个梦。他无法摆脱它，它总是缠着他。一夜又一夜，他总会尖声叫着醒过来，浑身汗湿，他母亲总会冲进来抱住他，尽力让他安静下来。

父母亲对他的状况既迷惑又担忧，因为他不能或不愿描述他的噩梦。但他母亲深信，从波斯尼亚回来之前他从来没有做过这种梦。

梦境总是相同。那是黏液中的一张脸，一张沾满了粪便的苍白的圆脸，尖声叫着要仁慈，哀求着要活命。他能听懂这些英语，季利奇也同样能，诸如“no，no，please don't”（不，不，请不要）这样的词语在国际上是通用的。

但那些拿着木杆的人哈哈笑着又去捅。那张脸又浮上来了，最后季利奇把手中的杆子捅进那张张开着的嘴巴，用力按了下去，直至那个小伙子死在了粪水下面。然后他就会惊醒，哭着叫着，直至他母亲把他抱进怀里，告诉他一切都好好的，他是在森耶克的家里，在他自己的房间里。

他认为他是要为塞尔维亚尽他的爱国主义职责，但他无论如何都无法解释他做过的事情，他参与过的那个组织。

他的父亲不胜其扰，声称白天工作很忙，晚上需要睡眠。一九九五年秋天，米兰·拉耶克开始去一位经验丰富的心理医生那里，接受第一个疗程的精神疗法。

位于帕尔莫蒂切娃大街上的那座五层楼精神病院，他一星期去两次。那是贝尔格莱德最好的精神病院，但是专家们说他们也没有办法，因为他不敢供认。

他被告知，心理压力的解除是来自于净化，而净化是需要供认的。米洛舍维奇仍在掌权，但更恐怖的是那天早上在班亚-卢卡，当时他提出来要离开他们、回贝尔格莱德的家时，季利奇的那双凶狠的眼睛。尤其是季利奇在他的耳边说过的那番话：如果他胆敢开口，他会被杀掉、肢解。

他父亲是一个彻底的无神论者，在铁托当政时期长大，终生是一位党的忠诚公仆。但他的母亲一直信仰与希腊和俄罗斯同宗的塞尔维亚东正教。虽然丈夫和儿子嘲笑她，但多年来她一直坚持去教堂做弥撒。到一九九五年年底的时候，米兰开始陪同母亲一起去。

他开始在宗教仪式，应答祈祷，以及圣歌和香火中找到一些慰藉。那种恐惧似乎在教堂里消退了。那是他母亲常去的教堂，在足球场旁边，离他们居住的地方只相隔三个街区。

一九九六年，他在法律考试中落榜。愤怒而又绝望的父亲在自家的楼梯跑上跑下整整跑了两天。来自学院的消息让他失望，但他儿子说出来的话更让他透不过气来。

“我不想当律师，父亲。我要进教堂。”

老拉耶克静下来，努力顺应他那已经变了的儿子，但这需要时间。至少牧师也是体面的职业。不会发财致富，但也受人尊敬。人们还是可以昂起头来说：“我的儿子在教堂里工作。”

但老拉耶克发现，牧师这个职位需要经过多年的学习才能取得，其中大多数时间要在神学院里度过。但儿子另有想法，他想隐居，而且马上就要行动。他想成为一名修道士，抛弃一切物质的东西，过简朴的生活。

在贝尔格莱德东南十英里处，米兰找到了他需要的地方：斯兰奇村的一座小小的修道院——圣斯蒂芬修道院。院里只有十二个兄弟，在一位院长的领导下，他们在农场的田野上和谷仓里劳作，种植自己的口粮，接受游客和香客的捐助，进行反省和祈祷。要加入的人已经列成了一串很长的名单，想插队根本没有机会。

在米兰的父亲去与瓦西里耶院长会面时，命运来干预了。院长和老拉耶克互相惊奇地打量着对方。虽然院长蓄着一把大胡子，头发也有些斑白了，但拉耶克还是认出，那是四十年前的同学戈兰·托米奇。院长同意会见他的儿子，与这个年轻人讨论进教堂工作的可能性。

这位聪明的院长猜到，他这位老同学的儿子，是一个内心世界遭受着折磨、不能在外在世界找到安宁的年轻人。他以前见过这种情况。他指出，他不能立即腾出一个工作岗位空缺，但城里人也有来当修道士的，为的是寻找宗教“避难”。

一九九六年夏天，随着波黑内战的结束，米兰·拉耶克来到斯兰奇村的修道院，种植西红柿和黄瓜，参加反省和祈祷。那个梦消退了。

一个月后，瓦西里耶院长温和地提议他忏悔。他忏悔了。在耳语般的声调中，在祭坛边的烛光下，在来自拿撒勒的那个人[1]的注视

1　指耶稣基督。拿撒勒位于以色列，是基督教圣城所在地。

下，他把他经历过的事告诉了院长。

院长双手合十开始祈祷：为粪池里那个小伙子的灵魂，为他身旁的那个忏悔者。他敦促米兰去向当局告发那些应对此事负责的人。

但米洛舍维奇仍在牢牢地掌握着政权，而且佐兰·季利奇的威胁依然清晰地在耳边响起。当局会指控季利奇是难以想象的。那个暴徒威胁过的报复行为，有朝一日得以执行的话，根本不会激起任何涟漪。因此，沉默继续着。

那种疼痛在二〇〇〇年冬天开始了。米兰注意到身体的每次动作都会加剧痛楚。两个月后，他与父亲商量。父亲认为是某种流行性疾病，但还是安排他去贝尔格莱德总医院化验。

贝尔格莱德总是声称其医疗水准是欧洲一流的，而贝尔格莱德总医院更是其中的佼佼者。化验要做三个，分别由肛肠科、泌尿科和肿瘤科的专家进行诊断。负责肿瘤科的那位医学教授，最后把米兰·拉耶克请进了他的套间诊疗室里。

“你是一位见习修道士？”他问道。

“是的。”

“那你信仰上帝？”

“是的。”

“有时候我也希望我能去相信，但是我不能。现在到了考验你的虔诚的时候了。不是好消息。”

“请告诉我。”

“你得的是直肠癌。”

“能动手术吗？”

“恐怕不能。”

“会好转吗？能化疗吗？”

“太晚了。我很抱歉，我非常抱歉。”

这个年轻人凝视着窗外。他已经被判了死刑。

“我还能活多久，教授？”

“这个问题总是会被问到，但总是很难回答。如果采取措施，保养得当，严格饮食禁忌，加上一些放疗……一年。可能短点，可能长些。但不会很长。”

那是二〇〇一年三月。米兰·拉耶克回到修道院把他的病情告诉了院长。老人为这个年轻人难过得哭了。

四月一日，贝尔格莱德警方逮捕了斯洛博丹·米洛舍维奇。佐兰·季利奇已经消失。在儿子的恳求下，一头雾水的老拉耶克去联络了他在警方高层官员中的熟人，得到确认，南斯拉夫最成功、最强大的黑帮头目，已经在一年多以前销声匿迹了，现在应该居住在国外某个地方，具体地点不详。这个残暴的季利奇的影响也已经烟消云散了。

二〇〇一年四月二日，米兰·拉耶克在他的纸堆中找出一张旧卡片。他取了一张纸，用英语写了一封信给伦敦。这封信的重点在第一行字。

“我已经改变了主意。我准备好作证了。”

三天后，信到了伦敦。二十四小时之内，私家侦探已经与加拿大安大略省温莎市的史蒂夫·埃德蒙快速通过话，并回到了贝尔格莱德。

这份陈述是用英语记录下来的，并请了一位注册译员和一位公证员在现场。陈述经由当事人签署后，还由证人做了连署：

早在一九九五年，年轻的塞族人习惯于听到什么就相信什么，我也并不例外。今天我们也许很清楚，在克罗地亚和波黑，以及后来在科索沃发生过什么恐怖的事情，但当时我们被告知，被孤立起来的塞族人完全是受害者，而且我也相信了。我们以自己的武装力量对老人、妇女和儿童实施大屠杀的说法是不可想象的。我们被这样告知：只有克罗地亚人和波斯尼亚人才会去干那种惨无人道的事，塞尔维亚的军人只是在保护和拯救作为少数民族的塞族人聚居区。

所以，一九九五年当一位法律系的同学告诉我，他兄弟和其他人要去波黑保护那里的塞族人，而且需要一个无线电通信员时，我什么也没有怀疑。

我曾经在部队里当过无线电通信兵，但离前线很远。我同意放弃春假去帮助在波黑的塞族同胞。

当我加入另外十二名队员时，我看出他们是粗人，但我认为，他们是参加过艰苦战斗的士兵，并责怪自己太娇惯、太软弱了。

我们一共十二个人，包括队长，驾着四辆越野吉普车。队长在最后时刻才露面，直到那时候，我才知道他就是佐兰·季利奇。我曾经模模糊糊地听说过他，知道他是一个可怕的影子般的人物。我们行驶了两天，朝北穿越塞尔维亚共和国，进入波黑中心。我们抵达了班亚－卢卡，以那里为基地，确切地说是把波斯纳旅馆当成我们的基地。我们住进旅馆房间开始吃喝。

我们朝班亚－卢卡的北方、东方和西方分别做了三次巡逻，但没有发现敌人，也没有发现受到威胁的塞族村庄。五月十四日，我们驾车南下进入了弗拉西奇山区。我们知道在山岭南边是特拉夫尼克和维特茨，都是我们塞族人的敌区。

下午当我们在林中沿着一条土路行驶时，遇到了两个小姑娘。季利奇下车去与她们说话。他微笑着，看上去很友好。其中一个小女孩告诉他，她的名字叫莱拉。我当时并不明白，这是一个穆斯林名字。她已经签下了死亡证书：她的村庄和她自己，都已经注定在劫难逃。

季利奇让小姑娘们上了领头的那辆吉普车，她们指明了她们居住的地方。那是山谷中的一个林间小村子，只有大约二十个成年人，十几个小孩，七座小屋，几个谷仓和装着栏杆的围场。当见到一座小小的清真寺尖顶时，我才明白他们是穆斯林，但他们显然并不构成什么威胁。

其他人跳下吉普车，把村里的人都集合起来。当他们开始搜查那些小屋时，我什么也没有怀疑。

搜查结束后，季利奇走回到领头的车辆，站到架在前座后面一个转盘上的机枪后面。他大声叫喊他的部下散开，然后朝着蜷缩在畜栏内的那些农民开火了。

几乎在我还没能相信之前，事情就发生了。农民们的身躯被重磅子弹射中时弹跳起来。其他战士也用冲锋枪射击。有些农民试图去救他们的孩子，用身体去掩护他们。在混乱中，有几个小孩逃出去了，在大人们中间左冲右突，在子弹追上他们之前跑到了树林中。后来，我听说逃走的共有六个小孩。

我感到很恶心。空气中弥漫着一股血腥味和内脏的臭味——在观赏好莱坞电影时可从来不会有这种恶臭。以前我从来没见过人死亡，而这些人甚至不是战士或游击队员。搜查整个村子只找到一支古旧的猎枪，用于猎杀野兔的那种。

当这一切结束时，枪手们很失望。没有找到酒，也没有发现任何有价值的东西。于是他们把房子和谷仓点上了火，然后我们离开了，任凭它们烧着。

我们在林中度过了夜晚。队员们自己带着梅子烈酒，大多数人都喝醉了。我试图喝酒，结果都呕了出来。在睡袋里，我明白我已经犯下了一个大错。我周围的这些人根本不是爱国者，而是以杀人取乐的暴徒。

次日上午，我们开始在山区的土路上行驶，主要是沿着山岭的表面，翻过山准备回到班亚−卢卡。就在这时，我们发现了那座农房。它孤零零地处在另一条小溪谷的林中。我看见坐在第一辆车里的季利奇站起来，举起手发出停车的信号。他做手势让汽车熄火。司机们照办了，于是周围一片宁静。然后我们听到了声音。

我们轻手轻脚地下了吉普车，拿上枪，爬向那块开阔地的边缘。大约一百码开外，两个成年人正领着六个孩子走出一座谷仓。那两个男人没有武器，也没穿军服。他们的身后有一座被焚烧过了的农房，一边有一辆崭新的黑色丰田越野车，车门上写着“面包和鱼”字样。看到我们，他们都转过身来凝视着。最大的那个孩子，一个大约十岁的小姑娘，开始哭了起来。我从她戴的头巾认出了她，是莱拉。

季利奇端着枪走向他们，但双方都没有要动武的意图。我们剩余的人以扇形展开，对这些俘虏形成了一个马蹄形的包围圈向他们接近。成年人中那个高个子说话了，我听出来是美国人。季利奇也听出来了。其他人连一句英语也不会说。那个美国人说：“你们是什么人？”

季利奇没有回答。他大步走过去检查那辆崭新的越野车。这时候，莱拉小姑娘撒腿就跑。其中一个人去抓她，但没有抓住。季利奇从越野车旁边转过身来，拔出手枪，瞄准后开火。子弹炸裂了她的后脑勺。他对自己的枪法很是自豪。

那个美国人在距季利奇十码之处。他向前跨了两大步，使上全力一拳打在了季利奇的嘴角上。假如他原来还有一丝幸存的机会，那么这一拳把这个机会给取消了。季利奇在中拳时大吃一惊，他很有理由吃惊，因为在全南斯拉夫没人胆敢这么对待他。

季利奇倒在地上，鲜血从他被打破的嘴角里流了出来。他的部下一时间愣住了，然后其中六个人围上去，用皮靴、拳头和枪托轮番殴打那个美国人。他们把他打成了一堆肉泥。我以为他们会一直这样打下去，直至把他打死，但季利奇来干涉了。他已经站起来，抹去了嘴角上的鲜血。他吩咐他们停止殴打。

那个美国人还活着，他的衬衣被撕裂了，身躯被踢得通红，面部已经肿胀，还被割破了。敞开的衬衫内显露出他的腰上系着一条胖鼓鼓的装着钱的皮带。季利奇做了一下手势，他手下的一个人把皮带扯了下来。里面塞满了面额一百元的美元纸币，至少有十张。季利奇打量着这个胆敢打他的人。

“天哪，”他说，“这么多血。你需要洗一个冷水澡，我的朋友，让你清醒清醒。”他转向他的部下。他们对季利奇这么关心这个美国人正摸不着头脑。但季利奇看到了那块开阔地上另一样东西。那个粪池满得快要溢出来了，部分是牲畜的粪便，也有人的粪尿。在过去的几年中里面的内容凝固了，而最近的雨水又使它重新涨满了。

在季利奇的命令下，这个美国人被扔进了粪池。

突然受冷肯定使他恢复了知觉。他的双脚接触到了池底，于是他开始挣扎。旁边有一个畜栏，是用木杆做的立柱和围栏。畜栏已经相当陈旧，但有些木杆还很完整。那些人去抓来了几根木杆，奋力把这个美国人捅到粪便下面去。

每当他的脸浮出粪便时，他就开始尖叫、讨饶。他在乞求活命。在大概六七个回合之后，季利奇夺过一根杆子，把尖头插进了他正在张口喘气的嘴巴，捣碎了大部分牙齿。然后季利奇把木杆捅到池底并用力按住，直至那个年轻人死去。

我走进树林中，把早饭时吃下的香肠和黑面包全都呕了出来。我想把他们全都杀掉，但他们人太多了，我也太害怕了。当我还在呕吐时，我听到了一阵排子枪声。他们枪杀了其他五个孩子，还有那个把美国人带来的波斯尼亚援助人员。所有的尸体都被扔进那个粪坑里。然后其中一个人发现，那辆越野车两侧车门上的“面包和鱼”的字样只是用胶带纸贴上去的。他们很容易地把贴纸揭了下来。

当我们驾车离开时，那里没有留下什么痕迹，除了草地上孩子们鲜红醒目的血迹和几只黄铿铿的子弹壳。那天晚上，季利奇把那些美元瓜分了。他给了每个人一百美元。我拒绝接受，但他坚持我至少接受一张纸币，以确保我是“其中一员”。

那天晚上，我试图在酒吧里把这钱用掉，但他看见了，大为光火。第二天，我告诉他我要回家，回贝尔格莱德。他威胁我说，如果我胆敢把我所看见过的事吐露哪怕是一个字，他就会找到我，肢解我，杀了我。

我早就知道，我不是一个勇敢的人，是我对他的恐惧，使我这么多年以来一直保持着沉默，即使那个英国人一九九五年来问我的时候，我也保持沉默。但现在我已经下定决心，准备在荷兰或美国的任何法庭上指证，只要上帝给予我活下来的力量。

我向上帝发誓，我所说的都是真的，除了真相还是真相。

贝尔格莱德市森耶克区，二〇〇一年四月七日。

米兰·拉耶克

那天夜里，私家侦探发了一份长长的信息给加拿大安大略省温莎市的史蒂夫·埃德蒙。

发回来的指令是清楚明确的：“到你必须要去的地方，去做必须要做的事。找到我的外孙或者他的遗物，并把他带回家，带回美国。”

第十三章

粪池

一九九五年十一月，随着《代顿协定》的签署，和平终于来到了波黑。但五年之后，战争的创伤甚至还没有遮掩起来，更不用说治愈了。

波黑从来就不是一个富庶的共和国。它没有达尔马提亚海岸可以吸引游客，也没有矿产资源，只有山区和林地之间的有限耕地上的低技术农业。

战争对经济的破坏还需要几年的时间才能恢复，但对社会的破坏更为严重。只有不到一两代人的时间，很难想象塞族人、克族人和波黑穆斯林还会接受相邻地生活在一起。即使相隔几英里也不行，除非用武力强行把他们圈在一个院子里。

一些国际机构又在妄言重新统一，恢复相互间的信任，由此开始了要把已经损坏、无法修补的东西重新拼凑起来的无效努力。

管理这个破碎国家的任务，落到了一位联合国高级代表的肩头上。这位副领事在联合国驻前南斯拉夫维和部队的支持下，拥有几近绝对的权力。不过，那些不太愉快的任务，都是一些默默无闻做实事的人承担，其中，最没有吸引力的工作交给了国际寻找失踪人员委员会，缩写为ICMP。

这个机构的负责人是戈登·培根，前英国警官，他们工作效率很高。ICMP的一项任务就是，倾听成千上万的“失踪人员”家属的口述，并做记录；第二项任务就是去追踪和挖掘自一九九二年起，各种小规模杀戮中死去的几百个受害者；第三件工作是，尽力让找到的遗体与记录的陈述相符合，把头盖和遗骨转交给亲属，按当地的习俗进行埋葬。

如果没有DNA技术，确定死者身份是完全不可能的。这项新技术意味着，只要亲属提供一滴血液，对比尸体的一块骨头碎片，就能毫无疑问地确认死者身份。到二〇〇〇年时，欧洲速度最快、效率最高的DNA实验室，不是在富裕的西方首都，而是在萨拉热窝，由戈登·培根用少量的基金设立起来并维持运作。为了去见培根，私家侦探格雷西在米兰·拉耶克签署那份指证书两天之后，驱车进入了这个波黑城市。

他用不着带上那位塞族人的资料。拉耶克已经说过，波黑的援助人员法蒂尔·苏勒耶曼在死去之前告诉过他的谋杀者，那个农场就是他家的。戈登·培根颇感兴趣地阅读了一遍拉耶克的陈述。

这种陈述他以前读到过几百份，但一般由幸存者陈述，从来没有出自迫害者的，也从来没有涉及美国人的。他明白，他所风闻的科伦索案子也许已经结案了。他联络了ICMP在特拉夫尼克地区的一位专员，请他给予格雷西先生全面合作。那天晚上，私家侦探在他这位英国同胞的空卧室里过了夜，并于第二天上午驱车北上。

去特拉夫尼克的路途花了两个小时多一点的时间，他于中午时分抵达。他已经与史蒂夫·埃德蒙联系过，外公的血样正从加拿大运送过来。

四月十一日，在一位当地向导的协助下，挖掘小组离开特拉夫尼克奔赴山区。在清真寺询问之后，很快就找到了两个认识法蒂尔・苏勒耶曼的人，而且其中一个人知道山上的苏勒耶曼家的农场。他坐在了领头的一辆越野车上。

挖掘小组带来了防护衣物、呼吸器具、铁锹、软刷子、格筛和盛放物证的塑料袋，以及为完成他们这项可怕工作的其他必需工具。

这个农场与六年之前基本相同，只不过青草更加茂盛了一些。没人来认领过它；苏勒耶曼一家显然已经不存在了。

他们很容易地找到了那个粪池。今年的雨量要比一九九五年小，池内的粪便已经结成了硬块。挖掘人员穿上了渔民作业的全套防护服和防水靴。

拉耶克已经指证，在谋杀的那天，粪池的液面满到了沿口。但如果里基・科伦索的双脚碰到池底，那么它肯定有大约两米深。水分蒸发后，液面已经下降了半米。

在近一米的黏块被铲出去之后，ICMP的那位专员命令他的部下扔掉铁锹，改用泥刀继续铲掘。一小时之后，第一批骸骨开始露了出来，又经过一个小时的刮铲，用驼毛刷子清洁，这个屠杀场地显露出来了。

由于空气不能渗入到池底，所以下面没有蛆虫活动——它们依赖于空气。尸体的腐败完全是由于酶和芽孢杆菌的作用。

每一片肌肉软组织都已经消失了，在用湿布擦抹之后，第一块头盖骨被擦得干干净净、闪闪发亮。有些皮革碎片，应该是从两个男人的皮靴和皮带上掉下来的；一只绚丽的皮带扣，显然是属于那个美国人的；还有从牛仔裤上脱落的几片金属饰件，和从一件斜纹布工作服上掉下来的几颗纽扣。

跪在下面工作的其中一个人叫了起来，递上来一只手表。七十个月的时间还没有腐蚀表后盖上镌刻的字样：里基，妈妈祝贺你毕业，一九九四。

那些孩子在被扔进去之前已经死了，他们沉下去之后落在最上面。时间的推移和腐败的作用，使得这六具尸体的遗骨聚成了一大堆，但骨骼的尺寸表明了他们曾经是什么人。

苏勒耶曼也是死后被扔进去的。他的骨架呈俯卧状态，像一只展翅的老鹰，是尸体沉下去时的姿势。他的朋友站在旁边俯视着粪坑，向真主祈祷。他确认说他这个同学生前大约有一米七二。

第八具尸骨比较大，高度有一米八以上。它靠在一侧，似乎是因为这个临死的小伙子曾经试图在黑暗中爬向粪池的侧壁。骨架侧身躺着，蜷缩成胎儿般的姿势。手表就是来自于那一堆骨骼里，还有那只皮带扣。当头盖骨被递上来时，门牙是脱落的，与拉耶克的证词相符。

当最后一批细小的骨片被捡起来装进塑料袋之后，已经是日落时分了。两个成年人的尸骨分别被装在了各自的袋子里，那些孩子们则合用一只袋子，六具小骨架的拼装要在城里的停尸所完成。

私家侦探驱车去维特茨过夜。英军早就离去了，但他在他以前所知道的一个招待所里住了一个晚上。第二天早上他回到了特拉夫尼克的ICMP小办公室。

戈登·培根从萨拉热窝授权那位当地的专员，把里基·科伦索的遗骨移交给格雷西少校，安排运送到波黑首都。

来自加拿大的血样也抵达了。DNA测试以令人惊奇的速度在两天之内完成。萨拉热窝的ICMP负责人证明，这具尸骨确实是属于美国乔治城的里基·科伦索的。负责人还需要直系亲属的授权，以便把这副遗骨交给英国菲利普·格雷西先生。这又花了两天时间。

这期间，私家侦探根据来自加拿大安大略省的指示，从萨拉热窝市内的主殡仪馆置办了一副棺木。停尸所把这副尸骨放进棺材里后，又往里面加了一些其他物品，使得它的重量像是盛放着一具真正的尸体。然后，棺盖永久地合上了。

四月十五日，加拿大富商的格鲁曼Ⅳ型私人飞机带着一封接收遗骨的信件抵达。私家侦探与机长在棺木和一叠文件资料上共同签字，完成了交接手续，然后他回到了绿草成茵的英格兰家中。

十六日晚上，加拿大富商的那架私人商务喷气飞机在爱尔兰香农机场加油后，降落在美国华盛顿杜勒斯国际机场。史蒂夫 · 埃德蒙在机场迎候着。一辆装饰华丽的灵车把棺木运送到一家殡仪馆去停放两天，以便完成葬礼的最后安排。

十八日，葬礼在乔治城西北R街上的橡树山墓地举行。这是一个小型私人性质的罗马天主教仪式的葬礼。小伙子的母亲，安妮 · 科伦索夫人靠在丈夫的臂弯里，静静地哭泣着。科伦索教授轻轻擦着眼睛，偶尔去瞟一下他的岳父，好像不知道该怎么办而在寻求指点。

在坟墓的另一边，八十一岁高龄的加拿大人一身深色衣服站在那里，眼睛一眨不眨地凝视着下面他外孙的棺材。他没有让他女儿和女婿去看私家侦探的报告，更不用说米兰 · 拉耶克的证词了。

女儿和女婿只知道，后来有一位目击者报告说，曾记得在一条山沟里看见过那辆黑色的越野车，后来两具尸体被发现了。老人不得不承认他们是遭谋杀后被掩埋的，否则六年的时间间隔无法做出其他解释。

葬礼仪式结束了，送葬者退到一边让教堂司仪人员工作。科伦索夫人跑到她父亲那里抱住了他，脸贴在他的衬衣上。他俯视着她，用手轻轻地抚摸着她的头顶，她还是个小姑娘时，受到惊吓后他就是这样安抚她。

“爸爸，不管是谁害死了我儿子，我要把他抓起来。不能让他痛痛快快地死去。我要让他在他的余生里，每天早上在监狱里醒来时知道他仍在那里，永远不能获得自由。我还要让他知道，这一切全是因为他冷酷无情地谋杀了我的儿子。”

这位老人已经下定了决心。

“我也许会上天堂，”他说，“我也许要下地狱。如果我必须下地狱，我会去的。”

他放开了她，朝着教授点点头，然后大步走向他那辆豪华轿车。当司机驶向去R街的那条上坡路时，他从仪表板上取下电话，拨了一个号码。在国会山的某个地方，一名秘书来接听了。

“给我接彼得·卢卡斯参议员。”他说。

当新汉布什尔州的卢卡斯参议员听到埃德蒙先生来电的消息时，他的脸收紧了。在战争白热化时结下的友谊可以延续一辈子。对史蒂夫·埃德蒙和彼得·卢卡斯来说，他们的友谊已经维持了五十六年。自从在一个春天的上午，他们一起坐在英国的一个草坪上，为他们各自国家的永远不能回家的那些年轻战友们哭泣时，他们就结成了兄弟般的友情。

双方都知道，当一方有事相求时，另一方会为他的朋友赴汤蹈火。现在这位加拿大人有事相求了。

美国前总统富兰克林·罗斯福的一个聪明之处是，虽然他自己是一个民主党人，但他时刻准备着可能会在其他党派中发现可用之才。珍珠港事件后，他在一场足球比赛中招募了一个保守的共和党人，并请他组建战略情报局。

他招募的那个人就是威廉·多诺万，人称“狂野比尔”，是一位爱尔兰移民的儿子，在第一次世界大战时曾在西线指挥过第六十九团。此后，多诺万因为有经验丰富的律师背景，成了赫伯特·胡佛手下的司法部副部长，然后又当了多年的华尔街法律顾问。罗斯福看中的并不是他的法律知识，而是他的战斗才智，那是这位政治家要创建美国第一个国外情报机构和第一支特种部队所需求的品质。

未经多少犹豫，这位老将就在自己身边聚集了一群聪明能干的年轻人做他的帮手。包括阿瑟·施莱辛格、戴维·布鲁斯和亨利·海德，他们后来都得到了提拔重用。

那时候，出身豪门并在纽约曼哈顿和长岛长大的彼得·卢卡斯，正在普林斯顿大学上二年级。在珍珠港事件的当天，他决定要去参军上前线。他的父亲决不允许这种事。

一九四二年二月，这个年轻人违背父亲的意愿辍了学，他所有的学习兴致全都消失了。他到处寻找真正适合自己的事情，一心想要当一名战斗机飞行员。他私下去参加了飞行培训课程，结果发现自己老是晕机。

一九四二年六月，战略情报局成立。彼得·卢卡斯立即去报名并被录取了。他以为自己会在脸上涂着黑炭，在夜晚被空投到德军阵线的后方。但实际上，他经常去参加鸡尾酒会。多诺万将军需要一位体面而又灵活的第一流的副官。

他在近距离看到，战略情报局正在全力投入在西西里和萨莱诺登陆的准备工作，于是请求去参加战斗。要耐心，领导告诉他。这如同把一个小男孩带到糖果店里，却只让他待在玻璃柜台外面，只许看不许拿。

最后他去找将军并下了最后通牒：“要么我在您的指挥下战斗，要么我去参加空降兵。”

从没人给“狂野比尔”多诺万下过最后通牒。他凝视着这个年轻人，也许看到了四分之一世纪前的他自己的影子。“两个都参加，”他说，“但把顺序倒过来。”

在多诺万的支持下，一路都是绿灯。彼得·卢卡斯甩掉了他不喜欢的平民衣服，去贝宁堡参加为期三个月的强化训练班，出来时就已经是一名空降兵少尉了。

他错过了诺曼底登陆战，因为那时他还在伞兵学校。毕业后，他回到了多诺万将军身边。“您答应过我。”他说。

彼得·卢卡斯得到了他的那顶降落伞，在一个清冷的秋夜，他被空投到意大利北部德军战线后方的山区里。在那里，他遇上了意大利游击队员；还有英国的特种部队，他们似乎非常悠闲，没有什么事可以表现他们的忠诚。

两星期之后，他获悉这支“悠闲”的小分队也在执行敌后的战斗任务。他加入的杰德伯勒分队里，有一批最勇敢、杀敌最多的战斗英雄。

他在山区里熬过了一九四四年的严冬，几乎马上就可以毫发未伤地坚持到战争结束了。一九四五年三月，他和五个战友遭遇了还在该地区活动的德国党卫军别动队。双方交了火，他的左臂和左肩挨了两颗斯梅塞冲锋枪的子弹。

他们在荒郊野岭上，没有止痛的吗啡，忍着剧痛经过一个星期的行军之后，才找到一支英国的前线部队。在现场做了手术，打上针吗啡，又迷迷糊糊地被送上一架解放者飞机后，他被转移到伦敦一家设备完善的医院里重新接受治疗。

恢复体力后，他被送进苏塞克斯海岸边的一座疗养院里。在那里，他与一个正在治疗断腿的加拿大飞行员同一个病房。两个病友一起下棋打发时间。

回家之后，他干得如鱼得水。他进了他父亲在华尔街的公司，最终接手了管理工作，成了一个金融界巨头，并于六十岁时开始从政。二〇〇一年四月，他的新汉布什尔州议员的任期已经到了第四任，也就是最后一任，他刚刚见证一位共和党总统当选。

当听到是埃德蒙的电话，他告诉秘书暂时切断所有其他电话，然后他的声音传到了十英里之外的豪华轿车。

“史蒂夫，很高兴再次听到你的声音。你在哪里？”

“就在这里，华盛顿。彼得，我要见你。有重要的事。”

参议员觉察到了他的口气，于是收起了笑容：“好的，朋友。告诉我吧。”

“中饭时说吧。你能来吗？”

“我会取消其他活动。到亚当斯饭店，我常坐的那张角落里的餐桌，那里很安静。一点钟。”

当参议员跨进餐馆的大堂，加拿大人已经在那里等着了。

“你好像很严肃，史蒂夫。有问题吗？”

“我刚刚在乔治城参加了一个葬礼。我刚刚埋葬了我唯一的外孙。”

参议员凝视着他，脸上呈现出分担痛苦的表情：“上帝呀，老朋友，我真遗憾。我简直不敢想象。病死的？还是意外事故死亡？”

“我们到饭桌上去说吧。有些材料我要让你看一下。”

就坐之后，加拿大人回答了他朋友的提问：“我外孙是被谋杀的，手段极其残忍。不，不是在这里，也不是现在。是六年前，在波黑。”

史蒂夫·埃德蒙简要地解释了一下：小伙子的年龄，一九九五年时他想去减轻波斯尼亚人的痛苦，他一路辗转抵达了特拉夫尼克，他同意帮他的翻译去查看家宅。然后，埃德蒙把拉耶克的那份证词递了过去。

马提尼酒端上来了。参议员点了烟熏三文鱼、黑面包和冰镇默尔索干白葡萄酒。埃德蒙点点头，意思是一样。

卢卡斯参议员习惯于快速阅读，但看到报告的一半时，他吹出一声低沉的口哨，放慢了阅读速度。

当参议员拨弄着盘子里的三文鱼并读着报告的最后几页时，史蒂夫·埃德蒙打量着四周。他的朋友选了一个好地方：桌子位置很隐蔽，在窗边那架大钢琴的视线范围之外。透过窗户能看到华盛顿的一部分。亚当斯饭店的位置独特，它更像是点缀在十八世纪乡间的一座房屋，而不是繁华都市里的一家餐馆。

卢卡斯参议员抬起头来。

“我不知道该说些什么，史蒂夫。这也许是我所读到过的文件中最骇人听闻的。你要我做什么？”

一个男服务员来收拾盘子，并端过来两杯黑咖啡和餐后的陈年雅文邑葡萄酒。他们静静地等待这个年轻人离开桌子。

史蒂夫·埃德蒙俯视着他们放在白桌布上的四只手。那是老人的手，青筋暴露，指头像香肠，分布着老年斑。那是驾驶飓风战斗机朝着德国空军的多尼尔轰炸机编队俯冲下去的手，是在波尔萨诺郊外把M-1卡宾枪里的子弹朝着党卫军部队全部扫射出去的手，是经历过战斗、抚摸过女人、抱过初生婴儿、签发过支票、创造过财富、制订过政策、改变过世界的手。曾经一度。

彼得·卢卡斯捕捉到了他朋友的注视，并明白了他的心情。“是的，我们现在老了，但还没死。你要我做什么？”

“也许我们可以做最后一件好事。我的外孙是美国公民。美国有权把这个恶魔从全世界任何地方引渡过来，以一级谋杀罪把他押上被告席接受审判。也就是司法部，还有国务院，要跟任何可能窝藏这个暴徒的政府部门联手合作。你愿意去与他们打交道吗？”

“我的朋友，如果华盛顿政府不能够给你带来公正，那么没人能够。”

彼得·卢卡斯举起了手中的杯子。

“最后一件好事。”

但是他错了。

第十四章

父 亲

这仅仅是一次家庭内部的口角，它应该以一个亲吻的方式言归于好。但它发生在一个感情丰富的意大利血统的女儿，和一个狗一般顽固的父亲之间。

一九九一年时，阿曼达·琼·德克斯特十六岁了，出落得惊人的美丽迷人。出身于那不勒斯的马洛齐家族基因给了她魔鬼般的身材，德克斯特的盎格鲁-撒克逊人血统，赋予她像年轻时的法国女影星碧姬·芭铎一样俊美的脸蛋。当地的男孩子们像蜜蜂般地围着她打转，她的父亲不得不接受这个事实。但他不喜欢埃米利奥。

他并不是对西班牙裔有偏见，但这个埃米利奥有某种狡诈和浅薄的品质，在他那讨女人喜欢的演员般的长相背后，甚至还有一股凶气和残忍。但阿曼达如同一吨砖头般地完全向他倾倒了。

事情的开始是在漫长的暑假期间。埃米利奥提议带阿曼达去海边度假。他编了一个很好的故事：会有很多年轻朋友，有成年人监管，有沙滩运动、新鲜空气、大西洋的特殊气氛。但当德克斯特直视这个年轻人的眼睛时，埃米利奥躲开了他的视线。直觉告诉他这事另有蹊跷。于是他说："不行。"

一个星期后，阿曼达·琼离家出走了。她留下了一张纸条说，他们用不着替她担心，一切都会好的，但她现在已经是一个成年人了，不想被当作孩子一样地管着。

她永远没有回来。

学校的假期结束了。她还是没有出现。当时同意她外出度假的母亲，现在认同她丈夫了，可是太晚了。他们没有海边派对的地址，不了解埃米利奥的背景，他父母的情况；也不知道他真实的家庭住址。埃米利奥用的那个布朗克斯的地址，后来发现是一座寄宿公寓。他的汽车是弗吉尼亚州的牌照，但经与里士满方面核对后，德克斯特发现这辆车是在七月份时用现金买走的。冈萨雷斯这个姓氏，也像英语民族中的史密斯一样普通。

通过熟人，加尔文·德克斯特与纽约警察局失踪人员查询处的一位资深警官协商。那位警官很是同情，但他叹了一口气。

"在当今时代，十六岁已经是成年了，律师。他们一起睡觉，一起度假，建立家庭……"

纽约警察局只能发出一份通告，要求各级警力协助查找，是否有任何威吓、胁迫或强制从父母家拉走的迹象，或涉及吸毒的证据。

德克斯特不得不承认，他们曾经收到过一份电话留言，是阿曼达故意选了父亲上班、母亲外出的时间段打来的。这条信息记录在录音机的磁带上了。

她说她很好，很高兴，他们不要为她担心。她正在享受着自己的生活。她还会联系的。

加尔文·德克斯特去追踪这个电话。发现是从一部手机打过来的，是那种临时购买的SIM卡，无法追查到手机的用户。他让警官听了那段录音，警官耸耸肩。与美国各地的所有失踪人员查询处一样，他也有许多堆积起来的工作要处理，这不是一个紧急情况。

圣诞节到来了，但这一次家里冷冷清清的。这是德克斯特家十六年来第一次少了宝贝女儿的圣诞节。

是一位晨跑的人发现了尸体。他的名字叫休·兰波特，经营一家小小的信息技术咨询公司。他是一个诚实的公民，每天锻炼以保持良好的体形。他坚持每天早上六点半至七点钟跑步三英里，即使在一九九二年二月十八日这个清冷的早晨也不例外。

他在他居住的弗吉尼亚比奇市，沿着印第安河的路边草地跑步，踏在青草上要比踏在柏油路或水泥路上更为舒服。当他接近一条水沟时，他有两个选择，经过一座混凝土桥，或直接跳跃过去。他跳了过去。

在跳跃时，他注意到下面有什么东西，在黎明的晨曦中有一件白森森的物体。到对岸后，他回头看后面的沟渠。死者以一种支离破碎的奇怪样子躺在那里，一半浸泡在水里，一半露在外面。

他急切地朝四周打量了一下，发现四百码以外的树丛中有一抹淡淡的灯光：另一位早起者正在煮早晨的咖啡。他不再慢跑，而是一路狂奔抵达那座房子，开始重重地敲门。那位煮咖啡的人从窗口探出身来，听到跑步者喊叫着解释了原因，就让他进了门。

弗吉尼亚比奇市警察局的一名值班女警官接听到这个报警电话。她把这个作为紧急情况，要求附近的巡逻车去察看。第一警署唯一的那辆巡逻车，当时就在离那条水沟一英里的地方。警察一分钟之内就赶到了那里，看到一个穿着运动服的人和一个穿着睡袍的人在指点着现场。

两位巡警立即打电话要求增派刑警和法医技术小组。那个当地居民回家去取来了咖啡，于是这四个人一边喝咖啡一边等待着。

弗吉尼亚州的东部有六个相连的城市，市区沿詹姆斯河两岸和汉普顿水道延伸。这个地区还分布着一些海军和空军基地，因为从这里的水道出去就是切萨皮克湾，连接着大西洋。

在诺福克、朴次茅斯、汉普顿（包括纽波特纽斯）、詹姆斯城、切萨皮克和弗吉尼亚比奇这六个城市中，最大的是弗吉尼亚比奇。它的面积有八百平方公里，占有一百五十万总人口中的四十三万。

在它的四个警署中，第二、第三和第四警署都是管辖市区的，第一警署很大，主要负责农村地区。在它五百平方公里辖区的南部，是与北卡罗莱纳州接壤的边界，印第安河从两州中间穿行。

三十分钟之后，法医和刑警差不多在同时抵达。又过了五分钟，医务鉴定员也到了。黎明到来了，天空下起了毛毛雨。

跑步的兰波特先生被汽车送回了家，去作一份详细的笔录。那个煮咖啡的人也做了一份陈述，他说的话主要是声称前一天夜里他什么也没有听到或见到。

医务鉴定员很快就确定尸体已无生命迹象，受害人是一个年轻的白人女子。几乎可以肯定，死者在其他地方就已经死亡，这具尸体是被抛在这里的，很可能是从一辆汽车上抛下来的。警察命令在旁边等候的救护车把尸体运到设在诺福克的停尸所去。

当地的刑警们不禁沉思，假如凶手们再往前行驶三英里，他们就会进入到贝克湾的沼泽地。在那里，一具尸体可以永久性地消失，这应该是最聪明的解决方法。但他们似乎完全没有耐心，就把这件可怕的货物扔在了一个很快就会被发现，从而很快展开追捕的地方。

在诺福克，警方针对这具遗体展开了两项工作：第一是尸体解剖，以确定死亡原因和死亡时间，以及如果可能的话，确定死亡地点；另一项工作是尽快确定死者的身份。

尸体本身并没有为确定身份的工作提供什么有用信息：几片窄小的但已经失去了挑逗性的内衣裤、一件被撕破了的紧身连衣裙。没有金属饰物、手镯、文身或钱包。

在法医病理学家开始工作之前，那张遭到过连续野蛮殴打变得伤痕累累的脸，被用针线缝起来，并用化妆品进行了尽可能的恢复，还被拍了照。这张照片会发送到六个城市的治安警察手中，因为尸身上的那件连衣裙，表明她似乎有可能涉及特殊职业，刑警们委婉地称之为“夜生活”。

刑警们所需要的另两个线索是指纹和血型，这很快就得到了。然后法医开始工作。他们主要寄希望于指纹。

六个城市都回答说档案中没有相符的指纹。于是去查询弗吉尼亚州首府里士满，那里有整个弗吉尼亚州所有登记过的指纹档案。过了几天，信息反馈回来：很抱歉。下一步是上报给管辖整个美国的联邦调查局，那里有IAFIS，即国际自动指纹身份系统。

法医的报告使得见多识广的刑警们大跌眼镜，这个姑娘的年纪不会超过十八岁。她曾经相当美丽，但是有人，再加上她自己的生活方式，把这种美貌彻底破坏了。

阴道和肛门被扩张得如此之大，显然她曾被比正常男人器官大得多的器具插入过，而且是反复地。遭受殴打所留下的累累伤痕既有新的也有旧的。还发现她吸食过海洛因，很可能是在最近的六个月之内。

诺福克刑警和治安警察在报告中得出的结论是“卖淫”。对警方来说，这并不是新闻。在被治安警察抓进来的妓女里面，经常伴随着服用毒品的现象，而皮条客往往是提供毒品的唯一源头。

任何姑娘一旦落入这种黑帮，试图逃走都会遭到惩罚，“教训”的手段可能是当众遭受野蛮的性虐待和兽行侮辱。有些禽兽愿意为这种“表演”付钱，所以也有禽兽乐得去实施暴行。

经过解剖后的尸体被送进冷藏室，辨明身份的调查仍在继续进行之中。她依然是一个身份不明的女子。此时朴次茅斯的一位治安警官觉得他也许认出了这张照片，尽管脸部已经损坏变形。他认为这个女人也许就是曾经使用“洛琳”这个名字的某个妓女。

经查询后得知，洛琳已经失踪好几个星期了。此前她曾为一个臭名昭著的西班牙人黑帮工作，这个团伙使用长相俊美的成员去北方城市里物色姑娘，然后以许诺结婚、度假和其他种种理由，把她们诱骗到南方。

朴次茅斯的治安警察去找了那个黑帮团体，但没有获得什么结果。那些拉皮条的人说，他们从来不知道洛琳的真名，她来时就已经是一个职业妓女，而且她已经自愿离开这里回到西海岸去了。这张照片很不清楚，证明不了任何问题。

但华盛顿方面提供了证明，联邦调查局根据指纹确定了一个身份。阿曼达·琼·德克斯特，曾试图与当地一家超市的保安斗智，顺走一件商品。结果监控录像赢了。少年法庭的法官在五个同学的证明支持下，认可了她所说的故事，对她提出警告之后放她走了。但她的指纹留了下来。指纹存放在纽约警察局，并被传送到了自动指纹身份系统。

“我认为，”朴次茅斯的治安警官奥斯汀在听到这个消息后说，“我也许最终能够抓住这帮坏蛋。”

一个阴沉的冬日上午，电话铃声在布朗克斯区的律师公寓里震响。让一位父亲赶往五百多公里外去辨认他独生女儿的尸体，这实在是在任何天气里都没法令人好受的事。

加尔文·德克斯特坐在床沿边痛苦不堪，他真希望自己当初死在了越南的地道里，现在他就用不着来承受这种打击了。他最终还是告诉了妻子安琪拉，在她哭泣时抱着她。他打电话通知了丈母娘，她立即赶了过来。

他不愿在纽约的拉瓜迪亚机场等候飞往诺福克国际机场的飞机；因为雨、雾、冰雹或空中交通繁忙会引起航班延误，而他一分钟都没法坐着等待。他自己驾车去了。驶出纽约，穿过进入纽瓦克的桥梁，行驶在他非常熟悉的乡间：孩提时他曾乘坐在房车上，被从一个建筑工地拉到另一个建筑工地。出了新泽西，分别经过宾夕法尼亚州和特拉华州的一部分，然后一路南下，经过巴尔的摩，最终抵达了弗吉尼亚州的海边。

在诺福克的停尸所里，他俯视着曾经那么美丽可爱的那张面孔，默默地向陪同他的那位刑警点了点头。他们上楼去了。刑警递给他咖啡，告诉他一些基本情况。她是被不明身份的人殴打致死的。直接死因是严重的内出血。凶手把尸体放进汽车的后备箱里，载着它到达弗吉尼亚比奇市第一警署辖区的最偏僻的农村，然后一扔了之。德克斯特知道，这只是事实的一部分。

他做了一份长长的陈述，告诉警方关于“埃米利奥”的全部情况，但这并没给刑警们更多线索。他要求带走女儿的尸体。警方没有进一步的反对，但需要验尸官办公室认可。

这需要时间、手续、程序。他驾车回了纽约，再坐飞机回来等待。最后，他护送着女儿的灵柩回到了在布朗克斯的家中。

棺材密闭着。他不想让妻子或马洛齐家庭的任何成员去看里面的遗体。葬礼很简单。阿曼达·琼在她十七岁生日还差三天时被埋了下去。一星期后，德克斯特回到了弗吉尼亚。

奥斯汀警官正在位于克劳福街711号朴次茅斯警察局总部的办公室里，这时候前台打电话来，说有一位德克斯特先生要见他。这个名字并没有使他想起什么；他没有把这事与一个已经死去的名叫洛琳的妓女联系起来。

他询问德克斯特先生有什么事，回答说，客人也许是来提供有关线索的。鉴此，访客被引进来了。

朴次茅斯是六个城市中最古老的，是由英国人在美国独立战争之前建立的。现在的朴次茅斯坐落在伊丽莎白河的西南岸，大都是一些低矮的红砖房子，凝视着河对岸诺福克现代化的高楼大厦。不过这里是许多军人在天黑后去“找乐子”的地方。奥斯汀警官的治安警察队可不是摆设。

来访者看上去可并不像肌肉发达的橄榄球运动员退休后当的那种业余侦探。他只是站到办公桌前面说：“你还记得那个十几岁的女孩吗？被迫吸食海洛因，被迫卖淫，遭受轮奸并被殴打致死的那个，四个星期之前？我是她的父亲。”

警铃开始在脑海里震响，警官已经站起身伸出了手，又缩回来了。他总是最大限度同情那些愤怒的复仇心切的公民，但他除了同情也没有更多办法。对警察来说，这些人难以对付，有时候还很危险。

“这事我很抱歉，先生。我可以向你保证我们已经尽到了一切努力……”

“别紧张，警官。我只是想知道一件事。然后我就不会来打扰你了。”

“德克斯特先生，我理解你的感受，可我并不是负责……”

来访者已经把右手伸进了衣服口袋，正在掏着什么东西。前台的警卫是怎么搞的？这个人带着武器吗？警官自己的那家伙放在三米之外的一只抽屉里。

“你在干什么，先生？”

“我在把一些金属片放到你的桌子上，奥斯汀警官。”

他继续从口袋里往外掏，直至全部掏出来。奥斯汀警官曾经当过兵，他们是同样的年龄，但警官从来没有离开过美国。

警官发现自己在俯视着两枚银星勋章、三枚铜星勋章、一枚陆军奖章和四枚紫心勋章。他从没见过这么多奖章。

“这都是很久以前，在遥远的地方得来的。我有权知道是谁杀了我的孩子，这是我用鲜血换来的权利。请你告诉我凶手的名字，奥斯汀先生。”

治安警官走到窗边去看对岸的诺福克。

“是马德罗。本尼·马德罗。他掌管着一个拉丁人黑帮。非常残暴，非常邪恶。”

“谢谢你。”身后的客人说，他收拾起他的那些奖章。

“但如果你要去对他进行一次私人拜访，那么你太晚了，我也太晚了。我们都太晚了，他已经走了。他回到了他的故乡巴拿马。我知道这事肯定是他干的，但我没有足够的证据把他推上法庭的被告席。”

曼哈顿岛上第二十八街麦迪逊大厦旁边，有一家东方艺术品小商店。一只手推开了店门。在门廊上方，一只门铃丁丁当当地响了起来。

来访者打量着一排排货架，上面放满了玉器、青瓷、石器、陶瓷、象牙、挂件、羊皮纸和无数具菩萨。在店铺后面，一个人影出现了。

“我需要变成另一个人。”加尔文·德克斯特说。

距离德克斯特帮助这个前越共战士和妻子获得新生，已经有十四年了。这位东方人没有丝毫犹豫。他把头往一边倾斜了一下。

“没问题，”他说，“请跟我来。”

那是一九九二年三月十五日。

第十五章

了 结

黎明前，快速渔船“奇基塔号”慢慢地离开风景秀丽的戈尔菲托港口码头，沿着航道朝外海驶去。

掌舵的是船主兼船长彼得罗·阿里亚斯。跟美国客人之间的租船约定的细节，他是不会说出去的。

美国人头一天骑着一辆当地哥斯达黎加牌照的摩托车出现在码头。摩托车是用现金买的二手车，但状态很好，是在泛美公路那边的帕尔玛角购买的。美国游客们从圣何塞坐短途航班抵达时，那里是必经之路。

那人在码头上徘徊，打量着泊在那里的各种各样休闲渔船，然后才选了一艘前来洽谈。他把摩托车用铁链锁到旁边的一根灯柱上，肩上背着帆布背包，看上去像是一位经验丰富的背包族。

但他放到船舱里桌子上的一大叠美元却与“背包族”根本沾不上边。这些钱能买到很多很多的鱼。

这个人不是去钓鱼的，当“奇基塔号”驶出瓦拉德拉角出现在杜尔斯湾时，钓鱼竿全都架在舱顶上。阿里亚斯把航向定在正南方，一小时之后就驶出了班科角。

这个美国佬的真正用意，可以解释为何有两塑料油桶的备用油用绳子拴在船尾甲板上。他想从哥斯达黎加水域，绕过布里卡岬角，进入到巴拿马。

他说他家人正在巴拿马城度假，他希望“看看巴拿马的乡村景色”，所以要骑摩托车一路赶过去与家人会合。这话在彼得罗·阿里亚斯听来，如同正被初升的太阳所驱散的海雾那样真实具体。

其实，对于一个外国人不通过有关手续，从一片荒凉的海滩上驾摩托车进入巴拿马这事儿，他阿里亚斯先生还是一个宽容的人；尤其是人家要去的是邻国巴拿马，就更不关他事了。

早饭时分，这艘三十一英尺长的渔船“奇基塔号”正以十二节的速度欢快地巡航在平静的海面上，驶过班科角，进入广阔的太平洋。阿里亚斯打了左舵四十度，沿着海岸航行了两个小时，抵达了布里卡岛没有标志的国境。

上午十点钟时，他们看到了前方海平线上突现出来的布里卡灯塔的塔顶。十点半，他们转过海角，向东北方向航行。

彼得罗·阿里亚斯挥手指向他们左侧的陆地——布里卡半岛的东海岸。

“这里已经完全进入巴拿马了。”他说。那个美国人点点头表示感谢，然后打开地图，用食指指着一个地方。

“就是这儿。”他说。

他指的那个地区是一片开阔的海滩，没有标上城镇或旅游点，只是空荡荡的荒凉海滩，仅有几条土路通向后方的丛林之中。船长点点头，改变航向走直线穿过查科阿祖湾。四十公里航程，两个小时多一点。

下午一点钟，他们抵达了那里。在宽阔的海湾里，他们遇到的几条渔船根本没注意他们。

美国人要求在离海岸一百码处沿着海岸航行。五分钟后，在奇利基维耶的东边，他们见到了一片沙滩，上面搭着两间茅屋，是当地渔民过夜用的。那意味着附近应该有一条土路可以通向内陆。汽车没法在这种路上行驶，即使越野车也不行，但摩托车可以。

把摩托车扛到浅水里费了一番劲，接着大背包也落到了沙滩上，然后他们分手了。在戈尔菲托出发时支付了一半费用，现在付了另一半。美国佬把船费全都付清了。

他真是个奇怪的人，阿里亚斯想，但他拿出来的美元跟别人的没什么两样，可以解决家里四个孩子的温饱问题。船主倒退着离开这片沙滩，掉头返航。在离海岸近两公里处，他把那两桶备用柴油倒进油箱，开足马力回家去了。

在沙滩上，加尔文·德克斯特取出一把螺丝刀，卸下哥斯达黎加的车牌，把它们远远地扔进了海里。他从背包里拿出一副巴拿马的摩托车牌照，并装了上去。

他的证件是完美的。由于阮夫人的努力，他有了一本美国护照，用的不是加尔文·德克斯特的姓名。这本护照已经盖上了几天前进入巴拿马城机场的入境章，还有与护照相符的一本驾驶执照。

他会说不太流畅的西班牙语，是在纽约的法院与拘留所里学来的——他在那里百分之二十的当事人是西班牙人。他的西班牙语不足以冒充巴拿马人，但一个美国游客一样可以在巴拿马乡间驾驶摩托，寻找理想的垂钓去处。

自一九八九年美国出兵巴拿马，推翻并捕获独裁者诺列加，刚好过去了两年时间。德克斯特怀疑大多数巴拿马警察是否还记得当时的事件。

由海滩穿过雨林的这条羊肠小道，在向内陆伸展十六公里之后，成了一条土路，然后又成了一条砂石公路，两边偶尔出现几个农场。他知道，从这里他可以找到贯穿南北美洲、从阿拉斯加到巴塔戈尼亚的泛美公路。

在戴维城，他为摩托车加了油，然后驶上了泛美公路。要抵达巴拿马城，他还要在泛美公路行驶五百公里。天黑下来了。他在一个路边停车处与卡车司机们一起吃了晚饭，再次加油后又上路了。他经过巴拿马城外的一座收费站，用比索付了费，当太阳升起时驶入了巴尔博亚的郊区。然后他在公园找到一条长凳，把摩托车用铁链锁住后，他躺上去睡了三个小时。

下午的时间用来侦察和了解情况。他在纽约买来的那张大比例市区地图，向他展示了整个巴拿马城以及乔里洛贫民窟，独裁者诺列加和黑帮头目马德罗，都出自那个贫民窟，只相隔几个街区。

只要有可能，混得较好的下层社会的人物都会向往上层社会的生活。在与老城区贫民窟隔海湾相望的高档社区巴蒂拉，马德罗经营着两个他拥有部分产权的酒吧。

凌晨两点钟时，这个返回故乡的恶棍已经在帕帕加耶酒吧和迪厅里玩腻了，想离开。酒吧的门是黑色的，很隐蔽，门上挂有小铜牌，还装有小格栅和猫儿眼。这时候，门打开了，两个男人先走了出来。他们是身材魁梧的保镖，马德罗的私人打手。

一个保镖坐进停在人行道边的一辆林肯牌高级轿车里去发动引擎。另一个四下打量街上的情况。一个流浪汉弓着背坐在街沿石边，双脚伸进阴沟，转过身来咧开嘴，露出满口烂牙微笑了一下。油腻而灰白的头发垂在肩上，一件脏兮兮的风雨衣裹住了他的身体。

慢慢地，流浪汉把右手伸进紧抱在胸前的一只棕色的纸袋里。那位保镖紧张地迅速把手插进左腋下。流浪汉把手从纸袋里抽出来，抓着一瓶廉价的朗姆酒，喝上一大口之后，慷慨大方地把它递给那个保镖去分享。

那保镖朝人行道吐了一口唾沫，把手从衣服里面拿出来了，没拿出武器。他放松下来，然后转身走开。除了这个醉鬼，街上空荡荡的，很安全。他敲了敲那扇黑门。

埃米利奥，这个勾引并拐卖了德克斯特女儿的歹徒，首先走了出来，后面跟着他的老板马德罗。德克斯特等待那扇门关上，自动锁合上之后，才站起来。这一次，他从纸袋里伸出来的手，握着一支短枪管的点44口径史密斯-威森转轮手枪。

那个刚才吐唾沫的保镖永远也不知道是什么击中了他。那颗子弹爆裂成四块横飞过来的金属小片，在三米的近距离之内全部钻进了他的身躯，在体内做了一阵淘气的鼓捣。

长相俊美的埃米利奥这一次失去了优雅。他张嘴刚要叫喊，第二颗子弹同时击中了他的脸部、颈部、一侧肩膀和一侧胸部。

第二名保镖正要下车，一半身躯已经在车外了，他遇到了四块高速旋转的金属片。它们射进了他暴露在枪手那一侧的身体。

本尼 · 马德罗跑回那扇黑门边，尖叫着要进去，这时候第四颗和第五颗子弹发射出来了。门内某个大胆的人刚刚把门开了一条缝，就有一颗弹丸擦过了他的头发，于是他匆忙地关上了那扇门。

马德罗倒了下去，但他的手仍在擂着门要求进去。他慢慢地顺着那扇用高档木料制成的黑门滑下去，从衬衣里渗出来的鲜血在门上留下了几道长长的污渍。

流浪汉走到他身旁，根本没有显露出惊慌或者特别的匆忙，弯下腰，把他翻过身来，盯着他的脸。他还活着，但已经垂死了。

“阿曼达 · 琼是我的女儿。”枪手说完用第六颗子弹撕裂了他的内脏。

马德罗生命中的最后九十秒钟一点也不快乐。

住在街对面楼上的一位家庭主妇后来告诉警方，她看见一个流浪汉慢跑着转过一个街角消失了，然后她听到一阵摩托车的轰鸣声渐渐远去。就这些。

在太阳升起之前，这辆摩托车停在了两个街区以外的一道墙边，未锁上铁链，未拔下点火钥匙。要不了一个小时，它就会被人骑走，从而进入再循环的链条之中。

假发、假牙和那件风雨衣被卷起来之后扔进了公园的一只垃圾桶里。那只背包，在取出里面的东西之后，被折起来抛到了一个建筑垃圾堆里。

七点钟时，一位穿着体面的衬衫、薄型运动衣，提着一只软皮旅行袋的美国商人，在米拉玛酒店外拦下一辆出租车要去机场。三个小时后，这个美国人坐在大陆航空公司一架定期班机的商务舱里起飞了。目的地是美国新泽西州纽瓦克市。

还有那支枪，那支被改装成能在近距离作战时发射致命子母弹的史密斯-威森转轮手枪，已被扔进了巴拿马城内的一条河里。

在越南的地道里，他从未能够一次打完六发子弹，但在二十年之后，在巴拿马城的街巷里，他梦幻般地这样做到了。

在踏进纽约市布朗克斯区他自己的家里时，德克斯特感觉到有什么事不对劲。房门打开后，出现的是丈母娘马洛齐夫人，她的脸上还挂着泪珠。

伴随着悲痛的，是内疚。

当初安琪拉·德克斯特认同埃米利奥追求她的女儿，对那个年轻的巴拿马人提议的海滨“度假”没表示异议。当她丈夫说要离家一个星期去处理一些尚未完成的事务时，她以为他指的是工作上的事。

丈夫本应该留在家里，他本应该告诉她实情，他本应该理解她的心情。参加完女儿的葬礼，在娘家小住了几天之后，安琪拉·德克斯特回到自家的公寓，服下大量安眠药结束了自己的生命。

这位昔日的建筑工人、战斗英雄、大学生、律师和父亲悲痛欲绝。最后他作出了两项决定。一是他再也不想在法院和拘留所之间跑来跑去担当公众律师了。他递上辞呈，卖掉公寓，含着眼泪告别了一向待他很好的马洛齐家庭，回到了新泽西州。

他发现了这个叫彭宁顿的小村镇，那里绿树成荫，风景优美，当地还没有律师。他买下一间小小的办公室，挂起了法律事务所的营业招牌。他还在切皮萨克街上购入了一座木板屋和一辆皮卡汽车。他开始了铁人三项运动的艰苦训练，以消除那种丧失亲人的痛苦。

他的第二项决定是，马德罗死得太痛快了。这个恶棍应该站到法庭的被告席上，听法官宣读终身监禁并不得保释的判决；他应该知道他每天早上醒来之后永远看不到天空；他应该知道，因为他对一个纯洁的姑娘犯下了这些罪行，他将终生为此付出代价。

加尔文·德克斯特知道，在美国陆军服役，在古芝丛林底下的散发着臭味的地狱里两度征战，已赋予了他危险的才能。那是沉默、耐心、隐蔽、猎手的技能，和一个天生的追猎者所具有的百折不挠的精神。

他通过媒体听说有一个人的孩子被谋杀，凶手已经逃到了国外。他秘密地进行了联系，获得详情后赴国外把那个凶手抓了回来。然后他就消失了，又变回新泽西州彭宁顿村里那位和善的律师。

在七年的时间里，他有三次在办公室门口挂上“外出度假”的牌子，到天涯海角去追捕一名凶手，把他抓回来送交审判。三次他都引起了联邦司法机构的警觉，但他都成功溜走，未暴露身份。

每当《经典飞机》送到他家里的时候，他都要去查看这份杂志里那个小小的启事栏，这是极少数几个知道他存在的人要联系他的唯一途径。

二〇〇一年五月十三日这个阳光明媚的上午，他又查看了一下。那份广告写着："诚招复仇者。报酬无上限。有意请来电。"

第十六章

档 案

彼得·卢卡斯参议员是国会山的一位老政治家。他知道，就里基·科伦索的调查报告和米兰·拉耶克的证词，他如果要去执行任何正式行动，那他必须走上层路线，直接找最上层。

去找部门的领导是没有用的。整个中层的公务员们总是习惯于把皮球踢到另一个部门去。工作永远是别人的。只有从最上层直接布置下来的工作才会有一个结果。

作为共和党参议员和老布什多年的朋友，彼得·卢卡斯可以去找国务卿柯林·鲍威尔和新任的司法部长约翰·阿什克罗夫特。这两人就等同于国务院和司法部，这两个部门没有什么做不到的事。

即使如此，事情也没有那么简单。内阁部长们不想听到问题和疑问；他们更愿意直接得到建议和解决方案。

引渡不是卢卡斯的专业范围。他需要弄明白在这种情况下，美国能做什么，应该做什么。这需要调研，他有一组年轻的大学毕业生正适合去做调研。他把工作布置下去了。一个星期之后，他的最佳的猎手，一位来自威斯康星州的聪明姑娘带着答案回来找他。

“这个畜生，季利奇，根据一九八四年的《刑事犯罪控制法案》，是可以逮捕他并引渡到美国来的。”她说。

她发现的那一段文字来自一九九七年国会关于情报和安全的听证会。确切地说是来自联邦调查局副局长罗伯特·布赖恩特就犯罪议题向众议院委员会做的演讲。

“我已经把有关条款涂上了荧光笔，参议员。”她说。他谢过她，然后去看摆放在他面前的章节。

“联邦调查局的海外职责可追溯到二十世纪八十年代，当时国会首次通过法律，授予联邦调查局在美国公民被谋杀后可在海外行使联邦管辖权。”布赖恩特在四年前这么阐述。

在这段温和的文字后面，是一项为世界上大多数国家和大部分美国人所忽视的令人惊愕的法案。在一九八四年的《刑事犯罪控制法案》之前，国际社会认为，如果有人在法国或蒙古被谋杀，那么只有法国或蒙古政府有权去实施调查、抓捕和审判杀人犯。不管受害人是法国人、蒙古人或者是正在访问的美国人。

美国则简单地声称其有权认为，如果你在世界上的任何地方谋杀了一个美国人，那么这相当于你在纽约的百老汇杀了他。意思是，美国的管辖权遍及全世界。国际社会并没有认同这一点；只是美国自己在这么说。然后布赖恩特先生继续阐述。

“……而且一九八六年的《外交安全和反恐混合法案》，就海外对美国公民实施恐怖活动的情况，确定了一项新的海外法令。”

“这没有问题，”参议员想道，“季利奇既不是一个南斯拉夫军人，也不是一名警察。他是单干的个体户，一个恐怖分子。根据这两项法令，可以把他引渡到美国来。”

他继续读下去，一九八六年的这个新法令说：“在经主权国同意后，联邦调查局有权向发生刑事犯罪的主权国派去特工人员执行海外调查，使美国能向在国外实施针对美国公民的刑事犯罪的恐怖分子进行起诉。”

参议员皱起了眉头。这讲不通啊，这是不完整的。这里的关键词是“在经主权国同意后”。各国的警察机关之间的合作并不稀奇。当然，联邦调查局可以接受一个外国警察机构的邀请，飞赴那里去协助解决问题。这么做已经有好多年了。那为什么还要有两部不同的法案，一九八四年的和一九八六年的？

答案在于，第二部法案远比第一部更加深入，而且那句“在经主权国同意后”，其实是布赖恩特先生安抚委员会的用语。他在暗示，但不敢明说的（后来他在克林顿时期说出来了），就是“劫持”。

在一九八六年的法案中，美国授予自己权力，可以有礼貌地要求把一个杀害美国人的凶手引渡回美国。如果答复是“不行”，或者因无休止的耽搁导致事情一直悬而未决，那就不客气了。美国有权派出一支秘密特工小组，去抓住那个凶犯，把他带回来审判。

如同联邦调查局反恐专家约翰·奥尼尔在这项法案获得通过时所说的：“从现在起，主权国同意与否毫不相干了。”中央情报局和联邦调查局联合去海外抓捕杀害美国人的凶手，这样的行动被称为“劫持”。自从罗纳德·里根当政时该法案得到通过以来，已经进行了十次这种极为隐蔽的行动。这全是因为一艘意大利邮轮而开始的。

一九八五年十月，从意大利热那亚出发的“阿基利·劳罗号”旅游船正巡航在埃及的北海岸，前方还要停靠以色列海港，船上装载着货物和游客，包括一些美国人。

四个巴勒斯坦人悄悄地上了船。他们属于“巴勒斯坦解放阵线”，一个依附于巴解组织的恐怖团伙。其时巴解组织领导人阿拉法特正在突尼斯流亡。

恐怖分子的目的不是为了劫持船舶，而是要在以色列的停靠港阿什杜德下船，把以色列人质带到那里去。但在十月七日，当海轮航行在亚历山大与塞得港之间时，他们待在一间舱室里检查武器，这时候一位服务员走进来，看见枪械后开始叫喊。四个巴勒斯坦人在惊慌之下劫持了邮船。

接下来是四天的紧张谈判。阿布·阿巴斯从突尼斯飞了过来，自称是阿拉法特的谈判代表。但特拉维夫方面并不认同，他们指出，阿布·阿巴斯是巴解阵线的头目，不是一个友善的协调人。最后双方达成了一个交易：这些恐怖分子离开那艘邮轮，坐埃及的一架客机返回突尼斯去。那位意大利船长在枪口之下确认，没有人受到伤害，他是被迫说谎。

在邮轮获释后，很快就弄清楚，这些巴勒斯坦人在第三天杀害了七十九岁高龄的美国游客——坐轮椅旅游的纽约人利昂·克林霍弗。他们朝他的脸部开了枪，并把他连人带轮椅扔进了海里。

对美国政府来说，事情到此为止；所有的交易都吹了。但杀手们已经在空中了，在返回他们家乡的途中，在一个对美国友好的主权国家的一架定期航班上，飞行在国际空域里；也就是说，不可触及。但可能还有办法。

美国的“萨拉托加号”航空母舰正沿着亚得利亚海南下，飞行甲板上装载着F-14雄猫战斗机。当夜幕降临时，埃及的那架客机正在克里特岛外围朝着突尼斯飞去。突然间，四架雄猫围住了客机。大惊失色的埃及机长请求在雅典紧急降落。他的要求遭到了拒绝。雄猫发出信号，他应该跟他们走，不然就要承担后果。同样从“萨拉托加号”航母起飞的EC-2鹰眼电子侦察机，捕捉到了埃及客机与战斗机之间的通话。

在美国战机的裹胁下，这架载着杀手以及他们的头目阿布·阿巴斯的客机，降落在美军在西西里的基地锡戈内拉。然后事情变得复杂了。

锡戈内拉是美国海军与意大利空军合用的一个基地。从技术上说，它是意大利的领土，美国只是支付租金。罗马的意大利政府，在激动之下宣称他们有权审判这些恐怖分子。“阿基利·劳罗号”旅游船是他们的，这个基地也是他们的。

最后由里根总统亲自打电话给布置在锡戈内拉的美军特种部队小分队，命令他们退出来，让意大利人去抓捕那些巴勒斯坦人。

在那艘邮轮的船籍港热那亚，四个小人物受到了及时的审判。但他们的头目阿布·阿巴斯却在十月十二日那天像空气般地飘走了，后来一直逍遥法外，直至二〇〇三年四月伊拉克战争期间，才被美军特种部队在巴格达西部的沙漠里抓获。意大利国防部长引咎辞职。当时的总理是贝蒂诺·克拉克西，他后来死在了流放之中，也是在突尼斯，原因是其当政时的大肆贪污受贿。

里根总统对这种背信弃义做出的反应是通过那部《混合法案》，昵称为“下不为例法案”。最后，不是威斯康星州那个聪明的年轻姑娘，而是联邦调查局已退休的反恐专家奥利夫·雷维尔，在接受这位老资格参议员请吃晚饭时，告诉了他关于“劫持”这件事。

即使这样，对于季利奇似乎并不需要“劫持”。米洛舍维奇之后的南斯拉夫，热切地希望重返国际社会。她需要国际货币基金组织和其他金融机构的大量贷款，以重建经北约七十八天轰炸之后已经千疮百孔的基础设施。新总统科什图尼察肯定会认为，把季利奇逮捕起来并引渡给美国是小菜一碟。

这正是卢卡斯参议员要向柯林·鲍威尔和约翰·阿什克罗夫

特提出来的请求。如果出现最糟糕的情况，他就会要求去执行秘密劫持。

他让他手下的写作班子把私家侦探一九九五年的那份详细报告改写成一页纸，解释里基·科伦索如何去波黑帮助那些无家可归的难民，直至一九九五年五月十五日他进入了一条孤独的山谷里。

那天上午在山谷里发生的事情，根据米兰·拉耶克的描述，被压缩成两张纸，最恐怖的那些段落被涂上荧光笔作为重点，再附上了他的一封亲笔信件。这样就做成了一份便于部长们阅读的文件。

那是国会山教会他的事，拿到上层去的文件越简单扼要越好。四月下旬，他与这两位内阁部长会面了。

两人都认真地听取了他的汇报，答应会去阅读这个文件并把它批转给他们部里的有关部门去处理。他们是说到做到的。

美国有十三个主要的情报收集机构。他们很可能储存着每天二十四小时从整个地球上通过各种合法和非法手段所收集来的百分之九十的情报。

这些数量浩瀚的情报需要花大量的时间进行吸收、分析、过滤、研究和分类储存，这本身就很成问题。另一个问题是，各个情报机关之间互不通气。

美国谍报机关的头子们在深夜泡酒吧时会嘀咕，他们很是欣赏英国联合情报委员会的做法。

英国联合情报委员会每周在伦敦碰头开会，由一位资深可信的官员召集这个国家的四个情报机构：秘密情报局（负责国外）、国家安全局（负责国内）、政府通讯总局（负责监听）和苏格兰场（即警察局）特别分队。

互相分享情报可以避免重复劳动，少浪费时间，但其主要目的在于，由不同地点，不同的人所收集来的零星情报，可能拼凑成大家都在期望的一幅完整的画面。

卢卡斯参议员的报告被分送到了六个情报机关，于是大家分头在文档里查找，是否保存过一个叫佐兰·季利奇的南斯拉夫歹徒的档案。

ATF，即酒精、烟草和火器部门，没有查到任何资料。季利奇从来没在美国活动过，而ATF极少执行国外任务。

另五个机构分别是，国防情报局（DIA），它对武器交易很感兴趣；国家安全局（NSA），它是它们中最大的，在马里兰州的“暗室”里工作，每天监听千万亿份通话，电子邮件和传真，所使用的技术几乎超越了科学幻想；缉毒署（DEA），世界上任何地方走私毒品的任何人都是它的关注对象；当然，还有联邦调查局（FBI）和中央情报局（CIA）。最后这两个情报机构专长于收集关于恐怖分子、杀人凶手、军阀和敌对政权等的情报。

时间过了一个多星期，四月份进入了五月份。但因为该任务由最高层布置下来，所以清查工作是彻底的。

国防情报局、缉毒署和国家安全局都拿来了厚厚的卷宗。他们凭着各自的神通，已经知道佐兰·季利奇好几年了。他们的大多数记录，都是关于他在南斯拉夫舞台上粉墨登场的活动：作为米洛舍维奇的帮手，非法经营毒品和军火，组织黑社会性质的盈利业务。

他在波黑内战时杀害过一个美国年轻人，他们并不了解，于是他们都认真对待了。如果可能，他们会提供帮助。但他们的卷宗有一点是共同的：都只查到了参议员询问之前十六个月的情况。

他已经不见了，蒸发了，消失了。对不起。

在夏季绿荫环抱下的中央情报局大楼里，局长把这份询问交给了主管行动的副局长。副局长把这项任务传达给四个处室：巴尔干、反恐、特别行动和军火交易。他甚至按照程序，还询问了成立不到一年的那个被称为“游隼”的小小的秘密办公室。这个小办公室是美军驱逐舰“科尔号”上十七名水兵在亚丁港遭杀戮后成立的。

但回答是相同的。是的，我们是有档案，但都没有最近十六个月的情况。我们完全同意我们同事的说法。他已经不在南斯拉夫了，但是至于他在哪里，我们不知道。他已经有两年没有引起我们的注意了，所以没有理由去花费时间和金钱。

另一个希望较大的情报机构应该是联邦调查局。在宾夕法尼亚巨大的胡佛大厦[1]里，肯定应该有确切的、最近的卷宗，指明现在可以到哪里找到这个冷血杀手，把他捕获，带回来绳之以法。

新近被任命为路易斯·弗里赫接班人的罗伯特·米勒局长，把这项工作布置下去了，还标上了“立即办理，不得耽搁”的标签。该文件被送到了副局长柯林·弗莱明那里。

弗莱明一直在联邦调查局工作，简直有一辈子那么久。他不记得有哪怕一分一秒他不想当调查员，他从小就想。他有苏格兰长老会教徒的血统，具有根深蒂固的法律、秩序和正义观念。

对待局里的工作，他是一位原教旨主义者。在处理犯罪事务时，妥协、迁就和让步只不过是姑息的借口。这是他所切齿痛恨的。他也许不太圆滑，但他以坚韧和忠诚做了弥补。

他来自于新汉布什尔州的花岗岩山区，那里的人们与磐石一样顽固坚强。他是一个坚定的共和党人，彼得·卢卡斯是他的参议员。当初他曾为卢卡斯的当选出过力，并由此结识了他。

在读完这份简要的报告后，他打电话给参议员的办公室，要求看阅私家侦探的详细报告和米兰·拉耶克的完整证词。当天下午，一份厚厚的资料给他送了过去。

---

1 胡佛大厦，指美国联邦调查局。

他越看越气愤。他也有一个值得骄傲的儿子，是一位海军飞行员，想到发生在里基·科伦索身上的事，他义愤填膺。联邦调查局应该把季利奇带回来绳之以法，不管是通过正式引渡还是秘密劫持。作为主管所有海外反恐行动的负责人，他将亲自授权，派遣一支秘密劫持特工小组去抓捕那个凶手。

但是调查局没法这么做。因为调查局与其他情报机构处于同样的境地。虽然季利奇胡作非为多年，贩卖毒品，走私军火，已经让联邦调查局把他视作重点关注的人物，但他从来没有因为从事或支持针对美国的恐怖活动而被抓住过；所以当他消失时，他就消失了，调查局没去追查过他。他的档案在十六个月之前结束了。

无奈之下，弗莱明只得与其他情报机关一起十分遗憾地承认，他们不知道佐兰·季利奇在哪里。

不知道所在地，就不能向一个外国政府提出引渡的申请。即使季利奇现在畏罪躲在了一个通常政府当局所不知道的地方，联邦调查局也得知道他的具体地点，才能去实施抓捕行动。在给参议员的私人信件里，弗莱明副局长抱歉地说，调查局不清楚他究竟在什么地方。

但苏格兰高地的基因赋予弗莱明坚韧的性格，他不肯轻易放弃。两天后，他约弗雷泽·吉布斯一起吃了顿午饭。

联邦调查局有两位几乎是偶像般的退休官员，如果他们回去举办讲座，调查局的昆亭可培训中心会挤满学生。一个是个子高大的前橄榄球运动员、前海军陆战队飞行员奥利夫·雷维尔；另一个是弗雷泽·吉布斯。早期特工生涯中，吉布斯曾经打入黑帮组织中卧底，其危险性可想而知。后来，他参与了打击东海岸黑手党的行动。他左腿中弹成了跛脚后，回到华盛顿，被指派负责收集所有自由杀手、雇佣兵和契约杀手的情报。

吉布斯皱起眉头思索着弗莱明的询问。

“我以前确实听说过一次，”他承认说，“一个追捕逃亡者的人，领取酬金去追捕歹徒的人。他有一个代号。”

“他本人也是一个杀手吗？你知道政府有规定，绝对禁止那种事情。”

“不，不是那样，”老专家说，“外面的传说是，他不杀人。他只是绑架、劫持，把人带回来。哎，他到底叫什么名字来着？”

“这也许很重要。”弗莱明说。

“他非常隐蔽。我的前任曾试图辨明他的身份，派去一名便衣特工冒充某个当事人。但他还是闻出了异味，找了个借口，离开会面地点消失了。”

“他为什么不解释清楚呢？”弗莱明问道，“如果他没在从事杀人的勾当……”

“我猜想，他认为由于他在国外行动，而且调查局不喜欢个体户在他们的地盘上活动，我们会向上层报告并会按命令去终止他的活动。他这么想很可能是对的。所以他留在阴影中，而我从来没有追查到他。”

“那位去会见他的便衣特工肯定写过一份报告吧？”

“嗯，是的。这是程序。很可能写上了那人的代号。我们从来不知道他的其他名字。哦，有了，复仇者。输入‘复仇者’，看看会出来什么。”

电脑里出现的这个文档确实很简短。在飞机爱好者的一份刊物的小小广告栏里刊登启事，似乎是联络那人的唯一途径。于是特工编造了一个故事，约定了一次会面。

那个有偿追捕歹徒的人，坚持要坐在一盏明灯背后的阴暗处。便衣特工报告说，那人中等身高，细细的身材，体重很可能不超过七十五公斤。特工没能看清他的脸。不到三分钟那人就起了疑心，他伸手关灯，把特工留在黑暗之中。当特工慢慢地适应了黑暗时，那人已经不见了。

那位特工能够报告的，只是在那人把手放在他们之间的桌子上时，左袖往上卷起，露出了前臂的一枚文身。那是一只老鼠从肩上转过头来微笑的一幅图案。

这份报告应该不会引起卢卡斯参议员，或者是他的加拿大朋友的兴趣。但柯林·弗莱明至少能把那个代号和联系方法转告过去。尝试这个途径似乎成功概率非常小，但这是他能够做到的全部。

三天后，在加拿大安大略省的办公室里，史蒂夫·埃德蒙打开了由他的朋友从华盛顿寄过来的信件。他已经听说了来自六个情报机关的消息，他实际上已经放弃了希望。

他看完那封信后皱起了眉头。他原来一直以为，强大的美国可以行使其权力，要求某个外国政府把那个杀人犯抓起来，戴上手铐，押回美国。

他从来不曾想到他已经慢了一步。那个季利奇已经消失了；用几十亿美元武装起来的华盛顿各个情报机关不知道他在何处，一筹莫展。

他考虑了十分钟，然后他按响了内部通讯器。

"琼，我要在一份美国专业技术杂志的招聘启事栏里刊登一则秘密广告。你去查查这个杂志，我可是从来没有听说过。它的名字叫《经典飞机》，对。广告词可以这么写：'诚招复仇者。报酬无上限。有意请来电。'然后附上我的手机号码。行吗，琼？"

美国各情报机构里，有二十六个人曾看到追查季利奇行踪的请求，他们全都回答说，他们不知道佐兰·季利奇在什么地方。

其中有一个人说谎了。

第二部

第十七章

照 片

自从六年前联邦调查局试图揭穿他的真面目以来，德克斯特已经决定没有必要进行面对面的会谈。不仅如此，他还设立了几条防线以隐藏自己的地点和身份。

其中一个措施是，他在纽约有一套一居室小公寓，但不在布朗克斯区——那里也许会被人认出来。他是连家具一起租赁的，每季度准时付房租，而且总是付现金。这样，不管他住不住在那里都没有引起官方的任何注意。

他的手机只使用那种按通话次数计算话费的SIM卡。这种SIM卡他买了很多，每用一次就扔进东河里。只要打手机时是在路上，保持通话简短，并在通话结束后就扔掉SIM卡，即使是国家安全局，其技术设备能窃听通话并追溯发话源头，也无法查明这些用完就扔掉的SIM卡是什么人购买的，而且也无法向警方指明通话的地点。

另一个手段是老式的公用电话亭。从一个话亭里拨打的号码，当然是可被追踪到的；但这种电话亭有几百万个，除非某一个或某一排特定的电话亭受到了怀疑，否则很难去窃听会话，确定发话人就是要追捕的人，追踪到发话地点，并及时把一辆警车派到那里去。

最后，他还使用名声不好的美国邮政系统，给他的信件会寄到纽约市内离他的公寓相隔两个街区，由一个遵纪守法的韩国人经营的一家水果蔬菜商店的信箱里。一旦这份邮件或这家商店受到了怀疑或监视，这种方法是没有防护措施的，但这种可能性极小。

他拨打了杂志里那条启事附的手机号。他是用自己手机的一次性SIM卡拨打的，并且驾车去了很远的新泽西州农村地区。

史蒂夫·埃德蒙毫不犹豫地亮明了自己的身份，并用五句话说明了在他外孙身上发生的事情。复仇者谢过他后挂断了电话。

美国有好几家很大的剪报图书馆，其中最著名的由《纽约时报》和《华盛顿邮报》所办。他选了后一个，去了它在纽约的数据库，并支付了现金。

有许多资料可以确认史蒂夫·埃德蒙的身份，还有两篇文章介绍了几年前他的外孙作为一名援助工作者在波黑失踪的事件。这都是《加拿大星报》报道的。看来这位求助者是真实的。

德克斯特再次打电话给那个加拿大人，并口述了他的条件：一笔数目可观的行动经费，一笔预付金，以及把季利奇成功交付美国司法机关的奖金。第三笔费用如果行动失败则免予支付。

“这对于一个我没见过面，而且显然不会见面的人来说，可是一大笔钱呢。你可以拿上它然后蒸发。”加拿大人说。

“那么您，先生，可以返回去找美国政府。我假定您已经去过了。”

电话的另一头一阵停顿。

“好吧，我把钱汇到哪里呢？”

德克斯特给了他一个开曼群岛的银行账号和一个纽约的邮政地

址。“把钱汇到银行账户上，把其他详细资料寄到邮政地址。”他说完就挂断了电话。

加勒比海开曼群岛的那家银行将通过其内部的电脑系统从十几个不同的账户里汇集款项，并在纽约的一家银行里开立一个记贷账户。该账户的受益人是一位荷兰公民，他可以出示一本完美的荷兰护照从而证明自己的身份。

三天后，一份厚厚的邮件寄到了布鲁克林区的韩国人水果店，由收信人阿米塔奇先生收取了。信封里装着私家侦探在一九九五年和二〇〇一年春天的详细报告，以及米兰·拉耶克的证词。美国各情报机关都没有向这位加拿大人出示过关于佐兰·季利奇的任何档案材料，所以他对那个人的认识是相当模糊的。最糟糕的是没有照片。

德克斯特去了新闻媒体资料室，这是如今查阅最近历史的主要途径。任何引起过注意的事件和人物，一般都会有媒体记者去报道，一般都会拍照。但佐兰·季利奇差不多逃过了所有新闻记者。

与喜欢张扬、爱出风头的泽利科·拉茨纳托维奇不同，佐兰·季利奇讨厌拍照。他显然极力回避任何公开场合。这方面，他类似于某些巴勒斯坦恐怖分子，如人称阿布·尼达尔的萨布里·阿尔巴纳。

德克斯特在《新闻周刊》里查到了波黑内战的一篇特写报道，报道描述了塞尔维亚的所有军阀，对于季利奇只是匆匆提过几次，很可能是缺乏材料。

有一张照片，显示的是季利奇在某个鸡尾酒会上，显然经过剪切和放大，因此有些模糊不清。另一张照片是一个十几岁的少年，由贝尔格莱德警方档案提供，显然是回顾贝市泽姆恩街区黑帮时代。仅靠这两张照片，不管是少年还是成年的季利奇，如果在街上擦肩而过，德克斯特都没法认出这就是他要寻找的对象。

那个被称为私家侦探的英国人，提到了贝尔格莱德的一个私家调查机构。现在已经是战后，米洛舍维奇早已倒台。南斯拉夫的首都——季利奇出生、长大并且由此消失的地方——似乎就是调查应当开始之处。德克斯特从纽约飞到维也纳，然后转机抵达贝尔格莱德，并登记住进了凯悦酒店。从他的十楼房间的窗户望下去，眼底下是这座千疮百孔的巴尔干城市。在近一公里远处，他可以看到拉茨纳托维奇在大堂里被枪杀的那个酒店，尽管当时有一群保镖簇拥着。

一辆出租车把他载到了那个叫钱德勒的私家调查机构，主人仍是那个想当菲力普·马洛的德拉根·斯托伊奇。德克斯特假称在为《纽约客》杂志撰写一篇关于拉茨纳托维奇的一万字小传。斯托伊奇点点头。

“人人都知道他。娶了一个流行歌手，一个妖艳的女子。那么你想从我这里了解些什么呢？”

“实际上这方面我所需要的情况基本上已经足够了，”德克斯特说，现在他的美国护照上的名字是阿尔弗雷德·巴尼斯。“但我还是想提一下我的第二个想法。在贝尔格莱德黑社会，有一个与拉茨纳托维奇同时代的人，名叫佐兰·季利奇。”

斯托伊奇长长地吐出了一口气。

“这可是一件棘手的工作，”他说，“他从来不喜欢接受采访，不喜欢被拍照，甚至不喜欢谈论自己。胆敢刺探过他、让他坐立不安的人……已经被‘走访’过了。关于他的资料不是很多。”

“这我明白。那么贝尔格莱德市内最主要的剪报材料机构是哪一家？”

“这没问题。确实有一个，它的名字叫VIP，在弗拉察尔有一间办公室，总编辑是斯拉夫科·马尔科维奇。”

德克斯特站起身来。

“你就问这些？”自称是巴尔干地区的马洛的斯托伊奇问道，“很难开发票呢。”

美国人取出一张一百美元的纸币，放在了写字台上：“每条信息都有一个价格，斯托伊奇先生，即使只是一个名字和地址。”

另一辆出租车把他带到了VIP剪报机构。马尔科维奇先生正在吃中饭，因此德克斯特找到一家咖啡店，吃了一顿简单的午餐并喝了一杯当地的红葡萄酒，一直等到他回来。

马尔科维奇先生如同刚才那位侦探一样悲观。但他还是在办公室的电脑数据库里查阅了一下，看看存有什么资料。

“有一条，”他说，“是英语的。”

就是《新闻周刊》里那篇关于波黑内战的专题报道。

“就这个？”德克斯特询问，“这个人可是很厉害、很重要、很有名气的。肯定有他的一些痕迹吧？”

“问题就在这里，”马尔科维奇说，“他确实是这么一个人，而且还很残忍。这在米洛舍维奇时期是没有争议的。他似乎在离去之前抹去了关于他的每一份记录，警方记录、法院记录、国立电视台、新闻媒体等等。家庭、学校同学、以前的同事，没人愿意谈论他，都受到了警告。先生，这个人就是这么厉害。”

“你是否记得，最后一次有人试图要报道他是什么时候？”

马尔科维奇想了一会儿。

“你提醒我了，我听说有人曾经尝试过，但结果一无所获。在米洛舍维奇倒台，季利奇消失之后，有人试图要写一篇报道。好像被取消了。”

“是谁呢？”

“我的消息源说是贝尔格莱德当地的一份杂志，叫

‘OGLEDALO’，意思是《明镜》。”

《明镜》杂志依然存在着，其编辑依然是乌克·科贝奇。那天是付印日，但他还是同意抽出几分钟时间接待这个美国人。当他听到询问内容时，他失去了热情。

“那个该死的人，”他说，“我希望我永远没有听说过他。”

“发生了什么事？”

“我们的一位年轻的自由撰稿记者。很好的小伙子，敏锐、热切，想找一份领月薪的正式工作。当时我没有空缺的位子，但他恳求给他一次机会。所以我布置给他一项任务。他叫彼得罗维奇，斯兰奇科·彼得罗维奇。才二十二岁，可怜的孩子。”

“他怎么啦？”

“他被汽车碾了过去，这就是在他身上发生的事情。当时他把自己的汽车停在了他与母亲一起居住的公寓楼对面，然后去过马路。一辆奔驰车从街角开过来，从他身上碾了过去。”

“冒失的司机。”

“非常冒失。把他反复碾了两次，然后驾车走了。”

“真令人沮丧。”

“就这么杀人灭口了。即使在流亡中，季利奇也照样能够在贝尔格莱德雇凶杀人。”

“有受害人母亲的地址吗？”

“等一等。我们送过一只花圈，肯定是送到那套公寓里的。”

他找到了地址并向他的客人道了别。

“最后一个问题，”德克斯特说，“这事发生在什么时候？”

“六个月之前，刚过完新年的时候。给你一句忠告，巴尼斯先生。还是写写关于拉茨纳托维奇的事吧。那比较安全，因为他已经死了。别去碰季利奇，他会杀了你的。对不起，失陪了，今天是付印日。”

那个地址是新贝尔格莱德二十三号楼。德克斯特在那份宾馆里买的市区地图上找到了新贝尔格莱德。那是一个相当荒凉的市区，夹在实际上并非蓝色的多瑙河及其支流萨瓦河之间，隔着这两条河流与贝尔格莱德市中心遥遥相望。

在当政时期，住宅建设的指导思想是为工人阶级建造高大的公寓楼。于是在新贝尔格莱德的空地上建起了一座座高楼大厦，用混凝土浇灌成一个大蜂窝，里面的每一套小公寓都有一扇房门通向一条长长的、朝一侧敞开的走廊。

有些楼房保养得稍好些，有些则很破败。这取决于居民收入的档次，以及维修的档次。二十三号楼里爬满了蟑螂。彼得罗维奇夫人住在九楼，电梯已经坏了。德克斯特可以一口气跑上去，但他不知道那些上了年纪的居民是如何去对付的，尤其是他们似乎全都是瘾头很大的烟民。

自己一个人单独去那里看望她不会有太大的收获。估计她不会说英语，而他也不会说塞-克语。凯悦酒店总台的一位漂亮而聪敏的姑娘，接受了他的请求愿意帮助他。她正在为结婚而积钱，在下班后工作一个小时能赚到两百美元是很划算的。

他们在七点钟到达了，去得正是时候。彼得罗维奇夫人是一位清洁女工，每天晚上八点钟要出发去河对岸的办公楼里通宵打扫卫生。

她是那种被生活压垮了的人，那张布满了皱纹和没有生气的脸说明了一切。她很可能只有四十几岁，但看上去快七十岁了。她的丈夫在工厂里的一次意外事故中死去，几乎没有得到过什么补偿；她的儿子被杀死在她自家的窗户底下。如同赤贫的家庭突然有富人来访，她的第一反应是怀疑。

德克斯特带来了一束鲜花。她上次收到鲜花已经是很久以前的事了。宾馆服务员安娜姑娘把那些花分插在这个小小的破败房间里的三个地方。

“我要对发生在斯兰奇科身上的事件写一篇报道。我知道这样做无法使他起死回生，但我也许能够揭露那个害死他的坏人。你愿意帮助我吗？”

她耸耸肩。

“我什么也不知道，”她说，“我从来不过问他的工作。”

“他死去的那个晚上……他身上是不是带着什么东西？”

“我不知道。尸身被搜查过了。他们拿走了一切东西。”

“他们搜查了尸体？就在街上？”

“是的。”

“他有什么文件吗？他是不是留下过什么笔记？在这套公寓里？”

“是的，他有过一堆纸片。还有他的打字机和钢笔。但我从来没去看过它们。”

“我能看看吗？”

“已经没有了。”

“没有了？”

“被他们拿走了。全部拿走了。甚至连打字机的色带也被拿走了。”

“警察？”

“不，是那些人。”

“什么人？”

“他们回来过，车祸两个晚上之后。他们逼我坐在一边的角落里，到处搜了一遍。拿走了他的所有东西。”

“他曾经为科贝奇先生工作的东西一件也没有留下来？”

“只有一张照片。我当时忘了那张照片。”

“请给我说说那张照片。”

经安娜翻译后，那张照片的来历和事情经过一点一滴地显露出来了。在他死去之前三天，斯兰奇科这个初出茅庐的新闻记者去参加了一个新年酒会，但红葡萄酒玷污了他的西装。他的母亲把它放进一只洗衣袋里准备以后去洗。

在他死后，这事就没有意义了。她也忘了那只洗衣袋，歹徒们从来没有想到问过她。当她整理死去的儿子的衣服时，那件沾有葡萄酒污渍的西服倒了出来。她快速地去掏了掏口袋，看看儿子是否忘了钱，但她摸到了一张半硬半软的卡片。那是一张照片。

“你还保留着吗？我能看看吗？”德克斯特问道。

她点点头，走向房间角落里的一只针线盒。

照片里是一个男人，在没有防备时被拍到的，他在最后时刻看到了摄影师。他试图抬起一只手去掩盖自己的脸，但照相机的快门抢在了前面。他被正面拍摄到了，挺着腰杆，穿着一件衬衣和便服外套。

这张照片是黑白的，没有专业摄影的清晰水平，但经放大和增强之后，是德克斯特所能得到的最好的照片。他回想了一下他在纽约发现的、现在放在他的手提箱夹层里的那张少年时期的照片，和在鸡尾酒会上的那张照片。它们全都有点粗糙，但肯定是同一个人。是佐兰·季利奇。

“彼得罗维奇夫人，我想买下这张照片。”他说。她耸耸肩，用塞-克语说了些什么。

“她说你可以拿走照片。她对它不感兴趣。她不知道那个人是谁。”安娜说。

“最后一个问题：在死去之前，斯兰奇科是不是离开过一阵子？”

“是的，十二月份。他离开了有一个星期。他不肯说他去了哪里，但他的脸晒黑了。”

她送他们到了楼梯口，旁边是已经坏了的电梯。安娜先下楼梯。当她走得听不见他们说话时，德克斯特转向这位同样失去了孩子的塞尔维亚母亲，用英语温柔地说话了：

“夫人，我说的话也许你一个词都听不懂，但将来有一天，如果我能把这个恶徒抓到美国的监狱里，这部分是为了你。”

她当然没有听懂，但她报之以一个微笑并说了声“哈瓦拉”。在贝尔格莱德的一天之内，德克斯特已经学会了这个词，它的意思是“谢谢你”。

他已经让出租车在外面等着。在抵达郊区的安娜家时，他让她下了车，给了她两百美元。在返回市中心的路上，他再次审视这张照片。

季利奇站在一处开阔而空旷的水泥或沥青地坪上。在他身后有一些像仓库一样巨大而低矮的建筑物。在一座建筑上，有一面旗帜在微风中飘扬着，但它一部分在照片之外。

还有一样东西从画面之外伸进来，但他猜不出是什么东西。他拍了拍出租车司机的肩膀。

“你有放大镜吗？”

司机听不懂，但德克斯特用手势比画之后他明白了。司机点点头。他的车门杂物盒里有一面放大镜，用于阅读城区道路图。

从左边伸进照片里来的那个长而扁的物体能够看清楚了。那是一架飞机的翼尖，但离地不超过六英尺。所以不是一架商业客机，而是一架轻型飞机。

然后他认出了背景里的那些建筑物。它们不是仓库，而是机库。不是能遮蔽客机的大型机库，而是用于私家飞机或商务飞机的较小型，这些飞机尾翼高度极少超过三十英尺。那人是在一座私人飞机场，或者是在一个航空港的商务飞机区里。

宾馆里的员工给他提供了帮助。是的，贝尔格莱德市内有好几家网吧，全都开张到很晚。他在一家快餐店里吃了饭，然后坐出租车去了最近的一家网吧。他登陆他最喜欢的搜索引擎，要求查阅世界各国的国旗。

死去的记者拍摄的照片里，机库上面飘扬着的旗帜是黑白单色的，但显然旗帜里有水平的三道条纹，其中最底下的那条颜色最深，看上去像是黑色的。如果不是，起码也是深蓝色的。

当他浏览世界各国的国旗时，他注意到差不多有一半的国旗都在条纹上饰有某种标识、皇冠或其他图案。他在寻找的这面国旗则没有这种花饰。那就把数量降到了另一半。

只有横向条纹，条纹里没有标识的国旗不超过二十几面，而且底部条纹是黑色或者接近黑色的只有五面。

加蓬、荷兰和塞拉里昂的国旗全是三道横向的条纹，最下面的那一条是深蓝色的，这在黑白照片里会显示出黑色。只有苏丹和另一个国家的旗帜的最底下条纹肯定是黑色的。但苏丹的国旗在靠近旗杆处有一个绿色三角形，纵跨那三道横条纹。剩下来的那面国旗在旗杆处有一道竖向条纹。盯着这张照片，德克斯特可以分辨出第四道条纹；不是很清楚，但确实存在。

靠近旗杆处的是一道红色的竖向条纹，加上从上到下的绿、白、黑三道横向条纹。季利奇正站在阿拉伯联合酋长国的某一个机场里。

即使在十二月，一个白皮肤的斯拉夫人照样会在阿联酋被晒黑鼻梁。

第十八章

海 湾

阿联酋由七个酋长国组成，但只有迪拜、阿布扎比和沙迦这三个酋长国最大，最富裕。其余四个都很小，几乎没有名气。

它们全都分布在阿拉伯半岛东南端的沙漠里，西北方向是阿拉伯湾，东南方是阿曼湾。

只有一个酋长国——富查伊拉——在东南方，面向阿曼湾以及更远处的阿拉伯湾；其余六个酋长国都连成一条线沿西北海岸排列着，与伊朗隔海相望。除了七个首府，还有沙漠绿洲城镇艾因也有一座机场。

还在贝尔格莱德的时候，德克斯特就已经找到了一家肖像摄影室。那里能够翻拍佐兰·季利奇的照片，增加清晰度，并把它从扑克牌大小放大至书本那么大。

当摄影师在工作时，德克斯特回到了那家网吧里，查询有关阿拉伯联合酋长国的资料，并把他能够得到的资料全都下载了。第二天他搭乘南斯拉夫航空公司的定期航班经贝鲁特抵达了迪拜。

这些富有的酋长国主要通过石油获得财富，尽管他们也全都努力拓展包括旅游业和免税贸易在内的其他经济来源。石油主要集中在近岸处。

海上石油钻井平台需要岸上经常不断地提供供应。通常载运笨重货物的运输工具是驳船，但要快速运送人员，就要用到直升机。

经营海上钻井平台的石油公司都有他们自己的直升机，但还有好多飞机租赁公司，因特网显示有三家这样的公司，都在迪拜。美国人阿尔弗雷德 · 巴尼斯在去拜访飞机租赁公司时，摇身一变成了一位律师。他选了最小的一家，理由是它也许最不关心有关手续，但对租金最感兴趣。这两点都让他猜对了。

这家飞机租赁公司的办公室在拉希德港的一间活动小屋里，而且老板兼首席飞行员是在这里谋生的一名前英国陆军航空兵的飞行员。这样，他们两人说起话来就再方便不过了。

“我叫阿尔弗雷德 · 巴尼斯，律师，”德克斯特边说边伸出手去，“我有一个问题，我的时间很紧，但我的经费很足。”

前英国陆军上尉有礼貌地扬起了眉毛。德克斯特把那张照片从被烟头烫焦的写字台桌面上推了过去。

“我的当事人是，或者说曾经是一个非常富有的人。”

“他失去了财富？”飞行员问道。

“差不多。他死了。我的律师事务所是遗嘱的首席执行人，照片上的这个人是第一受益人。但问题是他不知道这事，而我们到处找不着他。”

“我是一名包机飞行员，不是失踪人员寻访处。不管怎么说，我从来没有见过他。”

“我知道你没有见过他。我要问的是这张照片的背景。你仔细看看。这肯定是一座航空港或飞机场，对吗？我听说的最近的情况是他在这里的民航部门工作。如果我能认出这个机场，我很可能会找到他。你认为呢？”

包机飞行员审视着照片里的背景。

“这里的机场都有三个部分：军用、定期航班和私家飞机。从机翼看，这是一架商务喷气机。在海湾地区，这种飞机有几十架，或许几百架。大多数都刷上了公司的标记，而且大多数是由富裕的阿拉伯人所拥有。你要做什么呢？”

德克斯特所要做的事情，是出钱让这位包机驾驶员带他去所有这些机场飞行区里去转一圈。他们商定了包机两天的价钱。他们用的掩护理由是他要去接一位当事人。每次，在商务飞行区里等了六十分钟之后，那个虚构的当事人没有出现，飞行员就会告诉控制塔他现在暂停包机出租要飞往其他地方。

阿布扎比、迪拜和沙迦的机场都很大，即使私家飞机的区域也都比照片背景中的那个大得多。

阿治曼和乌姆盖万酋长国都没有机场，因为它们离沙迦机场很近。那就剩下沙漠城市艾因、面向阿曼湾的半岛另一边的酋长国富查伊克，以及最北部名气最小的哈伊马角。

他们在第二天上午找到了。贝尔喷气飞机在沙漠里转弯之后降落在哈伊马角机场，他们身后的机库上飘扬着那面旗帜。

德克斯特已经把这架飞机整整租用了两天，他还随身带着他的那只手提包。他用一大把美元结清租费，走下机舱，注视着贝尔飞机升空离去。朝四周打量了一圈之后，他发现自己差不多正站在当时彼得罗维奇抓拍到那张照片的地方。一位官员从办公室里走出来，招呼他站到旁边去。

供定期班机和私家商务喷气飞机旅客使用的进港和出港楼整洁干净，而且特别小。以酋长家族命名的卡西米国际机场，显然根本没有引起那些世界级航空公司的注意。

在航站楼前面的停机坪上，有俄制的安东诺夫飞机和图波列夫飞机，还有一架老式的雅科夫列夫单桨双翼机，另一架班机上刷着塔吉克斯坦航空公司的标记。德克斯特走上一层，进入二楼也就是顶楼的咖啡馆里点了一杯咖啡。

行政管理办公室也在这个楼层上，包括公关部门。唯一在办公的是一位很紧张的年轻女士，她从头到脚裹在一身黑袍里，只露出一双手和一张苍白的鹅蛋形脸庞。她的英语说得很不流畅。

阿尔弗雷德·巴尼斯现在成了美国一家大公司的旅游项目开发经理，希望了解哈伊马角举办大型会议的设施，尤其想知道，董事们坐商务喷气飞机抵达时这里能否为他们提供机场设施服务。

那位女士很有礼貌，但态度很坚决：所有关于旅游事宜的询问，应该去向老城区旁边的商务中心旅游部打听。

一辆出租车把他带到了那里。那是一间小小的办公室，紧挨着崭新的深水港口，坐落在距希尔顿酒店大约五百码距离的一块待开发地皮上。似乎前来开发旅游项目的人士并没有注意到它。

侯赛因·科利先生会自称是一个好男人，但并不等于他是一个心满意足的男人。要是别人问起来，他会说他只有一个老婆，而且待她很好；他尽到一个好父亲的责任，努力养育四个孩子。他每星期五上清真寺做礼拜，并按他的能力和圣典的教义施舍行善。

他应该还能混得更好些。但真主似乎并没有朝他微笑，他依然是旅游部里的一名中层职员；确切地说，他依然窝在靠近深水港口的一块待开发地皮上的一个小小的砖头房间里，难得有人会打电话过来。然后有一天，一位笑眯眯的美国人走了进来。

他马上兴高采烈：终于有人来询问了，而且这是练习英语的一次很好的机会。经过几分钟的礼节性寒暄——使他惊异的是那个美国人居然知道阿拉伯人不喜欢直截了当地谈业务——他们同意既然这里的空调已经坏了，而外面的气温接近摄氏三十八度，他们也许可以搭上美国人的那辆出租车，去邻近的希尔顿酒店咖啡吧。

在凉爽的咖啡吧里坐定之后，科利先生对这个美国人并不急于切入主题反而产生了兴致。最后，阿拉伯人说："嗯，有什么事情要我帮你吗？"

"你知道，我的朋友，"美国人严肃地说，"我的人生哲学是，仁慈的无所不能的创世主把我们放生到这个世界上来，是让我们互相帮助的。我相信，我就是来帮助你的。"

美国人装作心不在焉地开始从他的西装口袋里掏什么东西。拿出来的是他的护照，几封折叠起来的介绍信，和使科利先生透不过气来的一大叠百元面额的美金。

"让我们看看我们是不是可以互相帮助。"

这位公务员盯住了美元。

"如果有任何事情我可以帮得上忙……"他喃喃地说。

"我对你实话实说吧，科利先生。生活中我真正的工作是讨债人。这不是一份很光彩的工作，但很有必要。我们买东西的时候是要付钱的。难道不是吗？"

"当然要付钱。"

"有一个人，经常飞进飞出你们的机场，坐着他自己的商务喷气飞机。喏，这个人。"

科利先生对着那张照片凝视了好几秒钟，然后摇摇头。他的目光回到了那叠美元上。有四千？还是五千？可以送儿子法赛尔读完大学……

"哎呀，可是这个人没付过他的飞机钱！因此，从某种意义上说，他是偷了这架飞机。他付了定金，然后飞走了，再也没被看见过。很可能改了登记号码。飞机可是昂贵的商品，每架值两千万美元呢。如果任何人能够帮我们找到这架飞机，那么真正的业主将会非常感激，而且会非常慷慨大方。”

“如果现在他在这里，就抓住他，没收那架飞机。我们有法律……”

“哎呀，可是他又走了。但他每一次在这里降落，就有一次记录。保存在哈伊马角机场的档案里。喏，像你这样的人是可以要求去查那些档案的。”

这位公务员用一块干净的手帕擦了擦嘴唇。

“它什么时候来过这里？这架飞机？”

“去年十二月。”

在离开贝尔格莱德之前，德克斯特从彼得罗维奇夫人那里获悉，她的儿子在十二月十三日至二十日之间没在家里。推算斯兰奇科拍下了那张照片，被对方发觉了，而且知道自己被发觉了，于是立即动身回家，那么他在哈伊马角的时间应该是十八日前后。他是怎么知道要来这里找季利奇的，德克斯特不清楚。小伙子肯定是个很好的或者说是很幸运的记者。科贝奇先生应该雇用他。

“来这里的商务喷气飞机很多。”科利先生说。

“我需要的是每一架私人或者公司所拥有的商务喷气飞机的登记号码和机型，尤其是欧洲人名下的。这架飞机在去年十二月十五日至十九日之间停在这里。现在，我在想，在那四天时间里……什么？有十架？”

他暗自企求这个阿拉伯人不会来问，既然他代表着生产厂商，为什么会不知道这架飞机的型号。他开始一张接一张地揭下百元美钞。

“作为我的一番好意，和我对你的完全信任，我的朋友。另外四千留待以后。”

这个阿拉伯人看上去仍然在犹豫不决，既想接受这笔可观的钱，又怕被发觉，遭除名处理。美国人为他指点了一下。

“如果你是在做任何伤害你祖国的事情，那么我是做梦也不会提出来的。但这个人是一个贼。我们把他偷走的东西从他那里拿回来，肯定是一件好事。圣书上不是提倡要惩恶扬善吗？”

科利先生的手抓住了那一千美元。

“我现在就登记住进这家宾馆，”德克斯特说，“等你准备好了就打电话找巴尼斯先生。”

两天后，电话打来了。这两天科利先生在认真地扮演着一个秘密特工的角色。他是在公共场所的一个电话亭里拨打的电话。

“我是你的朋友。”半晌午时，一个上气不接下气的声音说。

“哈罗，我的朋友，你要见我吗？”德克斯特问道。

“是的。我拿到了你要的东西。”

“来我这儿还是去你办公室？”

“都不行，太公开了。到哈姆拉城堡吃中饭吧。”

假如有人在窃听的话，他们的对话未免也太可疑了，但德克斯特怀疑哈伊马角的情报机关不会关心他们的事。

他结账离开宾馆，叫上了一辆出租车。哈姆拉城堡酒店在城外，朝着返回迪拜的方向沿着海岸行驶十六公里，是一座古旧的阿拉伯要塞改建而成的豪华的五星级海滨胜地。

他于中午时到了那里，对于海湾地区的午饭来说，他到得实在太早了。他在圆顶的大堂里找到一把椅子，点了一杯啤酒，观察着进出酒店的拱门。一点钟刚过，科利先生出现了，满头大汗，因为他刚刚从一百米外的停车场走过来。在五个餐厅里，他们选了有自助冷餐的黎巴嫩饭馆。

“有什么问题吗？”他们拿上盘子沿着餐桌走过时，德克斯特问道。

“没有，”这位阿拉伯公务员说，“我解释说我的部门正在联系所有已知的客人，准备向他们寄送关于哈伊马角现在建设的新休闲设施的宣传画册。”

“好极了，”德克斯特笑了，“没人认为很奇怪吧？”

“恰恰相反，空中交通管理的那些官员找出了十二月份所有的飞行计划，并坚持要把整个月的全都给我。”

“你提到那些欧洲业主的重要性了吗？”

“是的，但只有四家或五家不是非常著名的石油公司。我们坐下来吧。”

他们在角落里的一张桌子旁落座，并点了两杯啤酒。与许多当代的阿拉伯人一样，科利先生并不禁忌饮酒。

他显然很欣赏这顿黎巴嫩菜肴。他在盘子里取了各种不同的食物，把几张纸递给美国人之后就开始吃了起来。

德克斯特浏览了一遍十二月份的飞行计划，以及每架飞机之前在此降落和逗留的时间记录，直至他查阅到十二月十五日。他用一支红笔把十五日至十九日之间出现的商务喷气飞机做了记号。一共有九架。

两架格鲁曼三型，一架四型，是国际闻名的美国石油公司的。一架法国的奇袭和一架猎鹰，都是阿基坦公司所有。那就剩下了四架。

一架小型的李尔喷气机属于一位沙特王子，一架大型的赛斯纳则属于巴林的一位千万富翁。最后两架则是从孟买抵达的以色列制造的西风，以及从开罗飞过来又返回去的霍克1000。有人已经在西风旁边标注了阿拉伯语文字。

“这是什么意思？”德克斯特问道。

“哦，那一架是定期的。主人是一位印度的电影制片商。是从孟买飞过来的，他去伦敦或戛纳或柏林时都要路过这里，都是一些电影节。控制塔一看到就能认出来。”

“那张照片呢？”

科利把借走的照片递了回来。

“这个人，他们认为他是从那架霍克下来的。”

那架霍克1000型的登记牌照是P4-ZEM，根据记录，是百慕大的泽塔（Zeta）公司名下的。

德克斯特向这位报告情况的阿拉伯人表达了谢意，把答应过的另四千美元付了出去。就这几张纸来说，报酬算是很高的，但德克斯特认为这也许就是他所需要的线索。

在坐车返回迪拜机场的路上，德克斯特沉思着他以前曾听说过的一件事。当一个人改变了他的整个身份时，他往往经不起诱惑，还是会保留一个微小的细节，作为对过去时光的怀念。

ZEM正好是Zemun的前面三个字母，也就是佐兰·季利奇从小生长的贝尔格莱德市泽姆恩区。而泽塔（Zeta）正好是希腊语和西班牙语字母Z的发音。

但季利奇肯定会把他自己和他的公司隐藏在多层保护之中，即便那架霍克确实是他的，他也不会去提及他的飞机。

某个地方应该会有相关的记录，但肯定会储存在一般人无法进入的数据库里。

德克斯特的电脑水平很一般，他没有能力侵入到有保护措施的数据库里。但他记得某个人有这种能力。

第十九章

对 抗

在事关正确与错误或正义与邪恶时，联邦调查局副局长柯林·弗莱明是立场鲜明、决不妥协的。他骨子里的“决不动摇”原则，是一百年前从英国的波塔唐跨越大西洋带过来的，此前两百年，他的祖先从苏格兰西海岸把长老会理念带到了北爱尔兰。

在遇上邪恶时，忍耐意味着宽容，宽容意味着姑息，姑息意味着屈服。这是他绝对不会去做的。

他读到私家侦探的报告和那个塞尔维亚人的证词，获悉里基·科伦索的死亡详情后，他下定决心，如果可能，一定要把对此事负责的那个人带到世界上最伟大的国家——他的国家，来接受法庭的审判。

在所有读到过那份报告，接到过国务卿鲍威尔和司法部长阿什克罗夫联名命令的情报机关人员中，只有他几乎把这件事当成了自己的私事在办，但他的部门没有关于佐兰·季利奇目前状况的情报，因此他也没什么办法。

作为最后的一个措施，他把这个塞尔维亚恶棍的一张正面照片转发给联邦调查局驻在世界各地的三十八位代表。

这张照片远比任何新闻媒体资料室存的照片都要清晰，虽然不像南斯拉夫清洁女工提供给复仇者的那张一样是近期的。五年前根据中情局情报站长的命令，有人在贝尔格莱德用一架长焦距照相机拍摄到了季利奇，当时，不喜欢抛头露面的季利奇是米洛舍维奇政权的一个很有影响的人物。

这张照片拍摄到的画面是季利奇刚刚从汽车里出来，正好挺直腰杆，抬头面向四分之一公里之外他所看不见的镜头。在美国驻贝尔格莱德使馆，联邦调查局从中情局同事那里得到了一张洗印出来的相片，于是两个情报机关都有了相同的照片。

从广义上说，中央情报局在美国之外开展行动，而联邦调查局则在国内活动。除此之外，在反间谍、反恐怖和反刑事犯罪方面，调查局必须积极广泛地与外国，尤其是盟国合作，因此它在国外也派驻法律随员。

看上去，法律随员似乎是某种外交任命，是对国务院负责的。其实不然。这种法律随员其实是美国使馆内的联邦调查局代表。现在，他们都收到了由副局长弗莱明发送过来的这张季利奇的照片，希望能获得一次幸运的突破。这个出乎意料的突破是由本·扎伊德警官带来的。

穆沙·本·扎伊德，要是别人问起来，也会回答说自己是一个好男人。他为自己的酋长，即迪拜的马克土穆酋长服务，忠心耿耿，拒收贿赂，崇敬真主，按章纳税。如果他在暗地里把有用的情报传递给美国使馆里的朋友，那么这只是他的祖国与盟国之间的合作，不能与任何其他事情相混淆。

七月份的这一天，在室外的气温达到摄氏三十八度的时候，他正在美国使馆开着空调的凉爽的大堂里，等待着他的朋友过来带他出去吃午饭。他的目光游离到了那块告示板上。

他站起来，走了过去。那个告示栏通常写着一些事件和活动通知、客人的抵离日程安排，以及参加各种俱乐部的邀请。其中有一张照片，还附有一个问句："你见过这个人吗？"

"嗯，你见过吗？"在他身后一个欢快的声音问道，一只手也同时搭在了他的肩膀上。是比尔·布伦顿，他的联络人，今天中饭的主人，美国使馆的法律随员。他们友好地互相打了招呼。

"见过，"警官说，"两个星期之前。"

布伦顿的笑容消失了。朱梅伊拉海鲜馆可以等一会儿再去。

"到我的办公室去。"他提议。

"你还记得是什么地方，什么时候吗？"回到办公室里后，调查局的这位代表问道。

"当然记得，大概是十四天之前，我在哈伊马角走访亲戚，当时我正在法赛尔路上。你知道这条路吗？就是城外的那条海滨大道，在老城区和海湾之间。"

布伦顿点点头。

"嗯，当时一辆卡车正倒车驶入一个狭窄的建筑工地。我不得不停车。我的左边是一个露天咖啡馆。有三个人坐在一张桌子边。其中就有这个人。"扎伊德朝放在法律随员办公桌上的那张照片做了一下手势。

"不会搞错吧？"

"不会。就是这个人。"

"他与其他两个人在一起？"

"是的。"

"你认识那两个人吗？"

“一个只知道名字，另一个只见过面，知道名字的那个人叫鲍特。”

比尔·布伦顿深深地吸了一口气。弗拉基米尔·鲍特实际上并不需要向东方或西方的任何情报官做介绍。这是一个臭名昭著的人，前克格勃少校，摇身一变成为世界上主要的黑市武器交易商，一个头号死亡商人。

他不是俄罗斯人，而是出生于杜尚别的塔吉克斯坦人，但他精通下层社会的手段。对于一个有一半塔吉克斯坦血统的人来说，能毕业于享有盛名的克格勃培训基地——莫斯科军事外语学院，并爬上少校军衔这种地位，确实是不同寻常的。

他被分配到苏联空军的航空运输团，那是一个把军火卖给反对西方政权的游击队，或第三世界政权的秘密组织。他会说葡萄牙语，所以在安哥拉内战中起了重要作用。他还在空军中建立起一些可怕的特殊关系。

一九九一年苏联解体时，局面混乱了好几年，部队的司令官们纷纷把他们能够得到的军事装备廉价卖了出去，军事管理体系分崩离析。鲍特以极其便宜的价格购进了他自己部队的七十六架伊柳辛飞机，开始从事航空包机和运输业务。

到一九九二年，他回到了南方的家乡。阿富汗内战开始了，就发生在他的祖国塔吉克斯坦的国境对面，其中一个主要的权力争夺者，是他的塔吉克同胞杜斯塔姆将军。这位野蛮的将军所需要的唯一“货物”是军火。鲍特提供了。

一九九三年，他在比利时奥斯坦德露面，这里是经由比利时前殖民地、一直战火纷飞的刚果进入到非洲市场的便利之地。他的供应源源不断，苏联庞大的武器库仍在按虚构的体系运转着，他的新客户中有卢旺达和布隆迪大屠杀的凶手。

最后，他把比利时人也搞得坐立不安了，于是他被赶出了奥斯坦德。一九九五年时，他出现在南非，把武器出售给互相交战的安哥拉政府和游击队。但在纳尔逊·曼德拉当上南非总统之后，他在那里的形势也开始变得不利，不得不匆匆地离开了。

一九九八年，他在阿联酋露面并在沙迦安顿下来。英国人和美国人把他的档案放到了阿联酋当局的面前，于是在比尔·布伦顿与本·扎伊德警官一起坐到美国使馆办公室之前的三个星期，鲍特已经再次被撵了出去。

但他只是沿着海岸北上，搬到十六公里以外的阿治曼，并在那里定居下来，在工商会大楼里搞了一个套房。人口仅四万的阿治曼，没有石油，只有少量的工业，与沙迦根本无法相提并论。

对比尔·布伦顿来说，这次目击是很重要的。他不知道为什么他的上司柯林·弗莱明会对这个失踪的塞尔维亚人感兴趣，但这份报告肯定能使他获得胡佛大厦的赞赏。

“那么第三个人呢？”他问道，“你说你见到过他？记得是在什么地方吗？”

“当然了。就在这里。他是你的一位同事吧？”

如果比尔·布伦顿认为他在这一天得到的惊天消息就此结束，那么他错了。他感觉到他的胃部在搅动。他仔细地从办公桌最下面的一格抽屉里拿出一本卷宗。这是使馆工作人员的简明花名册。本·扎伊德警官毫不犹豫地指向文化随员的那张脸。

“就是这个，”他说，“他就是坐在桌子边的第三个人。你认识他？”

布伦顿当然认识他。美国与阿拉伯联合酋长国之间的文化交流并不多，但这位文化随员是一个大忙人。这是因为在外交官身份的掩护之下，他实际上是中情局驻阿联酋的情报站站长。

来自迪拜的消息使联邦调查局副局长柯林·弗莱明怒火中烧。倒不是因为兰利[1]的人跟弗拉基米尔·鲍特那样的人搞在一起。这也许是情报收集过程中的一个必要的手段。使他愤怒的是，中情局的某一个高官显然对国务卿柯林·鲍威尔本人，和他自己的上级司法部长说了谎[2]。这么做显然打破了许多规矩，而且他清楚地知道是谁破了这些规矩。他打电话到兰利，要求紧急会晤。

弗莱明以前见过这个人。他们曾当着国家安全顾问康多莉扎·赖斯的面发生过抵触和摩擦，但没有伤及感情。对手之间偶尔还能互相吸引，但这次不同了。

保罗·德弗罗是早先马萨诸塞州的贵族后裔。他出生在波士顿的一个文人雅士家庭。

他在上学之前就显示出他的聪敏才智，之后顺利地就读于波士顿高等专科学院，那是美国最负盛名的耶稣会学术机构之一。他以最优异的成绩毕了业。

波士顿高专的导师们对他的评语是，一个优秀人才，如果没有成为资深学者，那么有一天肯定会加入耶稣会。

他攻读的是人文科学的文学学士学位，主攻哲学和神学。他如饥似渴地学习，常常与他的资深神学导师一起就教义的概念问题讨论到深夜。

一九六六年时他十九岁。那是冷战的高峰时期，世界范围内的共产主义浪潮似乎能席卷第三世界，把西方留在一个遭到围困的孤岛上。就在那时候，教皇保罗六世恳求耶稣会承担起向无神论挑战

1 美国中央情报局所在地及代名词。

2 司法部在名义上是中情局的上级管理机关。

的先锋队任务。

对保罗 · 德弗罗来说，这两者是一回事：无神论并不一定是共产主义，但共产主义一定是无神论。他将为他的国家服务，但不是在宗教界或学术界，而是在另一个领域。在乡村俱乐部里，他父亲的一位同事介绍过来的一个抽烟斗的人，安静地向他提出了这个建议。

在从波士顿高等专科学院毕业后一星期，保罗 · 德弗罗就宣誓加入了中央情报局。对他来说，这是一个富有诗意、明媚灿烂、充满自信的开端。丑陋的真相后来才慢慢显露。

由于他的显贵背景和熟人关系，他在这个集团里步步上升，用他的平易近人和聪明才智挫败了其他人的嫉妒。随着时间流逝，他还证明在中情局里他具有比其他人更吃得开的品质：忠诚。因此，其他许多错误都可以得到宽恕。

他在三个主要部门里都工作过，行动、情报（分析）、反情报（内部安全）。但他的生涯随着约翰 · 多伊奇局长的到来而遇到了阻碍。

这两个人互相看不惯。这种事情很常见。多伊奇没有情报工作的背景，他是最近经过一系列政治任命而走马上任的。他知道，能流利地说七门语言的德弗罗暗地里看不起他，他这么认为也许是对的。

德弗罗认为，中情局新局长是来自阿肯色州的那个新总统任命的政治正确的傻瓜。虽然同是民主党人士，德弗罗一点都不欣赏这个新总统，这还是在莫妮卡 · 莱温斯基事件之前。

多伊奇和德弗罗本来就不是一对天造地设的搭档，后来，在德弗罗为驻南美的一个部门负责人进行辩护时，他们的关系彻底破裂了。那个南美分支被指控与品行败坏的线人合作。

当时，除了几个老派人物还在留恋第二次世界大战时的“好时光”，整个中情局已经体面地完全接受了第12333号总统令。这个总统令是由罗纳德 · 里根总统发布的，禁止任何“终结”行动。

德弗罗有相当多的保留意见，但他的级别太低了，不会引起上面的重视。在他看来，在一个各方都在秘密收集情报，根本谈不上完美的世界里，有时候会出现叛徒或相当于叛徒的人。作为一种预防措施，这样的敌人也许不得不被“终结”掉。换句话说，为了保留十条命，也许必须终结一条命。

至于是否要“终结”的决策，德弗罗认为，如果局长本人并不足以被高层委付做出这种决定，那么他根本不配当局长。

但克林顿当政时期，对政治正确的强调过了头。以资深特工的观点来看，为了政治正确，就下令不准采用名声不好的人传递过来的情报，这简直是在乱弹琴，无异于要求把情报来源局限在僧侣和唱诗班孩子身上。

德弗罗手下这位负责南美情报官，仅仅因为使用了前恐怖分子提供的一个现行恐怖分子的情报而面临处分，眼看前程即将毁于一旦。德弗罗写了一份极其尖酸刻薄的报告为他辩护，引得它像苏联的非法手抄本一样在行动部职员中间争相传阅。

多伊奇就此事要求德弗罗走人，但副局长乔治 · 特内特提议要谨慎行事。结果走掉的是多伊奇，由特内特本人顶替。

一九九八年夏天，非洲的两座美国使馆被炸了。这事使得这位新局长需要启用更泼辣更高效的知识分子。

即使是最底层的清洁工也知道，自一九九一年冷战结束之后，新的战争形态主要是与持续成长的恐怖主义做斗争，而在中情局内，直接负责此项行动的机构就是反恐中心。

保罗 · 德弗罗此时并没在反恐中心工作。因为他熟练掌握的几门外语之一是阿拉伯语，他曾三次出任阿拉伯国家的情报官，所以当时他是中东处的第二把手。

美国驻非洲的两个使馆挨炸后，局里把他从中东处抽调出来，负责一个小小的专业工作组，只向局长本人报告。这项工作被叫作“游隼行动”，源自在猎物上空静静地盘旋着的隼鸟，这种捕猎者在确信能给猎物以致命一击时，才以可怕的速度和准确性突然降临。

在新的工作岗位上，德弗罗可以没有限制地使用来自任何渠道的情报，只要是工作所需。他还有一个小小的专家组。作为他手下的二号人物，他选择了凯文·麦克布莱德——不是像他那样的知识分子，而是经验丰富、工作积极、忠心耿耿的实干家。现在，正是麦克布莱德接听了这个来自胡佛大厦的电话，他用手捂住听筒。

“是联邦调查局副局长柯林·弗莱明来电，”他说，“听口气好像很不高兴。我回避一下吧？”

德弗罗做手势让他留下来。

“柯林……我是保罗·德弗罗。有什么事吗？”

听着听着，他的眉头皱了起来。

“好的，我认为见面谈比较好。”

见面地点是一座安全房，适合于争论。这里每天都会“打扫”窃听装置，每一个字会录下来，以供与会人员知晓。

弗莱明把比尔·布伦顿的那份报告扔到了德弗罗的鼻子底下，让他去看。这位阿拉伯问题专家的脸保持着无动于衷。

“那又怎么样？”他问道。

“请不要告诉我，迪拜的那位警官搞错了，”弗莱明说，“季利奇曾经是南斯拉夫最大的军火走私者。他离开了，消失了。现在他被人看见与海湾和非洲地区最大的军火贩子在一起。这并不奇怪，完全符合逻辑。”

“我做梦也不想否认这个逻辑。”德弗罗说。

“你们负责阿拉伯湾地区的人也掺和在一起。”

“中情局负责海湾地区的人，”德弗罗柔和地说，“你为什么找我？”

“因为你实际上在主管中东，虽然说起来你是第二把手。因为中情局在海湾的所有情报官都会向你汇报。因为即使现在你是在搞某个特别项目，但这种形势并没有改变。因为我非常怀疑两个星期之前，并不是季利奇首次踏上那片土地。我的猜测是，当上头的那个命令下达时，你确切地知道季利奇在什么地方，或者至少知道他将会在海湾出现，可以在某一天去把他抓获。但是你什么也没有说。”

“那又怎么样？在我们的工作中，怀疑离证明还有很长一段距离。”

“朋友，这事比你认为的更为严重。不管怎么说，你们的特工在与已知的罪犯、最肮脏的恶棍同流合污。这是违反规定的，绝对违反所有的规定。”

“好吧。一些愚蠢的规定已经被违反了。我们的事业可不是那些大惊小怪、胆小怕事的人能干的。即使调查局也应该明白容小恶而行大善。”

“用不着你来教训我。”柯林·弗莱明厉声说。

“我尽力吧，”德弗罗拖长声调说，“好吧，你坐立不安了。这事你打算怎么办？”

再也没有必要讲究礼貌了，双方已经撕破了脸。

“这事我决不会放任不管。”弗莱明说，“这个季利奇罪大恶极。你肯定也读到过那个报告，知道他对乔治城的那个小伙子犯下的暴行。但你们在同流合污。你知道季利奇能做什么，也知道他已经做了什么。都记录在卷宗里，而且我知道你肯定已经读过了。有证词说，他曾经把一个不肯捐钱的小店老板倒吊在距两条电棒十几厘米的地方，直至那人脑袋沸腾。这是个杀人魔王。你们到底为什么要使用他？”

“假如我确实在使用他，那么这事也是保密的。即使对于联邦调查局副局长也是如此。”

“抛弃那个恶棍。告诉我们，他在哪里。”

“我不知道，即使知道也不会告诉你。”

柯林·弗莱明气得浑身发抖。

“你怎么可以这样傲慢？”他喊道，“早在一九四五年，在被占领的德国，我们就不与纳粹来往。我们决不应该那么做，我们决不应该去与那些猪猡沾边。在当时这是错误的，在现在也是错误的。”

德弗罗叹了一口气。这事正在变得令人讨厌，而且毫无意义。

“别给我上历史课了，”他说，“我重复一遍，这事你打算怎么办？”

“我要把我知道的事报告你们的局长。”弗莱明说。

保罗·德弗罗站了起来。谈话应该结束了。“让我告诉你一件事：去年十二月时我也许会被你吓倒，被你的火烤焦。但今天我水火不侵。时代不同了。”

他的意思是，二〇〇〇年十二月时，总统还是比尔·克林顿。

在佛罗里达州计票站的一阵混乱之后，乔治·W.布什于二〇〇一年一月宣誓就职总统，他最热情的支持者就是现任中情局局长乔治·特内特。

而且围绕在乔治·特内特身边的那些高官们不希望看到“游隼计划”失败，有人刚刚把克林顿的规定扔进了垃圾箱。不管怎么说，他们自己也常常做些不太符合道德标准的事。

“这事还没有结束，”弗莱明朝着离去的背影喊道，“他会被找到的，会被抓回来，只要我还能尽上力，我就不会放弃。”

在返回兰利的路上，德弗罗在汽车里回想着这句话。如果没有建立起警戒的雷达，他是不可能在中情局这个蛇窝里混上三十年的。他刚刚树立了一个敌人，一个也许很糟糕的敌人。

“他会被找到的。”由谁去找？怎么去找？胡佛大厦的这位道德学家又能怎样“尽上力”？他叹了一口气。小心不为过，要绷紧警惕的弦。他将不得不像一只猎鹰那样注视着柯林·弗莱明……或者说，像一只游隼。这个玩笑使他高兴了，但是他没能高兴得太久。

第二十章

喷气飞机

看到那座房子时，加尔文·德克斯特不得不赞叹命运的偶然性是多么有嘲讽意味：到头来，在韦斯切斯特住上漂亮别墅的，不是他这个部队转业的大律师，而是出身贝德福贫民窟的那个瘦得皮包骨头的黑人小伙子。十三年来，华盛顿·李显然混得很好。

七月下旬的一个星期天上午，推开那座别墅的门时，德克斯特注意到，小伙子的那口龅牙矫正了，鹰钩鼻子修整了，那丛乱糟糟的拖把布条般的头发理成了一个干净利落的平头。在德克斯特面前的是一位二十二岁的成功商人，有一个妻子和两个孩子，有一座漂亮的房子和一家规模不大但生意兴隆的电脑咨询公司。

德克斯特曾经拥有的一切，都失去了；华盛顿·李从来没有指望过的一切，却都获得了。在追查到李的踪迹后，德克斯特已经电话告诉过他要过来拜访。

“进来吧，律师。”这位前电脑黑客说。

他们在后院草坪的帆布椅子里落座后喝苏打水。德克斯特递给了李一份宣传画册。封面上是在蓝色的大海上空倾斜着飞行的一架双引擎商务喷气飞机。

“我需要找的，是这种型号的其中一架，一个特例。我需要知道是谁购买了它，是什么时候买的，现在由谁所拥有，而且最重要的是，那个人现在在哪里。”

“你认为有人不想让你知道这些信息？”

“如果业主是以他的真名实姓公开生活着，那么是我搞错了。但如果我是对的，那么这人应该是用一个假名秘密蛰居的，有警卫保护，他的信息应该在电脑系统的层层防护之下。”

“你想拨开那些层层防护。”

“是的。”

“十三年以来，这些事情已经复杂多了，”李说，“嗯，从技术观点来看，我是其中一个使事情复杂化了的人。从法律观点来看，议员们加剧了这种复杂化。你要求的是一次侵入，或者三次。完全是非法的。”

“这我知道。”

华盛顿·李朝四周打量了一下。两个小女孩在草坪另一头的一个塑料水池里一边泼水一边尖声欢叫着。他的妻子科拉在厨房里准备中饭。

“十三年前，我面临着一次漫长的徒刑，”他说，“我本来将会从大牢里走出来，回来坐到贫民窟里的那套合租屋子的台阶上。但是我得到了一次重生。我在银行里做了四年，自己当老板当了九年，发明了美国国内最完美的安全系统，即使我自己也这么认为。现在，该是回报的时候了。好吧，律师。你要干什么？”

首先，他们调查这架飞机。霍克这个名字可以追溯到第一次世界大战时的英国航空时代。史蒂夫·埃德蒙在一九四〇年驾驶的就是一架霍克飓风。霍克系列的最后一批前线战斗机是超级多用途猎鹰。到了二十世纪七十年代，小公司无力单独承担新型战机的研发成本，只有美国的大公司做得起，他们合并了。霍克越来越多地转入了民用飞机。

到九十年代，差不多所有的英国航空工业公司都归入BAE，即英国宇航公司的旗下。当董事会决定要缩小规模时，霍克机型整个部门被堪萨斯州威奇塔的雷西翁公司买了过去。他们在伦敦设了一个小小的销售部，并在切斯特有一个服务中心。

雷西翁实际上买下了三种机型：很受欢迎的HS-125短程双发商务机，霍克800，以及最长航程可达三千英里的霍克1000型。

德克斯特从公开资料里查到的结果表明，1000型已于一九九六年停产了，所以如果佐兰·季利奇有一架，那肯定是二手的。而且，这种型号总共只生产了五十二架，其中三十架都属于一家基地设在美国的包机公司。

他要查找的是这两年，至多是在三年之内转手的其他二十二架飞机中的一架。从事这种昂贵飞机转手的二手交易商有好几个，但在转手之前这架飞机很可能经历过营运，这也许意味着要回到雷西翁公司的霍克部去查询。他们很可能处理过这笔交易。

“还有其他线索吗？”李问道。

“注册登记号，P4-ZEM。这不是国际民航常用的登记。这个号码应该是在名为阿鲁巴的一个小岛国登记的。”

“从来没听说过。”李说。

“在前荷属安得列斯群岛，与库拉索岛和博内尔岛一样。它们留在荷兰的旗下。阿鲁巴于一九八六年独立出去了。这些小岛国全都从事隐蔽的银行账户、公司登记这类事务。这令国际反欺诈规定非常头痛，但对于一个没什么资源的岛屿来说，不管怎么样这也是一笔收入。阿鲁巴有一座小小的炼油厂。它的其他收入是依赖于几座珊瑚礁的旅游业，加上秘密银行业务、华丽而俗气的邮票，以及逃避正式规定的号牌登记。我猜测我的目标已经把老的登记号码改换成这个新的了。”

“那么雷西翁那里没有这个P4-ZEM的登记记录？”

“几乎可以肯定没有。此外，他们也不会泄露客户的详情。没门。”

“我们倒是要看一看。”华盛顿·李嘟哝着说。

十三年以来，这位计算机天才学到了许多新技能，部分是因为，不少新技能正是他发明的。美国大多数真正的计算机专家都在西部的硅谷，一个来自东海岸的人才要镇得住硅谷的知识精英们，那么他必须超棒。

李已经千万次告诉自己：头等重要的事情是绝对不能再次被抓住。他估量着这个十三年以来他第一次要尝试的非法行动，他决心，无论如何不能让人通过电子线索追踪到他在韦斯切斯特的这座房子。

“你的预算经费有多少？”他问道。

“足够了。怎么啦？”

“我要租用一辆房车。我需要全套家用电源，能足够我发出信号，之后能关闭，消失。第二，我需要买一台能够买到的最好的个人电脑，而且这事结束后我要把它扔进一条大河里。”

“没问题。你打算从哪里发起进攻？”

“全方位。阿鲁巴政府的飞机尾翼登记。他们肯定登记过这架飞机从雷西翁公司出来时叫什么名字；其次，百慕大登记的泽塔公司，其总部，所有通信联络的目的地，资金转移记录等等；第三，这架飞机所有存档过的飞行计划。它肯定到过那个酋长国，叫什么来着？”

“哈伊马角。”

“好的，不管是哈伊什么。这架飞机肯定从某个地方到过那里。”

“开罗。它从开罗飞过去的。”

“那么它的飞行计划就一定记录在开罗的空中交通控制档案里，都是计算机化的。我必须去访问。好消息是，我估计他们不会对这种资料设置许多保护性的防火墙。”

“你需要去开罗吗？”德克斯特问道。

华盛顿·李好像看一个疯子般地看着他。

“去开罗？我为什么要去开罗？”

“你说要去‘访问’。”

“我指的是在电子空间。我可以在美国佛蒙特州的一个野餐营地里访问开罗的那个数据库。我看你还是回家去等着吧，律师。这不是你的世界。”

华盛顿·李租来了房车，买了个人电脑，再加上干他盘算好的事情所需要的所有软件。这些全是用现金购买的，虽然多少引起了商家的好奇。但是那辆房车除外，租车时需要驾驶执照，但租房车不会让人联想到一位电脑黑客要开工了。他还买来了发电机，是用汽油做动力的，使他能获得标准的家用电源，以备他随时取电登录。

第一件事和最容易的事，是侵入到阿鲁巴的飞机尾翼登记数据库里去。这个机构在迈阿密有一个营运办公室。李没有选择周末，这个时段一次未经许可的访问会在星期一上午显示出来，相反他在最繁忙的一个工作日里侵入到了文档中，这时候数据库在回答许多问题，他的提问会被淹没在题海之中。

这架牌号为P4-ZEM的霍克1000原先的牌号是VP-BGG，这就意味着它曾经在英国登记区的某个地方登记过。

华盛顿·李在使用着一个能隐藏使用者身份和地点的系统，叫做PGP，意思是“Pretty Good Privacy”，即“私密性相当好”。这个系统非常安全，但实际上它是非法的。他已经建立起两把钥匙，一把公用，一把私用。他用那把公用的钥匙发送，因为它只能编码；收取答案要靠他的私用钥匙，因为它只能解码。以他的观点来看，喜欢纯理论数学的爱国者们出于爱好开发出来的这个编码系统有个最大的优点，它极难攻破，不大可能有人发现他是谁或他在哪里。尤其是如果他保持很短的在线时间并经常变换地点，他应该是不会被抓住的。

他的第二道防线相当基本：他只在路上经过的网吧收发电子邮件。

在开罗空中交通控制中心查到了这架P4-ZEM霍克1000的记录，它每次都会从亚速尔群岛来到金字塔的故乡短暂停留，添加燃油。

这条由西往东，经由大西洋中的葡萄牙岛屿到达开罗，然后继续飞往哈伊马角的航线，表明这架P4-ZEM是从加勒比海地区或南美洲的某个地方飞过来的。这还不是证据，但可能性相当大。

在北卡罗莱纳州的一个路边停车处，华盛顿·李说服了葡萄牙-亚速尔空中交通管理数据库，向他承认那架P4-ZEM是从西方飞过来的，但其基地是在泽塔公司所有的一座私人机场。这就使得通过飞行计划去查找线索陷入了一条死胡同。

百慕大群岛也在为那些愿出高价的美元来寻求高度安全的客户们提供秘密的银行账户和公司登记服务，并相当引以为豪。

百慕大群岛首府哈密尔顿的那个数据库，最终没能抵挡住华盛顿·李输入的特洛伊木马的进攻，从而吐露出泽塔公司确实是在该群岛注册登记的。但它只能说出三位由当地人所担任的董事，全都是德高望重的人士。没有查到任何叫佐兰·季利奇的人，没有塞尔维亚语发音的人名。

在纽约，根据华盛顿·李提供的情报，即那架霍克飞机的基地是在加勒比海地区附近，加尔文·德克斯特去咨询了他认识的一个包机飞行员。这个飞行员曾是他为之辩护过的当事人，当时有一位乘客晕机很厉害，就起诉飞行员没有选择一个好天气。

“去试试FIR，”那位飞行员说，“就是航班信息登记。他们应该知道谁把基地设在了他们的地区。”

加勒比海南部的航班信息登记中心在委内瑞拉首都加拉加斯，对方确认，那架牌号P4-ZEM的霍克1000的基地确实在他们那里。一时间，德克斯特觉得他在所有其他线索上的查询也许都是浪费时间。答案似乎是那么简单，询问当地的航班信息中心，他们就会告诉你。

“提醒你一下，”飞行员说，“它用不着必须停放在那里。它只是在那里登记注册。”

“我不明白。”

“很简单，”飞行员说，“一艘游艇可能在它的船尾刷上特拉华州威尔明顿，因为它是在那里注册登记的。但它可以一直在巴哈马群岛从事包船出租业务。这架霍克飞机的机库可以在距加拉加斯很远的地方。”

于是华盛顿·李提议使用最后的一招，并向德克斯特做了说明。经过两天的艰苦驾车行驶，李抵达了堪萨斯州威奇塔。在做好准备之后，他打电话告诉了德克斯特。

在雷西翁总部大楼五楼办公室里，一位销售副经理接听了来自纽约的电话。

“我代表百慕大泽塔公司给你打电话，”一个声音说，“你还记得你们曾经卖给我们一架尾翼号码为VP-BGG的霍克1000飞机吗？曾经在英国运营过的二手机，几个月之前卖给我们的。我是新的飞行员。”

“我当然记得，先生。请问你叫什么名字？ ”

“只是季利奇先生对舱室的内部结构不太满意，要求改装。你们能提供这种服务吗？ ”

“当然，我们这里当然能够进行舱室的内部改装，呃……我应该怎么称呼你呢？ ”

“同时是不是还可以安排发动机大修？ ”

那位销售代表坐直了身体。他清楚地记得这笔交易。一切都进行了检修保养，以确保主要的机件还能用上两年。除非新的业主一直在飞行，不然的话，发动机在一年之内是用不着大修的。

“我能否问问你到底是谁？我认为发动机根本不需要大修。”他说。

线路另一头的那个声音失去了刚才的自信，开始结结巴巴了。

“是吗？哦，对不起。肯定是搞错了飞机。”

电话挂断了。现在，这位销售副经理已经是满腹狐疑了。据他记忆，他从来没有向外人提及过这架由肯特郡比金 · 希尔航技公司提供的、在英国登记过的霍克飞机的销售情况。他决定让安全员去追查这个电话，努力去查明是什么人打来的。

当然，他已经晚了一步，因为这部手机的SIM卡已被扔进了纽约的东河。但他回忆起了从泽塔公司来威奇塔把这架霍克机开走的那位飞行员。

一个友好的南斯拉夫人，前南人民军空军上校，出示的证件是完美的，包括美国联邦航空管理局的全部飞行记录。销售代表核实了一下他的销售备忘录：斯维托米尔 · 斯蒂潘诺维奇机长。还有一个电子邮箱。

他写了一封电子邮件，告诉那架霍克飞机的机长，来过一个奇怪而又烦人的电话，就发送出去了。在这栋总部大楼附近，停放在树丛后面的一辆房车里，华盛顿·李扫描了一下他的电磁发射监视器，谢天谢地，那位销售代表没在使用可以逃过这种监视器的TEMPEST系统。他注视着他的电磁监视器截取了这封电子邮件。内容对他没什么意义，这封信的目的地才是他要的。

两天后在纽约，那辆房车还给了租车公司，硬驱和软件落到了密苏里河中，华盛顿·李俯身审视着一张地图，用铅笔指向了一个地点。

“在这里，”他说，“圣马丁共和国。圣马丁城以东约八十公里处。那架飞机的机长是一个南斯拉夫人。我认为你已经找到了你要的那个人，律师。现在，如果没有其他事，我要回家去照顾老婆孩子做生意了。”

复仇者买来了他能找到的最大比例的地图，并把它们放得更大。在连接南北美洲的蜥蜴形地峡的底部，庞大的南美洲的最顶端，西边是哥伦比亚，正中是委内瑞拉。

在委内瑞拉西边有四个圭亚那。第一个是前英属圭亚那，现在只叫作圭亚那。接下去是前荷属圭亚那，现在叫苏里南。再往东是法属圭亚那，以前是魔鬼岛的故乡，现在是欧洲的空间研究基地。夹在苏里南和法属圭亚那之间的地方，德克斯特发现了那片丛林三角地，原先叫西属圭亚那，在独立之后改名为圣马丁。

经进一步的研究，他发现这是最后一批真正的“香蕉国”[1]之一，由一个残暴的军事独裁者统治，是一个遭到其他国家排斥的、

1 拉丁美洲地区由外资控制、只有单一经济的小国家。

贫穷落后、乌烟瘴气的小国家。那是用钱可以买到一切保护的地方。

八月初，一架夏延风笛Ⅱ型飞机在近四千米空中沿着海岸飞行。这种高度不会引起人们太多的疑虑，至多以为是一架商务飞机在从苏里南飞往法属圭亚那，但从这个高度能够清晰地对地面拍照。

从圭亚那首都乔治敦租来的这架最大航程为一千二百英里的夏延风笛，可以飞到法属圭亚那再返航。租赁飞机的客户，护照显示是一个叫阿尔弗雷德·巴尼斯的美国公民，现在是一位度假业务开发商，来寻找新的胜地。那位圭亚那飞行员私下里认为，根本没人会付钱来圣马丁度假，但谁会拒绝用高价美元现金支付的包机业务呢？

按要求，他驾机紧贴着海岸线飞行，这样坐在右边副驾驶座位上的乘客可以把长焦距镜头对着舷窗，时刻做好拍摄的准备。

在苏里南以及沿国境线的康米尼河落到后面去之后，前方绵延几英里都没有适合度假的沙滩。海边到处都是美洲红树属植物，沿着棕红色的、游满了蛇的河道，从密林一直延伸到海里。他们飞过了首都——在赤日炎炎下沉睡着的圣马丁城。

圣马丁城唯一的海滩在城东的巴希亚，但那是留给权贵们的胜地，也就是独裁者和他的幕僚们专享的。在这个国家的末端是埃尔彭托，距马罗尼河和法属圭亚那开始处十六公里。

埃尔彭托是一个三角形的半岛，像一颗鲨鱼的牙齿，从陆地突出来伸向海洋。其陆地一侧是连绵不断的山脉，只有一条唯一的土路穿越一个单一的山口通向半岛的尖端。但那里有人居住着。

这位飞行员从来没有往东飞到这么远的地方，所以这个半岛对他来说只是航图上的一个三角形。他能看到下面有一片围护起来的房产。他的乘客开始拍照。

德克斯特用的是一架35毫米的尼康相机，有电动卷片功能，每秒钟能拍摄五张照片，并能在七秒钟内完成倒片，他可绝对不想让飞机盘旋等着他更换胶卷。

他设置了迅疾的快门速度，由于飞机的震动，慢于1/500秒的速度会造成图像模糊。感光度用400 ASA并把孔径设在F8，是他所能做到的最佳设置。

在第一次经过时，他拍摄到了在半岛末端的宅院，宅院周围的防护围墙和大门，加上农业工人耕种的田地，一排排谷仓和农房，以及似乎是工人住宅的一丛长方形白色简易房屋，这组房子与田地之间，分隔着一道铁丝网。

地面上，有几个人抬起头来。他看见两个穿制服的人开始跑动。然后他们掠过这个半岛，朝着法属圭亚那飞去。在返航时，他要求飞行员从内陆飞过去，这样他能够由右边的座椅从陆地一侧去察看这块地皮。他正在从连绵的山脉上空俯视着这个半岛，一直延伸到海边那座宅院。此时，夏延风笛下面的山岭上有一个卫兵记下了飞机的编号。

德克斯特用第二只胶卷拍下了沿着山脚延伸的私家机场，拍下了村庄、车间和主机库。有一台牵引车正把一架双引擎的商务喷气飞机拖进机库里去。尾翼几乎已经全部进入机库了，但它进入到阴影中之前，德克斯特看到了尾翼上的编码。那个号码是P4-ZEM。

第二十一章

行大善而容小恶

保罗·德弗罗坚信联邦调查局不会撤消他的“游隼计划”，但他还是为与柯林·弗莱明的这次针锋相对的会面而深感烦恼不安。他并没有低估对方的才智、影响或情感。但真正使他担忧的是耽搁了时间。

“游隼计划”只有中情局局长乔治·特内特和白宫反恐专家理查德·克拉克知情。对这个秘密计划掌管了两年之后，德弗罗已经接近，或者相当接近触发他精心设置的陷阱的最后一搏了。

目标只被简称为UBL。这是因为华盛顿的整个情报界把那个人的名字拼写成Usama，即奥萨马，使用的首字母是“U”，而不是媒体所喜欢采用的“Osama”[1]。

在二〇〇一年夏天，整个情报界普遍深信拉登将发起一场针对美国的战争。百分之九十的人认为，屠杀会发生在美国本土以外的

1 这里指的是“基地”组织的头目奥萨马·本·拉登（Osama bin Laden）。

某个主要的美国利益机构；只有百分之十的人认为会在美国领土上发动袭击。

这种念头贯穿在所有的情报机关里，但主要是在中情局和调查局的反恐部门里。反恐行动的重心是要提前发现拉登的真正计划，然后去预防它。

尽管总统第12333令禁止“终结”，但保罗·德弗罗的目标决不只是阻止本·拉登，而且还要“终结”他。

在他职业生涯的早期，这位从波士顿学院毕业的学者就已经明白，在中情局内的提升要依靠某种形式的专业知识。他的年轻时代是越战和冷战的时代，大多数新员工都选择了苏联部门。敌人显然是苏联，要学习的外语是俄语。因此学俄语的门槛都快被挤破了。德弗罗选择了阿拉伯语，钻研伊斯兰教。别人都认为他发疯了。

他非常投入地学习，掌握了阿拉伯语，语言水平几乎可以被当作阿拉伯人，他对伊斯兰教的研究也达到了《古兰经》学者的水平。他的回报随着一九七九年的圣诞节而来临：苏联入侵了一个叫阿富汗的地方，在兰利的中情局总部，情报官们这才慌忙寻找地图。

德弗罗表示，除了阿拉伯语他也会说不错的乌尔都语，也就是阿富汗的语言，还略懂巴基斯坦西北地区至阿富汗的部落族人说的普什图语。

他的生涯真正起飞了。他是第一批站出来说明问题的人之一，他指出，苏联已经掉进了一个泥潭却浑然不知，阿富汗的部落是决不会屈服于任何外国占领的，苏联的无神论触犯了他们伊斯兰教义。在美国的物质帮助下，他们将会在山区基地里形成强大的抵抗力量，最终把鲍里斯·格罗莫夫将军统领的苏联红军第四十军打得损兵折将，吃尽苦头。

在阿富汗战争结束之前，形势发生了许多变化。穆斯林战士们确实让一万五千名苏军士兵躺在棺材里返回了家乡。尽管阿富汗人一直在暗处抵抗，尽管占领军对阿富汗人造成了极其残酷的重创，但入侵者已经军心动摇，士气低落了。

正是阿富汗战争和米哈依尔·戈尔巴乔夫上台的共同作用，最后使得苏联解体，冷战结束。保罗·德弗罗已经从情报分析部转到了行动部，并与米尔特·比尔顿一起，把美国每年十亿美元的支持游击队的武器分发给那些“山区战士们”。

在阿富汗山区艰苦的生活、行军和战斗期间，他见过从中东过来的成百上千个满怀理想的年轻反苏志愿者。他们既不说普什图语，也不说达利语，但愿意在需要他们的时刻在异国他乡战斗和牺牲。

德弗罗很清楚他在那里做什么，他正在抗击一个威胁到他自己国家的超级大国。但这些年轻的沙特人、埃及人和也门人在那里做什么呢？华盛顿不理会这些中东年轻人，以及德弗罗所写的报告。但德弗罗对这些年轻人着迷。这位中情局特工会装作对阿拉伯语一窍不通的样子，连续几个钟头听他们讲话，欣赏着他们反对无神论的言论。

而且，他们也同样仇恨和蔑视基督教和西方，尤其是美国。这些人中，有一个被宠坏了的生性狂热、喜怒无常的沙特巨富的后裔，投入千百万美元的资金，在巴基斯坦建立训练营和难民营，把食物、毯子和药品分发给其他穆斯林战士。他的名字叫奥萨马。

奥萨马·本·拉登想成为一位像艾哈迈德·马苏德[1]那样的勇士，但实际上在一九八七年暮春时他只是一个无名小卒。米尔

1　艾哈迈德·沙阿·马苏德（1953—2001），阿富汗军事领导人，阿富汗民族运动创始人之一，2001年被基地组织暗杀。

特·比尔顿把他称作“被宠坏的小鬼”，但德弗罗密切地注视着他。这个年轻人除了喋喋不休地提及真主之外，还怀有一种强烈的仇恨，总有一天这种仇恨将会发泄到除了苏联人以外的其他目标上。

保罗·德弗罗回到兰利，获得了一连串奖章。他已经选择了独身，把精力全部投入到学问和工作上。他已故的父亲给他留下了巨额财富，在他位于老亚历山德里亚的那座优雅的房子里，收藏着令人羡慕的伊斯兰艺术品和波斯地毯。

他曾试图告诫官方，要警惕苏军撤走后任由阿富汗陷入内战的愚蠢做法，但是柏林墙倒塌引起的欣慰导致当时人们普遍相信，在苏联陷入混乱，东欧国家纷纷为自由而倒向西方的形势下，世界已经成了一潭死水。世界唯一余留的超级大国所构成的最后威胁，正像太阳升起之前的雾气一般在蒸发。

德弗罗回国后还没来得及坐稳屁股，萨达姆·侯赛因就在一九九〇年八月入侵了科威特。在美国阿斯彭，冷战的胜利者美国总统布什和英国首相撒切尔夫人商定，他们不能容忍这种赤裸裸的侵略行径。在四十八小时之内，第一批美军F-15战鹰升空飞往阿曼的图姆莱特，保罗·德弗罗也踏上了奔赴美国驻沙特阿拉伯使馆的路途。

节奏太快了，日程太紧了，要不然他肯定会注意到异常。一个同样是从阿富汗返回的年轻沙特人，领导着 个叫“基地”的组织，提出愿为法赫德国王服务，以保卫沙特阿拉伯免遭北方好战邻国的入侵。

沙特的君主很可能也没特别关注这个小股武装的头领，所以忽视了他提供的志愿服务，相反允许由五十个国家组成的五十万外国战士，来把伊拉克军队撵出科威特并保护沙特的油田。这些战士百分之九十是异教徒，也就是基督徒，他们的作战靴行进在圣城麦加和麦地那的同一片土地上。其中差不多四十万是美国人。

对那个沙特狂热分子来说，这是对真主和先知默罕穆德的侮辱，是不可容忍的。他宣战了，首当其冲的就是针对许可外来入侵的沙特王室。更重要的是，德弗罗最初在兴都库什山区注意到的那种仇恨，现在已经找到了发泄的目标。拉登接着宣布对美国作战，并开始着手制订计划。

假如在海湾战争结束和胜利之时，保罗·德弗罗就被调到了反恐中心，那么历史的进程也许会发生改变。但在一九九二年，反恐中心还是一个级别很低的部门；政权转移到了比尔·克林顿手中；中情局和联邦调查局都进入了他们最糟糕的十年。先是中情局爆出丑闻，奥尔德里奇·艾姆斯在八年的时间里一直在背叛祖国；后来又传出消息，联邦调查局的罗伯特·汉森也是个叛徒。

在与苏联对抗了四十年之后，本应该是胜利的时刻，两个情报机关却都遭受了领导、士气和信任上的危机。

新的领导崇尚一条新的原则：政治上的正确性。非法援助尼加拉瓜反政府武装的“伊朗门”丑闻经久不散，导致新领导不再崇尚勇气与胆量。精明能干的好员工大批离去；官僚主义者和阿谀奉承者被提到了中层领导的岗位上；具有几十年前线斗争经验的情报员们受到了冷落。

在招待酒会上，当参众两院的议员们自鸣得意地宣称，至少阿拉伯世界还爱戴美国，保罗·德弗罗对他们报之以礼貌的微笑。这种爱戴只限于他们刚刚访问过的那十个王子。这位耶稣会会士出身的情报官曾经影子般地在穆斯林的街巷里穿行多年，在他的内心，一个小小的声音在说：“不，他们对我们恨之入骨。”

一九九三年二月二十六日，四个阿拉伯恐怖分子驾着一辆租来的面包车驶入了纽约世贸中心地下第二层的停车场里。车上装载着大约五百到七百公斤的以化肥为原料的自制炸药，叫硝化脲。幸好对纽约人来说，它的爆炸威力还远远不够强大。

尽管如此，它还是造成了一次轰动。那时没人知道，甚至都没有人去怀疑，这次威力不大的爆炸是为一场新的战争打响了第一炮。

德弗罗当时是整个中东处的副处长，虽然在兰利的总部办公，但经常出差。部分因为他旅行时的所见，部分因为从中情局驻在世界各地伊斯兰国家的情报站涌进来的报告，使得他的注意力由阿拉伯的宫殿转到了另一个方向。

他开始要求从驻外情报站获得补充报告，不是关于当地的部长们在干什么，而是关于大街小巷、农贸市场、宗教圣地、清真寺里的普通人，尤其是学校里接受过教育的穆斯林青年们的内心思想。他观察和倾听得越多，警钟就敲得越响。

“他们对我们恨之入骨。”他内心的那个声音在告诉他，“他们只需要一个有能力的协调人。”

他自己花时间进行研究，再次拾起了那个沙特狂人奥萨马·本·拉登的线索。他获悉，那人因粗暴无理地指责君主允许异教徒踏上这块神圣的土地，被逐出了沙特阿拉伯。

他还获悉，拉登先是安顿在苏丹，又一个原教旨主义的纯伊斯兰国家。喀土穆[1]要把这个人移交给美国，但没人感兴趣。然后他又走了，回到了阿富汗的山区，那里的内战已经结束，政权落到了最狂热的极端宗教派别塔利班的手中。

德弗罗注意到，这个沙特人带着巨额财富抵达阿富汗，给塔利班奉上了几百万美元的礼物，很快成了那里的知名大人物。拉登带着差不多五十名保镖抵达阿富汗，并发现他共同战斗过的几百名外

1 苏丹首都。

国（非阿富汗）穆斯林战士还在那里。在巴基斯坦边境城市白沙瓦和基达一带流传这样一种说法，这位归来者已经开始了两项狂热的计划：一是在十几个地方精心挖掘复杂的山洞；二是建造训练营。营地不是为阿富汗军队建造的，而是给志愿恐怖分子使用的。消息回传到了保罗·德弗罗那里。伊斯兰对美国的仇恨已经找到了一个协调人。

此时发生了美军突击队员在索马里遭到大屠杀的惨剧，这是情报不准所导致的。美国人不单低估了军阀阿蒂德的反抗，更没有意识到还有其他人在对美国人作战，不是索马里人，而是更为老练的沙特人。一九九六年，一颗巨型炸弹摧毁了在沙特阿拉伯达兰的科巴尔大厦，造成了十九名美国军人死亡，其他多人受伤。

保罗·德弗罗去见局长乔治·特内特。

“让我去反恐中心。”他要求说。

“反恐中心已经满员了，而且他们干得很好。”中情局局长说。

“在曼哈顿死了六个人，达兰死了十九个。这是奥萨马·本·拉登干的。拉登和他的组织即使并没实际去安放炸弹，也肯定是幕后策划者。”

“这我们都知道，保罗。我们正在处理这事。调查局也同样。这是不能等闲视之的。”

“乔治，调查局对本·拉登不够了解。他们没有阿拉伯问题专家，他们不懂心理学。他们对付歹徒很内行，但苏伊士以东地区是月亮的阴暗面，他们恐怕从没见过。我对这事有新的思路。”

“保罗，我要你待在中东。我需要你继续留在那里。约旦的国王快要死了。我们不知道谁会是他的接班人。是他的儿子阿卜杜拉或者是他的弟弟哈桑？叙利亚的那个独裁者也快要倒台了，谁会去接管？萨达姆一直在阻挠武器核查专家，如果他把他们赶出去怎么办？整个巴以冲突问题正在向南扩展。我需要你待在中东。”

德弗罗的调动在一九九八年才成为现实。八月七日，两颗巨大的炸弹在美国驻非洲的内罗毕和达累斯萨拉姆的两个使馆外面爆炸了。

在内罗毕死了二百一十三人，另有四千七百二十二人受伤。死者中有十二个美国人。在坦桑尼亚的爆炸没有那么严重，炸死十一人，炸伤七十二人。死者中没有美国人，但有两个美国人受伤。

很快就证实，这两起爆炸事件的幕后策划者是本·拉登的组织。保罗·德弗罗把中东的事务移交给由他亲自提拔起来的年轻的阿拉伯问题专家，自己转到了反恐中心工作。

他的职务是中心副主任，但没有替代原来的领导。这不是一项很体面的安排。他作为一名顾问游离于情报分析的边缘，但他很快就明白，克林顿政府只采用品德正直的人提供情报的做法是完全发疯了。

正是这种疯狂导致情报完全不准确，美国对非洲爆炸事件的反击一败涂地。美国巡航导弹摧毁了苏丹首都喀土穆郊外的一座制药厂，因为他们相信本·拉登是在那里制造化学武器。结果那是一座真正的生产阿司匹林的工厂。

另外七十颗战斧巡航导弹砸进了阿富汗，想炸死本·拉登。这些价值几百万美元一颗的导弹把许多大岩石炸成了小石块，但本·拉登在这个国家的另一端。由于这些惨败，加上德弗罗本人的不断游说，“游隼计划”才得以开始。

兰利的中情局一般认为，一个人的计划要得到接受、通过，他必须有几个监督员。但“游隼计划”非常绝密，只有局长特内特知道德弗罗的打算。在总部之外，这位耶稣会会士不得不吐露给另一个人：白宫反恐专家理查德·克拉克，他从老布什手下开始工作并延续到克林顿手下。

克拉克在兰利不讨人喜欢，因为他惯于发表不留情面的批评，但德弗罗需要克拉克是有几条理由的。这位白宫的工作人员将会义无反顾地同意德弗罗心里的打算；他绝对会守口如瓶；而且他可以在白宫施加压力帮助德弗罗得到他需要的工具。

首先，德弗罗获准把所有"不许杀死目标"的说法扔进垃圾桶，而且如果需要，他还可以跟任何人合作，哪怕是令人恶心的恶棍。这些恩准并非来自于椭圆形办公室[1]。从那时候起，保罗·德弗罗就在他自己的极为隐蔽的钢丝上行走了，没人给他提供安全网。

他获准建立他自己的办公室，挑选他自己的小组人员。他物色了他能够找到的最好的员工，局长压下了其他部门的强烈抗议。这是他第一次组建一支团队，他要的是一个精干的小组，每一个人都是专家。他在中情局大楼的六层得到一套三间的办公室，透过白桦树和柳树面对着波托马克河，除了冬季树叶脱落时节，这里都相当隐蔽。

他需要一个可靠的得力助手：一个可信赖的、忠诚的实干家，一个只按吩咐去执行而不会做任何猜测的人。他选中了凯文·麦克布莱德。

除了都是职业情报官，都在二十几岁时加入中情局并都已经服务了三十年之外，这两个人在其他方面截然不同。

这位耶稣会会士身材瘦小，每天在自家的健身房里坚持锻炼身体。麦克布莱德的身体已经发福了，周末喜欢喝啤酒，大多数头发已经从头皮上脱落了。

对麦克布莱德的年度"政审"记录显示，他与妻子莫莉的婚姻

1　指白宫的美国总统办公室。

如磐石般牢固，住在贝尔特路边一个住宅区简朴的房子里。两个孩子已经成年并刚刚离开家。他没有横财，靠薪水过着勤俭的生活。

他的大部分职业生涯是在驻外使馆里度过的，从来没升上过情报站长的职位。他不会构成威胁，却是一个第一流的二把手。如果你要他做成某事，事就做成了。你可以依靠他，他不会卖弄假学问、大道理。麦克布莱德的价值观是传统的、爱家的、爱国的。

二〇〇〇年十月十二日，在“游隼计划”执行了十二个月时，本·拉登又发起了袭击。这一次，袭击者是两个也门人，他们为达到目的而进行了自杀性攻击，这是自一九九三年在贝鲁特针对美军的爆炸之后，第二次自杀性袭击行动。以往在世贸中心、摩加迪沙、达兰、内罗毕和达累斯萨拉姆，本·拉登并没有要求最高形式的牺牲。这次在亚丁，他这么要求了。他在提高赌注。

当时，美国海军“科尔号”伯克级驱逐舰停泊在位于阿拉伯半岛最南端的亚丁港内。那里原是英国的煤炭码头，曾经也是美国警备区。也门是本·拉登父亲的出生地。美国人在那里的存在肯定是激怒了他。

两名恐怖分子驾驶一艘装载着TNT炸药的充气筏，从供应船队中间呼啸着穿行过去，插入到驱逐舰与码头之间爆炸了。由于船壳和混凝土之间的压力，船舷上炸出了一个大窟窿。军舰内，有十七个水兵身亡，另有三十九个受伤。

德弗罗研究过恐怖行动的产生和造成的伤害。他知道，无论实施者是国家还是非政府组织，恐怖行动总是可以分为五个层次。

最高层是阴谋者、策划者、授权者和鼓动者；其次是组织者和协调者，他们负责招募、培训和提供装备，没有他们，计划就不能得到执行；第三层是实施者，这是些丧失了正常道德标准的人，他们去施放毒气、安置炸弹，扣动枪机；第四个层面是积极的配合者，引导杀手，造谣中伤邻居，透露隐藏地点，出卖旧时的同窗好友。最底层的是广大的人民群众，迟钝、麻木，向暴君致敬，给杀人犯戴上花环。

在针对西方，尤其是针对美国的恐怖活动中，本·拉登起到了前面两个层面的作用。拉登本人、二号人物埃及人艾曼·扎瓦赫里、行动部头子穆罕默德·阿蒂夫，以及拉登的国际使者阿布·朱拜伊德，都不需要亲自去安放炸弹或驾驶卡车。

宗教学校能提供源源不断的年轻的狂热分子，被灌输了对非原教旨主义的整个世界的满腔仇恨，加上对《古兰经》的断章取义的曲解。再给他们配上几个成熟的改变信仰者，唆使他们认为，大规模杀戮能保证他们登上《古兰经》里所描述的天堂。

本·拉登只是制订计划、招募人员、培训操练、供应设备、指导行动、提供资金和监督管理。

在与联邦调查局副局长柯林·弗莱明激烈争吵过后，德弗罗在坐车返回的途中，又一次检验了一下他正在做的这件事情的道德正义性。是的，那个残暴的塞尔维亚人杀了一个美国人。但在另一个地方，有人已经杀了五十个美国人，而且以后还会杀更多。

他回忆起多米尼奇·泽维尔神父曾经就一个道德上的问题逼问过他。

“一个人向你逼近，想杀死你。他有一把刀，外伸距是一米。你有权进行自卫。你没有盾牌，但你有一支矛，外伸距是三米。你刺过去，还是等着他先杀过来？”

神父让学生们结成对子，互相辩论。德弗罗毫不犹豫。行大善而容小恶。是那个持矛的人挑起这场战斗的吗？不。但他有权用矛去刺。不是反击，反击的前提是第一个回合之后依然活着。应该先发制人地攻击。在对待本·拉登的问题上，他问心无愧。为保卫祖国，德弗罗将会杀人；而且他与之合作的盟友不管多么罪大恶极都无所谓。弗莱明错了。德弗罗需要季利奇。

对保罗·德弗罗来说，世人对他祖国的感情，一直是一个持久的谜团，他相信他已经解开了这个谜团。

大约从一九四五年，也就是他快要降生的时候起，历经此后的朝鲜战争，冷战开始的十年，美国不单单是世界上最富裕的国家，而且还是最强大的国家；同时也是最受爱戴、最受羡慕和最受崇敬的国家。

五十年之后，前两个地位仍然保持着。美国比以往任何时候都更加强大，更加富裕，是唯一余留下来的超级大国，显然是能够俯视这个世界的霸主。

但纵观全球，黑非洲、伊斯兰和欧洲的左翼全都仇视美国。到底怎么回事？这是困扰着国会山和新闻媒体的一个难题。

德弗罗知道，他的国家远没有达到完美的程度；它会犯错误，经常犯很多错误。但它的本意与任何其他国家一样良好，有时候比大多数国家更好。作为一个全世界到处旅行的人，他已经在近距离见过许多“大多数”，现实大都很丑陋。

大部分美国人并不明白一九五一年至二〇〇一年之间的变化，所以他们假定这些变化没有发生过，把第三世界友善的假面具视作其内心真实的感觉。

难道山姆大叔没有尽力宣讲反对暴政的民主吗？难道美国没有提供至少一万亿美元的外援吗？难道美国没在五十年中每年拨出一千亿美元用于增强西欧的防务吗？到底是什么原因导致人们举行反美游行示威，打出反美标语口号，围攻美国使馆，焚烧美国国旗？

六十年代末，当越战局势变得越来越糟，骚乱开始爆发的时候，一位年老的英国间谍头子在伦敦的一个俱乐部里向他解释过这个问题。

“年轻人，如果你软弱，你就不会被人憎恨。如果你贫穷，你也不会被人憎恨。你没有那万亿美元是不会被人憎恨的；你之所以被人憎恨，就是因为那万亿美元。”

那位年老的英国官员朝格罗斯文纳广场指了一下，在那里，左翼政治家们和留着胡须的学生们聚集在一起，朝美国使馆扔石块。

“对你们国家的憎恨，并不是因为你们在攻击他们的国家，而是因为你们保护着他们国家的安全。千万不要去寻求普遍欢迎。你们可以拥有至高地位，或者你们可以被人所爱，但决不会两者兼得。世人对你们的感受是百分之十的真正反对和百分之九十的妒忌。

“千万不要忘记两件事。没人会去感谢他的保护者；再没有比发泄到恩人身上的仇恨更强烈的仇恨了。”

这个老间谍早就过世了，但德弗罗已经在五十多个国家见证了他愤世嫉俗言辞的正确性。不管愿意与否，美国是当今世界上最强大的国家。很久以前，罗马人有过这种殊荣，他们曾对别人的仇恨报之以残酷的武力镇压。一百年前，英帝国曾称雄世界，他们对他人的仇恨的反应是：蔑视，不予理睬。现在，美国人结了仇，他们扪心自问到底在什么地方做错了什么事？这位耶稣会会士、秘密特工早就下定了决心。为了保卫自己的祖国，他要去做他相信必须去做的事，并在某一天去见上帝时要求宽恕。到那时候，那些痛恨美国的人早就完蛋了。

当他回到办公室里时，他的助手凯文·麦克布莱德正等着他，脸色阴沉严肃。

“我们的朋友来联系过了，”麦克布莱德说，“很恼怒很惊慌。他认为有人在跟踪他。”

德弗罗沉思了一会儿，不是想着提抗议的那个朋友，而是想着联邦调查局的柯林 · 弗莱明。

“该死的家伙，”他说，“该死的下地狱的家伙。我还以为他不会那么做，至少没有那么快。”

第二十二章

半 岛

圣马丁共和国海岸上那个戒备森严的半岛，通过一条安全的电脑通信线路与麦克布莱德的办公室联络。与华盛顿·李一样，这条线路使用的也是那种私密性很好的PGP系统，其通信联络不会被他人拦截到。不同之处在于，这是经过合法授权的。

德弗罗研究着来自南方的这份报告。报告由半岛的保安队长、南非人范伦斯堡撰写。句子过分正式，一看就是外国人使用的文体。

但意思很清楚。报告描述了头天上午的一架夏延风笛飞机；飞机两次经过，先是朝东飞向法属圭亚那，接着在二十分钟之后折回来。报告提到，飞机右边舷窗有一只照相机镜头在阳光下闪烁。报告中甚至还有飞机的登记号码，在飞机低空掠过陡坡边的那个山口时被看到，记下来了。

“凯文，去追查那架飞机。我需要知道谁拥有它，谁在经营它，昨天又是谁在驾驶它，以及乘客是什么人。这事要抓紧去办。”

在纽约布鲁克林区的那套匿名的公寓里，加尔文·德克斯特已经洗印出他所拍摄的七十二张照片，并把它们尽可能放大了。他还把底片做成了幻灯片，这样他能用投影仪在墙上投影，做近距离的审视。

他把这些照片贴满了客厅的整整一面墙壁，从天花板到地板。他坐下来，接连花几个钟头的时间审视着墙面，偶尔去幻灯片里核查几个细节。单张幻灯片能提供更好更清楚的细节情况，但整面墙更能显示目标的全貌。这个项目不管是谁负责修建的，肯定投资了几百万，让这个昔日荒凉的半岛成了一座精心设置的可怕的堡垒。

大自然起到了鬼斧神工的作用。这个舌头状的半岛与圣马丁共和国丛林密布的腹地截然不同。它像一个三角形的匕首刀锋，从主海岸突出来，其陆地一侧是亿万年前地壳运动时所形成的连绵的山丘。

丘陵从一侧海岸延伸到另一侧海岸，两头入海处是呈垂直状落入大海的悬崖峭壁。没人能绕过任何一头的海岸从内陆的丛林走上这个半岛。

在陆地一侧，山丘从平原缓慢地上升到三百米的高度，山坡上覆盖着浓密的植被。越过山脊，半岛在海岸一侧形成令人头晕目眩的陡坡，坡上寸草不长，不知是天然如此还是人工清除的。从半岛上，只要用一副望远镜去仰视那道陡坡，任何企图降落到禁区一侧来的人都会暴露无遗。

连绵的丘陵上有一个单一的山口，一条狭窄的土路从内陆腹地延伸上来，然后蜿蜒盘旋降下陡坡，一直通到下面的半岛上。山口处有一个栏杆卡口和一座警卫屋，当时飞机飞过，警卫屋窗户的反光一闪，德克斯特这才看到它。

德克斯特开始列出他所需要装备的清单。进入那里是不成问题的。关键是如何出来，带着那个目标，还要对付严密防守的卫兵，这几乎是个不可能的任务。

“那架飞机属于圭亚那首都乔治敦的一家只有一架飞机和一个人的包机公司。”当天晚上凯文·麦克布莱德汇报说，“劳伦斯航空服务公司，由一位圭亚那公民乔治·劳伦斯拥有和经营。似乎是完全合法的，外国人租用飞机飞向内陆……或者在本案中是沿着海岸飞行。”

“这位劳伦斯先生有电话号码吗？”德弗罗问道。

“当然有。喏，这里。”

“你与他联系过了吗？”

“没有。这条线路是公用的。估计他不会在电话上与一个完全陌生的人谈论一位客户。而且他也许会把消息泄露给那位客户呢。”

“说得对。你得去走一趟了。坐商业航班去，让卡桑德拉为你在最早的飞机上订座。去追查这个劳伦斯先生，如有必要，可以付钱给他。查明我们那位带着照相机的好奇的朋友是什么人，他为什么会在那里。我们在乔治敦有情报站吗？”

“没有。旁边的加拉加斯有一个。”

“你可以把加拉加斯情报站作为安全通讯基地。我会与那里的情报站长说明的。”

审视着整面墙壁上的照片拼接，加尔文·德克斯特的目光从那道陡坡移到简称为埃尔彭托的那个半岛。沿着陡坡坡面基部的是一条跑道，占去了整个可利用长度——一千四百米的三分之二。在跑道的一侧是一道铁丝网，里面是整个机场、机库、车间、油库和发电机房等。

先用罗盘推算出那座机库的长度为三十米，德克斯特就可以开始计算和标示各点之间的距离了。由此测得耕地的面积在三千英亩左右。显然，经过几个世纪的风吹尘落和鸟粪堆积，这里造就了一片肥沃的土地，因为他能够看到放牧人和各种茂盛的庄稼。埃尔彭托的主人完全能够在大海和陡坡的壁垒之间过上自给自足的生活。

从山脚边流淌过来一条溪流，经过这片土地，形成一条大河汇入海洋。这解决了灌溉的问题。水源推测只能是出自内陆的高原上，并经由地下水道流过防护墙。德克斯特用铅笔注上了“泅水进去？”这几个字。很快他就把它们划去了。没有经过演练就试图去穿越一条不知底细的地下水道，绝对是自杀行为。他回忆起当初在越南古芝地道里穿过灌水陷阱的那种恐惧，它们不过只有几米长。这条地下水道可能有十几公里之长，而且他甚至不知道它是从哪里开始的。

在跑道的底部，越过铁丝网，他可以看见一丛白色小房子，大约有五百座，显然是某种住宅。这些房子中间有尘土飞扬的街道，几栋较大的建筑物可能是做食堂用的，还有一座小教堂。这像是一个村子，但奇怪的是，可能这时间男人们都在田野上和谷仓里劳作，但街上没有妇女和儿童。没有花园，没有家畜，更像是一个劳改农场。也许，这里干活的人们没有多大的选择余地。

他把注意力转到了这座农场的主体上来。包括所有的耕地、羊群、谷仓，和另一群低矮的白色建筑物。一个穿制服的人站在外面，表明这里可能是卫兵、保安人员和监督人员的营房。根据房舍的外观、数量和规模，以及可能的入住率，他估算光是卫兵就有大约一百人。还有五栋很大的别墅，带花园，显然是供高层人员和机组人员用的。

这些照片和幻灯片已经完成了它们的任务，但他还需要进一步知道两个情况。一是这地方的三维概念；另一个是，这里每天的流程、规矩、程序。对第一个，他得按比例造一个半岛的模型；而第二个，他需要几天的静静观察。

第二天上午，中情局资深特工凯文·麦克布莱德搭乘BWIA航班从华盛顿杜勒斯机场直接飞往圭亚那首都乔治敦，并于下午两点钟降落。机场的手续很简便，而且因为他只带着一只准备过一夜的手提包，他很快就坐上了一辆出租车。

劳伦斯航空服务公司很容易找到。它小小的办公室坐落在滑铁卢街旁边的一条巷子里。这位美国人在门上敲了几下，但里面没有应答。闷热的空气已经开始使他全身出汗了。他透过沾满尘土的窗户去窥视里面，并再次重重地敲了几下门。

“里面没人，先生。”一个声音在他身后说。说话者是一位老人，坐在相隔几个门面的一个阴凉处，摇着一把芭蕉扇。

“我要找乔治·劳伦斯先生。”美国人说。

“你是英国人？”

“哦，不是。美国人。”

这位老人似乎认为包机飞行员劳伦斯在与不在，与访客的国籍有关。

“他是你的朋友？”

“不。我在想能否租用他的飞机，如果我能找到他。”

“昨天开始就没在这里了，”老头说，“他们把他带走了。”

“谁把他带走了，朋友？”

老头子耸耸肩，似乎邻居遭绑架是一件很平常的事情。

“警察吗？”

“不，不是。是几个白人，开一辆越野车来的。”

“是游客……客户？”

“也许是吧。”老者说。然后他提了一个建议：“你可以去机场问问。他把飞机停在那里。”

十五分钟后，汗流浃背的凯文·麦克布莱德掉头返回了机场。在私家飞机航管区里，他打听乔治·劳伦斯。结果他遇到了弗罗伊德·伊文思，乔治敦警察局的刑警。

他又被带回到了市区里，这一次是坐一辆警车，并被带进一间办公室内，那里的空调像是久违了的一次冷水澡，令人舒爽。伊文思刑警审视着他的护照。

“你来圭亚那到底想干什么，麦克布莱德先生？”他问道。

“短暂访问，探探情况，为的是以后带老婆一起来度假。”这位美国特工说。

“八月份？八月份这里连蝾螈都躲到阴影里凉快去了。你认识劳伦斯先生吗？”

“哦，不认识。我在华盛顿有一个朋友，他告诉了我这个名字，他说我也许可以考虑坐飞机去内陆，说劳伦斯先生是一位很好的包机飞行员。于是我就到他的办公室去看看他在不在。就这些。我做错了什么？”

刑警合上那本护照，把它递了回来。

“你是今天从华盛顿到达的，这似乎很清楚，你的机票和入境章也都确定了这一点。子午线宾馆也确认有你今天晚上预订的房间。”

“听着，警官，我还是不明白为什么把我带到这里。你知道乔治·劳伦斯先生在什么地方吗？”

“哦，知道，这个我知道。他在我们这总医院的停尸所里。看上去，他昨天被三个人从办公室里带走，这些人开着一辆租来的越野车，他们昨天晚上把车还掉后飞走了。这三个名字你看着眼熟吗，麦克布莱德先生？”

他把一张纸条从办公桌上移了过来。麦克布莱德去看那三个名字，他知道它们全都是假名，因为这是他签发的。

“不，对不起，我不认识这些人。为什么劳伦斯先生会在停尸所里？”

“因为今天黎明时他被一个去市场卖菜的人发现了。死在城乡接合处路边的一条水沟里。当然，你那时候还在空中。”

“这太糟糕了。我从来没有见过他，但我很遗憾。”

“是的，没错。我们失去了我们的包机飞行员。劳伦斯先生失去了他的生命，还有他的八枚指甲。他的办公室遭到了洗劫，过去所有的客户记录都被拿走了。你认为他们想从他那里得到些什么，麦克布莱德先生？”

“这个我可不知道。”

“当然，我忘了。你只是一位外出旅行的推销员，难道不是吗？那么，我建议你赶紧回美国去，麦克布莱德先生。你可以走了。”

“这些人是畜生。”在加拉加斯到兰利的安全联络线路上，麦克布莱德向德弗罗汇报说。

“回家来吧，凯文。”他的上司说，“我会问我们在南方的朋友他们发现了什么，如果的确有什么情况的话。”

德弗罗早就在联邦调查局内部发展了一个熟人。搞这一行的人，从来都不会嫌情报来源太多，况且调查局不大可能把重要的情报贡献出来与他分享，这两个机构从来就不是真正意义上的兄弟单位关系。

他让他的熟人去档案数据库里查阅，自上面布置下来，要追查在那小伙子波斯尼亚被谋杀的事件以来，主管调查处的副局长柯林·弗莱明调阅过哪些卷宗。在他调阅过的卷宗里面，有一份只是简单地标示着“复仇者”。

第二天上午，凯文·麦克布莱德带着疲倦风尘仆仆地回了家。保罗·德弗罗与以往一样很早就在办公室里了，精神饱满，衣服笔挺。

他把一份卷宗递给了他的部下。

“就是他，”德弗罗说，“干涉我们事情的人。我已经与我们那位在南方的朋友说过了。当然，他手下的三个歹徒对那个包机飞行员施加了暴行。你是对的，他们是畜生，但现在他们是重要的畜生。很遗憾，但不可避免。”

他拍了拍那份卷宗。

“代号叫复仇者。年龄五十岁左右。身高、身材……全在卷宗里。还有一个简单的描述。现在化名美国公民阿尔弗雷德·巴尼斯。就是这个人，租用不幸的劳伦斯先生的飞机，去了我们朋友的那座半岛。而且国务院档案里的美国护照持有人，根本没有叫阿尔弗雷德·巴尼斯的。去找到他，凯文，并阻止他，早点终止他的行动。”

“我希望你指的不是‘终结’。”

“不，现在都禁止‘终结’。我的意思是查明他的身份。他用了假身份，那么他也许还会有其他的假身份。去找出他可能用什么假名进入圣马丁。然后通知圣马丁的那位可怕但很高效的莫伦诺上校。我敢肯定，在怎么处理这种事上他是值得信赖的。”

凯文·麦克布莱德回到自己的办公室去阅读那份卷宗。他认识圣马丁共和国的那位秘密警察头子。独裁者的任何对手如果落到了他的手中，都将必死无疑，有不少还是缓慢地死去的。

麦克布莱德以自己的通常习惯，极为仔细地阅读了这份关于复仇者的卷宗。

在相隔两个州之外的纽约市，阿尔弗雷德·巴尼斯的那本护照被付之一炬。德克斯特并没有线索或确切证据证明他被人看见了，但当他与包机飞行员在飞过山脊上的那个峡口时，他曾看到一张脸在抬头凝视着他；距离近得足以看清风笛飞机的编号。因此，为防万一，阿尔弗雷德·巴尼斯已经停止存在了。

做完这事后，他开始搭建那座半岛堡垒的模型。在闹市区曼哈顿，阮文镇夫人正俯身在书桌上精心制作三本新的护照。

这一天是二〇〇一年八月三日。

第二十三章

警　告

如果一样东西在纽约也买不到，那这种东西可能不存在。

加尔文·德克斯特让一家锯木商店做了一张搁板桌，上面铺了一层一英寸厚的胶合板。它差不多占据了他的整个客厅。

文化用品商店提供了足够的颜料，标示出代表海洋和陆地等的十几种不同的颜色。布料商店出售的绿色台面呢做成了田野和牧地。建筑积木被用来充作仓库和房屋；百货商场的模型柜台解决了棕榈树、用于砖墙和门窗的快速胶水和粘贴纸。

在半岛尖端的那个逃亡者的宅院，是用儿童商店买来的塑料拼板搭成的，其余的景物都在一家神奇的铁路模型爱好者专业商店买到了。铁路模型爱好者们需要全套景物，山丘、峡谷、路堑、隧道、农场和正在吃草的动物。

三天之内，德克斯特按比例造出了整个庄园。现在，他看不到的仅剩那些他在飞机上用照相机没能拍到的东西：陷阱、机关、劳工人员、安全锁具、大门铁链、私有军队的兵力、他们的装备以及所有的室内情况。

还有许许多多情况尚不清楚，而且大多数问题只能通过耐心细致的观察去解决。但他还是制订了他进去的路线、他的作战计划和他撤出的路线。他继续疯狂采购。

皮靴、丛林服、应急口粮、钢剪、高倍望远镜、一部新的手机……他在一只背包里塞满了物品，最后有将近四十公斤重。然而，还有更多的东西；有的他必须到美国的其他州去购买，那里的法律比较宽松；另外的东西他不得不通过地下渠道去采办；有一些东西虽然合法，但会引起人们的好奇，也尽可能通过隐秘的渠道买来了。到八月十日时，他已经做好了准备，而且他的第一份身份证也已经备妥了。

“你现在有空吗，保罗？”

凯文·麦克布莱德在门口探进头来，德弗罗招呼他进来。副手带来了南美洲北部海岸的一张大比例地图，从委内瑞拉向东至法属圭亚那。他把地图摊开来，用手拍着康米尼河与马罗尼河之间的那个三角地带——圣马丁共和国。

“我猜测他会从陆路进去。”麦克布莱德说，“从空中路线来看，圣马丁城有全国唯一的机场，而且很小。每天只有两个班次，当地的航空公司经营的从东方的卡宴和从西方的帕拉马里博飞来的航班。”

他的手指指向法属圭亚那和苏里南的首都。

“这是一个鬼地方，极少有商务人员去那里，游客更是根本没有。我们要对付的这个人是一个白人，美国人，而且我们有他的大致身高和身材，都是从那份卷宗里得到的。还有那位包机飞行员在死去之前的描述。在他走下飞机的几分钟之内，莫伦诺上校手下的暴徒们就会把他抓住。况且，他还必须弄到一份签证，那意味着他必须要去圣马丁仅有的两个领事馆，帕拉马里博的，或加拉加斯的。我认为他不会去冒险坐飞机。”

“同意。但莫伦诺还是应该对机场实施日夜监视。他也许会搭乘私人飞机。”德弗罗说。

“这我会去向他说明的。下一个，海路。全国只有一个港口，也是在圣马丁城。那里没有客轮停靠，只有货船，而且数量不多。船员都是些印度人、菲律宾人或克里奥耳人[1]；如果他企图以一名船员或旅客的身份公开进去，那么他会非常显眼。”

“他可以坐一艘充气快艇从外海进去。”

“有可能，但这样的话，他必须在法属圭亚那或苏里南租用或者购买。或者他可以从近岸处的某艘货轮下水，但船长必须被他买通。他可以从离岸三十公里处驾驶快艇登陆，放弃那条充气快艇，把它刺破，让它沉没。然后怎么样呢？”

“怎么样？”德弗罗咕哝着说。

“我猜想他肯定需要设备，带很重的负荷。他会选择在什么地方登陆呢？沿圣马丁海岸没有沙滩，除了这里的巴希亚。但那里布满了富人的别墅，在八月份住满了人，还有保镖、巡夜人和狗。

“除此之外，海岸上到处都是红树属植物，到处游动着蛇和鳄鱼。他将如何穿越那个地带？如果他成功抵达了东西向的主公路，那又怎么样呢？我认为这是行不通的，绿色贝雷帽特种部队也没有这个能耐。”

“他能不能在我们朋友的那个半岛直接登陆呢？”

---

1 常指以下几种人：生于拉丁美洲的欧洲人后裔；美国墨西哥湾沿岸各州早期法国或西班牙殖民者的后裔；上述两种人与黑人或印第安人所生的混血儿等。

“不，保罗，不可能。半岛靠海的一边全是悬崖峭壁，而且波浪滔天。即使他依靠铁爪索攀上了陡坡，在附近徘徊的那些狗会听到响动然后咬住他。”

“那么他将经由陆路进入。从哪一头呢？”

麦克布莱德又用食指去指点。

“我认为是从西边，从苏里南，搭乘旅客渡船渡过康米尼河，直接进入圣马丁边境，驾着越野车，带着假证件。”

“他还是需要一份圣马丁的签证，凯文。”

“签证最方便不过的地方就是苏里南了，那儿有圣马丁仅有的两个领事馆的一个。我认为，苏里南是他能搞到汽车和签证的最合乎逻辑的地方。”

“那么你的计划呢？”

“苏里南驻华盛顿的使馆，还有苏里南在迈阿密的领事馆。他要获得签证就必须去这两个地方。我要对这两个外交机构予以全面的警觉，追查一星期之内的签证发放情况，并从现在起把每一个签证申请人的详细情况转发给我。然后我与国务院的护照管理办公室进行核对。”

“你把宝都押在一个地方了，凯文。”

“并不完全这样。莫伦诺上校和他的打手们会去监视东部边境、机场、码头和海岸。我敢肯定我们的这个干涉者将会合乎逻辑地携带他的所有装备驾汽车由苏里南进入圣马丁。这根本不是一个繁忙的过境点。”

德弗罗对于麦克布莱德使用圣马丁人表示赞许。圣马丁的秘密警察被称为“黑眼睛”，总戴着围成一圈的大墨镜，他们这些人让圣马丁劳动人民极其恐惧。

他想起美国对那些地区的经济援助。毫无疑问，苏里南使馆将会提供全面合作。

“好的，我喜欢这样。去执行吧，但要快。”

麦克布莱德有点惊讶。

“我们有期限吗，头儿？”

“比你想象得紧，我的朋友。”

特拉华州的威尔明顿港，是美国东海岸最大和最繁忙的港口之一。在狭长的特拉华湾的顶端，即特拉华河流入大西洋的河口，有长达几英里的众多港池，除了可以停泊大型的远洋班轮之外，还可接纳成千上万艘沿海小货船。

加勒比海船务货运公司是一家代理公司，承办各种小轮船的货运业务。罗纳德·普罗克特的来访，并没有引起任何惊奇。他友善，迷人，使人信服，他那辆租来的皮卡车就停在门口，后面的车厢上装载着一只木板箱。

接待他的那位货运业务员没有理由去怀疑他的真诚，尤其是问过：“先生，你带着证件吗？”之后，客人拿出与姓名相符的护照，业务员就更加毫不怀疑了。

客人出示的护照不但极为完美，而且是一本外交护照。还附着一封由国务院签发的信及调派命令，证明美国职业外交官罗纳德·普罗克特正被派往驻苏里南首都帕拉马里博的美国使馆工作。

“我们当然有免费行李津贴，但老婆总喜欢出门旅行时带上许多东西，现在我们有一只木箱超限了。我敢肯定你知道女人的习惯，是吧，小伙子？”

“可不是吗。”业务员说。跟陌生的男士套近乎，抱怨一下老婆是最有效的方式了。“两天之内，我们有一条货船前往迈阿密、加拉加斯和帕博。”

他把苏里南首都的名称帕拉马里博，缩短为更常用的“帕博”两个字。这票货物的订舱确认了，运费也付讫了。这只木箱将在两天内装上船，并预计在二十日运抵帕博码头的一个保税仓库。由于是外交人员物品，当普罗克特先生去提取时，还可以享受免付关税的待遇。

苏里南驻华盛顿使馆坐落在康涅狄格大街4301号。在那里，凯文·麦克布莱德晃了晃他的中央情报局高级官员的证件，与负责签证处的一位外交官坐在了一起。这是华盛顿的一个不是很忙的外交办公室，所以只有一个人处理所有的签证申请。

“我们相信此人涉及毒品交易，并与恐怖分子勾结。”这位中情局的情报官说，“到目前为止，他一直很隐蔽。他的名字并不重要，因为他肯定会使用假证件。但我们确实相信他会试图溜进苏里南，然后取道圭亚那去委内瑞拉与他的同伙会合。”

“你有他的照片吗？”外交官问道。

“哦，没有，”麦克布莱德说，“这方面我们还希望你能够帮助我们呢，如果他来这里的话。我们只有一份关于他的描述。”

他把一张纸条从办公桌上递了过去，上面有两行文字说明：这个男人年纪五十岁上下，身高一米七五左右，身材瘦小结实，蓝眼睛，沙色头发。

拿上一星期以来十九份获批的赴苏里南签证申请的复印件，麦克布莱德就离开了。在三天内，所有的申请表都被核查过，结果全是合法的美国公民，他们留在国务院的个人档案和照片，与递交给苏里南领事馆的签证申请都完全相符。

如果这个不可捉摸的复仇者将在这里出现，那么现在还没有。

实际上，麦克布莱德搞错了领事馆。苏里南不是一个大国，肯定也不是一个富国。它的使领馆设在华盛顿和迈阿密，加上德国慕尼黑（而不是首都柏林），另外在前殖民地宗主国荷兰有两个。一个在海牙，但另一个，他们最大的外交机构，在阿姆斯特丹德古萨街11号。

就是在荷兰首都的这个苏里南外交办公室里，阿米莉·迪克斯特拉小姐，一位由荷兰外交部支付薪水并在当地招聘的荷兰女士，正在热情地为面前那位签证申请者提供帮助。

“你是英国人吗，纳什先生？”

她手上拿着的那本护照显示，亨利·纳什先生确实是英国人，职业是商人。

“你去访问苏里南的目的是什么？”迪克斯特拉小姐问道。

“我的公司正在开发新的旅游景点，海滨度假宾馆，”那位英国人说，“我希望能去看看你们的国家，哦，不，是苏里南，是不是有适合度假的胜地，然后继续前往委内瑞拉。”

“你应该去拜访一下旅游部。”从来没有到过苏里南的这位荷兰女士说。根据加尔文·德克斯特对那里的肮脏海岸的了解，设置这样一个部门，很可能是一次超越现实的乐观主义练习。

“这正是我的打算，当我抵达那里的时候，小姐。”

他恳求说他不想错过在希普霍尔机场的最后一班飞机，付了三十五荷兰盾的手续费，得到签证后就离开了。实际上，他的飞机并不是飞往伦敦，而是纽约。

麦克布莱德再次南下，去迈阿密和苏里南。从圣马丁过来的一辆汽车在帕博机场接上了他，把他载往东部的康米尼河过境点。陪同他的秘密警察径直把汽车开到了等候过渡的车队前面，强行驶上渡轮，不交渡费，渡过康米尼河到了圣马丁一侧。

在渡船上，麦克布莱德下车去观察流入大海的康米尼河那污秽的棕黄色河水，但成群的蚊子和湿热的空气把他逼回到奔驰轿车上，车里的空调使人感到舒服凉爽。莫伦诺上校派来的秘密警察对这种愚蠢举动露出了冷笑，但隔着墨镜看不清他们的眼睛。

从那条界河去圣马丁城有六十四公里路程。这是一条前殖民地时代修建的公路，路面坑坑洼洼，一路颠簸，道路两侧是丛林。有时候，公路左边的丛林被沼泽所代替，沼泽又被红树属植物所代替，植被一直延伸到人无法抵达的海边。右侧是浓密的雨林，绵延至内陆深处，到达康米尼河与马罗尼河的汇合处，然后延续到巴西。

麦克布莱德沉思着，在这种地方，一个人在不到半公里的距离内就可以消失得无影无踪。偶尔他会看见一条土路从公路上岔开，深入到丛林之中，肯定是通向离公路不远处的一些小农场或种植园。

在路上，他们遇见了几辆汽车，大多数是微型卡车或者是经济境况较好的农场主使用的破旧越野车。路边偶尔经过一个骑车人，后轮的行李架绑着一只篮子，里面装着要去农贸市场贩卖的农副产品。

一路上有十几个村庄。这位来自华盛顿的人对于圣马丁农民的人种感到惊奇，这是有原因的。

殖民者们在征服了大片土地并最终想定居下来时，建起了种植园并需要大量劳动力。当地的印第安人看到这一切后，逃进了丛林深处。

大多数其他殖民帝国，都从他们已经拥有的殖民地贩运非洲奴隶，或直接在西非海岸进行贩卖交易。这些黑奴的后裔，与印第安人和白人混合基因之后，构成了现代美洲地区的主要人口。但西班牙殖民地几乎完全不同，这里没有非洲人。他们没有现成的黑奴来源，但他们有几百万失去了土地的墨西哥人；从墨西哥尤卡坦半岛到西属圭亚那的距离很短。

麦克布莱德透过奔驰汽车的车窗看到，路边农民的脸被太阳晒成了栗色，但他们不是黑人，甚至也不是克里奥耳人。他们是西班牙人。圣马丁的全体劳动者从基因上讲依然是西班牙人。少数几个从荷兰殖民地逃过来的黑奴，已经进入丛林里成了林中黑人，通常很难见到，而且可能非常危险。

当莎士比亚笔下的凯撒大帝表示希望有胖子围绕在他身边时，他设想的是那些快乐友善的胖子，他肯定没有想到有赫尔南·莫伦诺上校这样的胖子。

这个深得圣马丁共和国总统穆诺茨信任的人，胖得像一只蹲伏着的癞蛤蟆，但他并不友善。

他施加在煽动叛乱或闹事者身上的酷刑，只在街头巷尾最阴暗的角落里，才有人敢用最低的声音传说。

谣传说，在这个国家有一个地方，是专门搞这种事情的，从来没有人能回来。他们都没必要像阿根廷的加尔铁里将军手下的秘密警察那样，把尸体扔进海里；这里，把一具裸尸拖进丛林里后，就能引来火蚁，而火蚁只要一个晚上，就能消灭掉通常自然条件下需要几个月或几年时间才能消失的人体软组织。

此刻，莫伦诺上校知道兰利的人正在前来，已经安排在游艇俱乐部里请客人吃中饭。那是城里最好的饭店，当然也最昂贵，坐落在港池旁边，面对着波光粼粼的蓝色大海。而且海风终于压倒了从那些小街巷里散发出来的臭味。

与他的雇主不同，这位秘密警察头子不喜欢炫耀制服、奖章和花环；他肥胖的身躯裹在黑衬衣和黑西服里面。如果有一丝高贵的痕迹，中情局的情报官寻思，那么也许是他从头到脚都像奥森·韦尔斯[1]。但那张脸更像赫尔曼·戈林[2]。

1　奥森·韦尔斯（1915—1985），美国人，著名电影导演、编剧、演员和制片人。

2　赫尔曼·戈林（1893—1946），纳粹德国政治和军事首领之一、盖世太保创建人，一九四六年被纽伦堡战犯法庭判处死刑，但在临刑前自杀身亡。

然而，他对这个小小的贫穷国家有绝对的控制权，他清楚那个来圣马丁寻求避难的南斯拉夫难民与总统之间的关系。避难者现在住在一座令人羡慕的宅院里，莫伦诺本人都希望有一天能把它攫取过来。

他知道那个避难者有巨额财富，每年支付给穆诺茨总统可观的避难保护费，虽然这种保护实际上由莫伦诺来执行。

他所不知道的是，为什么华盛顿的一个高级机构会选择把这个避难者介绍给总统。不过这不要紧。这个塞尔维亚人已经花费了五百万美元建造那座宅院，以及另外一千万美元建造那个庄园。除了购买不可缺少的进口物资，这些资金有一半都花在圣马丁国内，而每一项成交的合同都有一笔可观的佣金落到了莫伦诺上校的腰包里。

更直接地，莫伦诺还收费提供奴役劳动力，而且新犯人不断被逮捕输送过来，这支劳动队伍在持续壮大。只要这些苦工没有逃跑，或者没有活着被放出来，这就是一项利润丰厚的安全的业务。这位中情局特工在保护这个大财主的事上没有必要乞求他的合作。

“只要这个人一只脚踏上圣马丁的领土，”莫伦诺喘着粗气说，“我会马上抓住他。你将不会再次看到他，他吐露出来的每一份情报都会被传递给你。这一点我向你做出保证。”

在返回渡口的路上，在帕博机场等候飞机时，麦克布莱德想着那个未曾谋面的复仇者将要面临的任务；他想着那些防卫措施，和那人一旦失败时所要付出的代价：他将落到莫伦诺上校及其“黑眼睛”专家手里，痛苦地死去。麦克布莱德不由得打了个冷战，决不是因为空调。

感谢现代新技术的发展，加尔文·德克斯特用不着返回彭宁顿，就可以听到他办公室电话留言机内的留言。他可以在纽约布鲁克林的一个公用电话亭里收听。他八月十五日那天去收听了。

大多数留言都是在说话者亮明自己的身份之前他就辨认出了声音。邻居、他的当事人、当地的生意人；大都是祝他钓鱼休假愉快，并询问他什么时候可以返回办公室。

倒数第二条信息，使他差一点没抓住手中的电话听筒；他盯着玻璃亭子外面的交通车流，发了一会儿呆。把听筒挂上之后，他在街上走了一个小时，以理清楚这事是怎么发生的，是谁把他的代号和任务泄露出去了，而且更重要的是，这个匿名的声音是来自一位朋友，还是一个叛徒。

那个声音没有表明身份。它是平缓的、单声调的，似乎隔着几层餐巾纸。话很简单："复仇者，当心。他们知道你来了。"

第二十四章

游隼计划

梅德弗斯·沃森教授离去后，那位苏里南签证官有点透不过气来，结果他差一点忘了把这位学者的签证申请按要求寄给凯文·麦克布莱德在市内的一个私人地址。

“Callicore maronensis[1]。”在签证官问到去苏里南访问的理由时，这位教授微笑着说。签证官看上去一脸迷惘。看到他的迷惑表情，沃森教授从公文包里取出了安德鲁·尼尔德的经典著作《委内瑞拉的蝴蝶》。

“有人发现它了，你知道吗，那种V型。简直难以置信！”

他啪的一声把这本参考文献翻到了有各种蝴蝶的彩色照片的那一页，在签证官看来，这些蝴蝶都很相似，只有在后翼上标示出来的一点点微小差别。

“Limenitidinae的其中一个品种，你知道。当然是亚科，与

1 一种蝴蝶的拉丁语学名，以下同。

Charaxinae一样，两者都是由Nymphalidae繁衍出来的，这你也许知道。”

一头雾水的签证官发现他正在接受一场关于蝴蝶的科目、亚科、属性、类别和亚类的教育。

“可你想拿它们干什么呢？”签证官问道。梅德弗斯·沃森教授啪的一声合上了那本专著。

“拍照，我亲爱的先生。去找到它们，并对它们拍照。最近显然有人见过它们。到目前，Agrias narcissus在你们腹地的丛林里已经很稀少了，但Callicore maronensis呢？如果我拍到，会被载入史册。那就是为什么我必须马上去。秋天的季风，你知道的，已经不远了。”

签证官凝视着那本美国护照。上面盖有许多出入委内瑞拉的签证章，还有巴西和圭亚那的。他展开带有史密斯森学院抬头的介绍信。沃森教授得到了昆虫学系系主任的热情推荐。签证官缓慢地点了点头。科学、环境、生态，这都是现代世界不容否定或拒绝的大事。他盖上签证章，把护照递了回去。

沃森教授没有要求收回那封信，所以它留在了办公桌上。

“嗯，祝旅途愉快。”签证官淡淡地说。

两天后，凯文·麦克布莱德带着掩饰不住的笑容走进了保罗·德弗罗的办公室。

“我认为我们已经追查到他了。”他说着，把一份由签证申请人填写的，由苏里南领事馆批准的完整申请表格放在了办公桌上。页面上贴着一张护照尺寸的照片。

德弗罗看了一遍内容。

“是吗？”

麦克布莱德把一封信放在那张表格的旁边，德弗罗也把信看了一遍。

“这说明什么？”

“这说明他是一个假冒者。没有叫梅德弗斯·沃森这个名字的美国护照持有人。关于这一点，国务院核查结果决不会有错。这个人本应该选用一个更常见的名字。这个姓很显眼。史密斯森学院的学者们从来没有听说过他，蝴蝶科研界也从没人听说过梅德弗斯·沃森。”

德弗罗凝视着照片上的脸：这人因为要搅乱他的秘密计划而不经意地成了他的敌人。眼镜后面的那双眼睛看上去很严肃，从下巴上蔓延开来的山羊胡子让这张脸稍柔和了些。

“干得好，凯文。这么说，这方法奏效了；这一切都很好。请你把每一个细节情况都马上告诉给圣马丁的莫伦诺上校。他也许很快可以采取行动。”

“还有在帕博的苏里南政府。”

“不，不要告诉他们。没有必要去惊动他们。”

“保罗，他一飞进帕博机场，他们就可逮捕他。我们的使馆人员可以确认那本护照是伪造的。苏里南人可以以护照欺诈而起诉他，并把他送上最快的一班飞机遣返回来，由我们的两名海军陆战队队员押送。我们在飞机着陆时就逮捕他，他会被吓蒙的，不会构成什么威胁。”

“凯文，你听我说。我知道这很残忍，我也知道莫伦诺的名声。但如果这个人带着大量美元，那么他也许能避开在苏里南被捕。即使他被遣送回来，他也能在一天之内获得保释，然后消失得无踪无影。”

“可是，保罗，那个莫伦诺是一个畜生。你不会把你最糟糕的敌人送到他手里去……”

“可你不明白这个塞尔维亚人对我们大家是何等重要。你不明白他的偏执，也不明白他的日程也许有多紧凑。他必须确信对他人身安全的威胁已经解除，完全消失，不然他会停止与我们合作。”

“而且你还是不能告诉我吗？”

“对不起，凯文。不，现在还不行。”

他的副手耸耸肩，显得不太高兴，但只能服从。

“好吧，那感到内疚的是你，而不是我。”

就是这个问题，保罗·德弗罗想道。当办公室里再次留下他一个人，他凝视着窗外浓密的绿叶，德弗罗再次拷问自己：他的良心与他正在做的事情相符合吗？他别无选择：行大善而容小恶。

那个持假护照的不相识的人将不会痛痛快快地死去，但他已经选择了去骇人听闻的危险水域里游泳，是他自己决定要那么做的。

八月十八日那天，美国大地热浪滚滚，举国上下差不多有一半人在设法去海滩、河边、湖滨和山里避暑。在南美洲的北海岸，由内陆丛林里吹过来的湿热空气加上太阳的照射，使得气温陡增十度，达到摄氏四十三度。

从海岸沿苏里南河向上十六公里处，帕博港口的炎热空气像是一张巨大的毯子，笼罩在仓库和码头的上空。野狗们在努力寻找阴凉的处所，喘着气等待着太阳下山。人们坐在驱热作用不大的缓慢转动的电扇下纳凉。

那些笨人在喝含糖分的饮料、汽水和可乐，殊不知这只能加剧脱水和口渴。有经验的人则在喝热汤和热茶，这听起来好像是疯狂的举动，但早在两百年之前，就被英帝国的缔造人证明是最好的补充水分的方式。

一千五百吨级的“托巴戈之星”货轮在河道里溯流而上，靠上了指定的泊位，等待着天黑。在凉爽的黄昏，它卸下了货载，包括一只以美国外交官罗纳德·普罗克特的名字托运的保税木箱。这只箱子被搬进了围在栅栏内的保税仓库里，等待提取。

保罗·德弗罗已经花了多年的时间研究恐怖主义，不光是阿拉伯和穆斯林世界的恐怖主义活动。

他早就得出结论，西方那种恐怖主义是出于贫困、源于“地球的弃儿”的传统说法，是很轻率的，是政治正确的振振有辞的说法。

从沙皇俄国时期的无政府主义者到一九一六年的爱尔兰共和军，从德国的巴德-梅因霍夫帮、法国的指导行动、意大利的红色旅、德国的红军派、日本的联合赤军，到秘鲁的“光辉道路”、北爱尔兰的当代爱尔兰共和军和西班牙的“埃塔”，恐怖主义者全都来自出身优越，受过良好教育、心灵空虚、自我放任的中产阶级理论家。

在对这些组织做了全面研究之后，德弗罗最后深信，这个推论可适用于它们的所有头目，那些自我吹嘘的所谓工人阶级的斗士们。这个推论，如同在西欧、南美和远东一样，也可适用于中东。伊马德·穆格尼亚、乔治·哈巴什、阿布·阿瓦斯、阿布·尼达尔以及其他所有的阿布们，全都出身优越。他们大都具有大学文凭。

按照德弗罗的理论，那些能够命令别人去餐厅里安放炸弹，然后幸灾乐祸地观看其结果的人，全都有一个共同之处——他们怀有满腔仇恨。这是一种“天赋”。首先是仇恨；目标可以在以后找到，而且通常总会找到的。

动机也是在仇恨之后出现的。它也许是布尔什维克革命、民族解放或者其他上千个动机；也许是反资本主义的热情，也许是宗教狂热。

但首先是仇恨，然后是事业，然后是目标，然后是方式，最后是自我证明。

德弗罗绝对深信，本·拉登的“基地”组织领导层正是这种形式。“基地”的共同创始人，一个是来自沙特阿拉伯的搞建筑的百万富翁，另一个是来自开罗的执业医生。至于他们对美国人和犹太人的仇恨是世俗的还是宗教的，这并不要紧。对他们来说，美国和以色列无论如何都不能让他们满意，只有彻底毁灭才能让他们高兴。他们憎恨美国，不是因为它做了什么，而是因为它是什么。

他回忆起在伦敦怀特俱乐部，那位年老的英国间谍头子坐在窗边，左翼游行示威者在窗外的街上走过。示威队伍中，头发花白的老社会主义者还没从列宁逝世的悲痛中恢复过来；还有很多年轻男女，将来有一天他们会渐渐成为中产阶层并转而把选票投给保守党；当然，还有洪水般的来自第三世界的学生们。

“他们永远不会宽恕你们，小伙子。”那位老人说，“这是富裕对他们的贫穷，强大对他们的弱小，奋发对他们的懒散，先进对他们的落后，聪明对他们的愚笨，积极对他们的坐等，实干对他们的噱头。

“只要有一个煽动者站起来呼喊：‘美国所拥有的一切全都是从你们那里剥削来的！’他们马上就会相信。如同莎士比亚戏剧《暴风雨》中的那个丑恶的半兽人，他们的狂热分子揽镜自照，对他们看到的形象发出了怒吼。愤怒成了憎恨，憎恨需要一个目标。第三世界的工人阶级并不憎恨你们；憎恨你们的是那些心理失常的知识分子。一旦宽恕你们，他们会心理不安。到目前为止，他们的憎恨还缺乏武器。有一天，他们会获得必要的武器。然后你们就必须战斗和牺牲。不是牺牲几十人，而是成千上万人。”

三十年过去了，德弗罗深信那个英国老头说对了。在索马里、肯尼亚、坦桑尼亚和亚丁的事件之后，美国正在进行着一场它所不知道的新的战争。当局所热衷的鸵鸟政策更使这种悲剧越发悲壮。

这位耶稣会会士已经要求站到斗争的最前沿，并得到了批准。现在他必须根据他所掌握的情况去做一些事情。他的任务是“游隼计划”。他不想寻求与本·拉登谈判，即使在下一次恐怖袭击之后也不想以谈判回应。他打算在下一次恐怖袭击之前就摧毁美国的敌人。按照泽维尔神父的类推法，他打算先发制人，在那把尖刀捅过来之前，用他手中的矛去刺。问题在于：在什么地点，什么时间？决不能是模糊的，不能是“阿富汗某地”，而是要精确到十米见方的地点，精确到三十分钟之内的时间。

他知道，下一次恐怖袭击随时都会来临。其他人也都知道，白宫的反恐专家理查德·克拉克、胡佛大厦的联邦调查局局长汤姆·皮卡德、兰利他头顶上一层办公的中央情报局局长乔治·特内特。在街上人们都在流传说，一次“严重袭击”正在酝酿之中。问题在于，什么时间、什么地方、什么目标和什么方式，这些是他们所不知道的。由于禁止他们从非正义的渠道获取情报，他们很难查明这些问题。再加上其他部门也不愿把他们得到的情报与他分享。

保罗·德弗罗已经不再对那些官僚抱有任何幻想了，他自己着手准备他的“游隼计划”，不想把它的内容告诉给任何人。

在他阅读过的成千上万份关于恐怖主义的资料中，尤其是关于本·拉登的报告中，一个主题一直在迷雾中不断地出现。伊斯兰的恐怖分子不会满足于少量几个美国人在摩加迪沙和达累斯萨拉姆死去。本·拉登要的是美国人成千上万地死去。那个早就过世的英国人的预言正在成为现实。

要达到大规模伤亡，本·拉登和他的领导层需要一件武器，他们现在还没有，但正在不懈地努力谋求。德弗罗知道，在阿富汗山区那些复杂的洞穴里——那不是简单的岩洞，而是设置了实验室等设施的地下迷宫——已经开始了细菌武器和化学武器的研制。但要达到大面积散布，它们还相距甚远。

对本·拉登，以及对世界上所有的恐怖组织来说，有一件比金钱更为重要的奖品：可裂变物质。至少十几个恐怖团伙在不惜一切代价、冒着生命危险去获取核设备所需要的基本元素。

这件核武器不需要一定是那种超现代化的“清洁”弹头；实际上从辐射性来说，越基本越“肮脏”的越好。恐怖分子中的科学家们知道，把足够的可裂变元素掺入到塑胶炸药中，能产生致命的辐射，可以把纽约那么大的一个城市范围夷为平地，造成该地区一代人的荒芜，还能把五十万人提早送进癌症的墓穴。

时间已经过去了十年，这场争夺核武器所需元素的地下战争是昂贵的、激烈的。到目前为止，西方后来在莫斯科的协助下，暂时获得了胜利，还幸存着。在各种秘密交易中，西方国家已经花费了巨额资金去把所有能找到的零星的铀235或钚购买过来。苏联的所有共和国，在莫斯科的牵头下，已经把他们所余留的每一克可裂变物质全都交出来了。根据“努恩-卢格法案”[1]，一些当地独裁者因为这种交易变得非常富有。但仍流失在外面的实在是太多了。

德弗罗在兰利的反恐中心建立了他自己的小组之后，他注意到了两件事。一是，有一百磅纯武器级的铀235，被秘密放置在贝尔格莱德市中心的文察学院。这个重量的仅仅三分之一，即三十三磅或十五公斤，就足以制成一颗炸弹。米洛舍维奇一倒台，美国就开始谈判要收购这部分铀。

另一件事是，一个邪恶的塞尔维亚歹徒，米洛舍维奇的密友，想在屋顶坍塌之前出来。他需要身份掩护、新的证件和保护，需要

1 Nunn-Lugar Act，美国在1992年通过的一项法案，旨在防止苏联的大规模杀伤性武器，尤其是核武器落入他人手中。

一个可以消失的地方。德弗罗知道那个地方绝对不能是美国。但有一个“香蕉国”……德弗罗与他谈成了一项交易，条件是他要提供回报。这个回报就是协作。

在塞尔维亚暴徒离开贝尔格莱德之前，一片拇指指甲大小的铀235样品从文察学院被偷走，后来记录被修改，显示实际上少了整整十五公斤。

六个月前，在俄罗斯军火商弗拉基米尔·鲍特的引见下，逃亡的塞尔维亚人交出了他的样品，和证明他拥有那十五公斤铀的文件。

那份样品落到了本·拉登的化学家、物理学家阿布·卡巴的手里，又一个狂热的埃及高级知识分子。这促使他离开阿富汗悄悄地去了伊拉克，因为那里有他需要的设备，能正确地测试那份样品。

在伊拉克，另一个核项目正在进行着。此项目也在寻求武器级的铀235，但用的是一种缓慢的、老式的方法，类似于一九四五年在美国田纳西州橡树岭所用过的一种回旋加速器。在那里，样品引起了极大的轰动。

在加拿大亿万富翁外孙被害的那份该死的报告开始传阅前四个星期，本·拉登传话回来说愿意做交易。德弗罗不得不强迫自己保持镇静。

杀人武器还没有准备好。德弗罗本想使用“捕食者”无人驾驶高空飞机去执行任务，但它在阿富汗境外坠毁了，残骸回到了美国。还有一架之前没有武装的“捕食者”，正在配装“地狱火”导弹。一旦装配完成，它不但能够从同温层看见目标，而且能够把目标炸成碎片。

但这项改装花时太长。保罗·德弗罗改为用其他武器执行，但在新的武器就位之前，他不得不推迟计划。只有他们完全做好准备之后，那个塞尔维亚人才能接受邀请赴巴基斯坦城市白沙瓦，去会见扎瓦赫里、阿蒂夫、朱拜伊德和那位物理学家阿布·卡巴。季利奇将随身带上十五公斤的铀，但不是武器级的，黄饼就行了。通常的反应堆燃料，同位素238，炼制成百分之三，而不是所需的百分之八十八。

在这次至关重要的会面时，佐兰·季利奇将会报答他所得到的全部恩惠。如果他不按计划行事，只要一个电话打给巴基斯坦极端危险的亲拉登秘密情报机构ISI，就会使他毁灭。

按计划，季利奇将会突然提高价格，并扬言如果他的新价码不能得到满足，就取消交易。德弗罗算准了只有一个人能够做决定，并且一定会有人去请示他。

到时候，在远处的阿富汗，奥萨马·本·拉登将不得不亲自接听这个电话。在天上，在太空里遨游的与国家安全局相连接的人造卫星，将会捕捉这次通话，并把通话的目的地准确地限定在一个三乘三米见方的地点。

在阿富汗一端的本·拉登会一直等在那里吗？在这个关键时刻，实现他最致命的梦想所需要的足够铀料是否能够到手马上就要见分晓，他能够按捺得住他的好奇心吗？

在巴基斯坦俾路支省外海，美国海军“哥伦比亚号”核潜艇将打开舱口，发射出一枚“战斧”巡航导弹。导弹飞行期间，会受到全球定位系统（GPS），地形轮廓匹配系统（TERCOM），和数码场景匹配区域关联系统（DISMAC）的程序控制。

三个导航系统将把战斧引导到那个不到十平米的地点，把那部手机所在的地方炸成碎片，包括那个正在等待着白沙瓦回电的人。对德弗罗来说，问题是时间。现在距季利奇按计划赶赴白沙瓦，途中在哈伊马角做短暂停留接上那个俄罗斯人的时间，已经越来越接近了。如果季利奇认为有人追杀他而惊慌失措，从而取消这次交易，德弗罗可承担不起。这个复仇者必须被阻止，甚至被“终结”。行大善而容小恶。

八月二十日，一架库拉索岛到帕拉马里博机场的荷兰皇家航空公司班机上，走下来一名男子。他不是梅德弗斯·沃森教授，对这个人，一个秘密警察组成的“迎接委员会”正在远处的海岸边等待着他。

他甚至也不是美国外交官罗纳德·普罗克特，对这个人，一只木板箱在保税仓库里等待着他。

他是英国的度假业务开发商亨利·纳什先生。他用在阿姆斯特丹获得的签证，顺利地通过了海关和移民局检查，并坐上一辆出租车去城里了。能在全市最高档的托拉利卡宾馆订上一个房间是很诱人的。但在那里他也许会遇上真正的英国人，所以他去了坐落在多米尼街上的克拉斯诺波尔斯基旅馆。

他的房间在顶层，有一个朝东的阳台。当他走出房间去阳台上俯瞰这个城市时，太阳照在他的身后。在这个高处，他感觉到了一丝微风，使得黄昏稍微好受一些。在东方，在七十英里以远的界河对岸，圣马丁共和国的丛林在等待着。

第三部

第二十五章

丛 林

租用汽车的是那位美国外交官罗纳德·普罗克特。车子不是从正规的租车公司租赁的，而是通过当地的报纸广告从一个私人汽车商那里租来的。

这辆切诺基是旧车，但维护得很好。如果经过一番彻底的检查和保养——这正是这位美国陆军培训过的新租户现在打算做的事——这辆车肯定能胜任它必须完成的任务。

他与车主达成的交易很简单，车主能获得丰厚的利润。他将用现金支付一万美元。他只需使用这辆汽车一个月，直至他自己的那辆四轮越野车从美国运来。如果他在三十天内把这辆车完整无损地交还过来，车主将予以接收并返还五千美元。

那位汽车出租商看到的是一笔在一个月之内就能轻松赚到五千美元的生意。面对着他的是一位友善的美国外交官，而且那辆切诺基能在三十天内回来，只有傻瓜才会去办理各种手续。为什么要去惊动税务局呢?

外交官普罗克特还在花卉市场后面租了一个车库和储物仓库。最后他去码头提取了他的那只木箱，运到车库里，仔细地把里面的物品拿出来，装进了两只长形的帆布装具袋。然后外交官罗纳德·普罗克特先生就停止了存在。

在华盛顿，随着日子一天天过去，保罗·德弗罗正在遭受着焦急和好奇的煎熬。这个人到底在哪里？他是不是已经用了他的签证并进入了苏里南？他是不是已经上路了？

要消除焦虑，最简单的方法是通过坐落在雷德蒙街的美国使馆直接去询问苏里南当局。但那会引起苏里南人的好奇。他们会要求知道为什么。他们会自己去把他抓住并开始审问。那个复仇者能安排保释脱身，然后重新开始行动。而那个塞尔维亚人在想到要去白沙瓦时就已经很不安了，肯定会感到惊慌，进而会取消这个交易。所以，德弗罗在焦躁不安地踱步、徘徊和等待。

在苏里南首都帕拉马里博，小小的圣马丁领事馆得到莫伦诺上校的警告说，有一个假装是蝴蝶收藏家的美国人也许会来申办签证。他的申请应予以立即同意，并把他的情况马上报告过来。

但是没有一个叫梅德弗斯·沃森的人出现过。他们正在寻觅的那个人此刻坐在帕博市中心一家露天咖啡馆里，身边的一只包里装着他最后采购的一些物品。这一天是八月二十四日。

他所购买的东西来自城里唯一的一家野营打猎用品商店。他几乎没有用伦敦商人亨利·纳什先生的身份购买多少要在国境对面使用的物品。有了那天上午他提取来的外交人员托运的木箱，东西已经准备齐全了。于是，他又开始喝帕博啤酒，并享受着他将在以后一段时间内所得不到的最后的悠闲时光。

等候过境的人在二十五日上午终于得到了回报。排队渡河的车队与往常一样缓慢；蚊子与往常一样稠密。要渡河的差不多全是当地人，骑自行车的、驾摩托车的、开小货车的，都装载着农副产品。

在苏里南一侧的队伍里，只有一辆漂亮的黑色切诺基，方向盘后面坐着一个白人。他穿着一件起了皱的奶油色泡泡纱西装，戴着一顶米色巴拿马草帽和一副宽边眼镜。与其他人一样，他也坐在车上等待着，不时地拍打着蚊子。每次，往返于两岸的渡轮装上一批新的货载，铿锵铿锵响着返回到康米尼河去时，他就再往前行驶几米的距离。

一个小时后，他终于驶上了渡船的甲板，拉起手闸后，可以下车去看看河上的景色。在圣马丁一边，他排在了等候清关的其他六辆汽车后面。

圣马丁检查站的手续极为严格，而且在十几个转来转去的卫兵中，似乎有一种紧张的气氛。路中央迎头横拦着一根刷着红白条纹的木杆，搁在新近放上去的两只油桶上面。

在旁边的一间库房里，一名移民局官员在认真审视所有的证件，通过窗口可以看见他的头部。那些苏里南人多半是来这里探访亲戚的，顺便贩运一些农副产品去帕博出售。他们肯定在纳闷这是怎么回事，但第三世界国家的人民有的是耐心。于是他们继续坐着等候。当切诺基汽车挪到关卡前面时，差不多已是黄昏时分了。名战士打着手语表示需要查看护照，他从美国人手里接过护照后递进了那个窗口里。

此时这位切诺基的司机似乎很紧张。他的头上冒出了豆大的汗珠。他不敢用眼睛去对视，只是盯着前方。他的眼光不时地瞟向侧面的亭子窗口。他看到那位移民局官员开始慌乱地去抓电话听筒。这时候，这个留着一小撮山羊胡子的旅行者惊慌失措。

发动机突然吼叫起来，挡位已经挂进了。这辆重型的四轮驱动黑色越野车猛地向前冲去，后视镜钩倒了一名战士，那根红白条纹的拦路木杆被撞向了空中，在前方的几辆卡车中间狂舞着落了下去，然后切诺基冲进了苍茫的暮色之中。

越野车后面如同炸开了锅。飞落下来的木杆砸中了一名军官的脸。那位移民官在临时检查站的房间里大喊着，手里挥舞着一本写着梅德弗斯·沃森教授名字的美国护照。

莫伦诺上校手下的两名秘密警察，刚才一直站在那位移民官后面，现在跑了出来，一边拔出了手枪。其中一个跑回去开始用电话向东方四十英里外的首都报告这个突发情况。

那个捂着破鼻梁的军官一阵狂吼乱叫，十几名战士乱哄哄地爬上了那辆挂着黄褐色油布的卡车，出发去追击逃犯。秘密警察们跑向他们自己的蓝色越野车，也去追击了。但那辆切诺基已经转过两个弯道不见了。

在兰利，凯文·麦克布莱德看到他的办公桌上的电话指示灯在闪亮。这个电话只与圣马丁城莫伦诺上校的办公室相连。

他接了这个电话，仔细倾听着，记下了所说的内容，问了几个问题，又做了记录。然后他去见保罗·德弗罗。

“他们已经发现他了。”麦克布莱德说。

“抓住了？”

“差不多。如我所料，他试图从苏里南过河入境。他肯定觉察到了对他的护照突然产生的过分兴趣，要么是卫兵们有点太大惊小怪。不管怎么说，他冲过哨卡加大油门逃遁了。莫伦诺上校说他没有地方可去。两边都是丛林，道路上有巡逻队。他说他们将在上午抓住他。”

“可怜的人啊，”德弗罗说，“他真的应该留在家里。”

莫伦诺上校显得很乐观。找到结果花了两天时间。实际上，消息是一位农夫来报告的。他住在由公路右侧岔入丛林中去的一条土路的纵深两英里处。

他说他回忆起头天晚上有一阵很响的发动机嚎叫声经过他家，他老婆看见了一辆很大而且几乎是全新的越野车沿着那条土路朝丛林深处驶去。

他自然而然地假定那肯定是一辆政府的汽车，因为农民和设陷阱捕兽的人做梦也买不起这种汽车。只是在第二天晚上这车仍然没有出来时，他才一步一步地走到了主公路上。在那里，他发现了一支巡逻队，并把消息告诉了他们。

士兵们找到了那辆切诺基。在经过那个农民的棚屋后，它又往前行驶了一英里，然后在试图进入雨林中时一头扎进一条水沟里，呈一个四十五度角陷在了那里。深深的车辙表明那个逃亡的司机曾试图把汽车从水沟里倒出来，但在惊慌之中，手忙脚乱的他反而使汽车越陷越深。结果从市里派过来一辆吊车，才把这辆四轮驱动越野车从泥坑里吊出来，掉过头来后驶向公路。

莫伦诺上校亲自过来了。他察看了被搅乱了的泥土、被碾压过的小树和被折断了的藤蔓。

“找几个猎人，”他说，“带上猎狗。切诺基汽车以及车内的所有物品，都要送到我那里去。现在就动手。”

但夜色降临了。这些猎人都是乡民，不敢面对黑暗，因为他们相信林中的精灵们已经开始活动。他们在第二天黎明时才开始了搜捕行动，并在中午时分找到了猎物。

莫伦诺部下的一名秘密警察与他们在一起，他有一部手机。莫伦诺在办公室里接听了这个电话。又过了三十分钟，凯文·麦克布莱德走进了德弗罗的办公室。

"他们找到他了。他死了。"

德弗罗看了一下书桌上的台历。这一天是八月二十七日。

"我认为你应该亲自去一趟。"他说。

麦克布莱德咕哝了一声。

"路途很远，保罗。而且一直在该死的加勒比海上空。"

"我会派给你一架局里的飞机。你在明天早饭时就能到。这项讨厌的行动已经结束了，不但要使我满意，也得让季利奇相信。去吧，凯文。帮我们两人确认这个消息。"

复仇者当初坐夏延风笛飞机飞过那个地区时，看到过那条从主公路岔出来的土路。那是在界河与东方四十英里处的首都之间，公路上分离出来的十几条土路之一。每一条土路都通向一个或两个农场或种植园，然后成了断头路。

他当时并没对这些土路拍照，为的是节省胶卷以拍摄在埃尔彭托的那个庄园。但他记住了它们。在返航途中他又看了一遍。

他所选择的那条土路，是从河边数过去的第三条。当时他比追捕队领先半英里，拐弯时他故意减低车速以免留下可见的车轮摩擦印迹，让切诺基轻盈地驶上了那条土路。再转过一个弯道，熄火后他听见了追捕车队雷鸣般地沿着主公路驶了过去。

去那座农房很简单，挂进一挡，四轮驱动。过了农场，道路就不平整了。他穿越浓密的丛林又往前行驶了将近两公里，在黑暗中下了车，走到前方，发现了一条沟壑，于是让汽车冲了进去。

他留下那些故意让猎人们发现的东西，带走了其余的物品。东西很重。即使在晚上，炎热还是使人透不过气来。那种认为夜间的丛林里很安静的说法，其实是一个谬误。林中有沙沙声，有呱呱声，还有呼啸声。但林中没有精灵。

他借助指南针和手电朝西行进，然后折向南行，走了一英里左右，一路上用一把大砍刀劈出一条小径。

过了一英里，他留下了另一部分故意让追捕人员发现的物品，只剩下了一只小背包、水瓶、手电和第二把砍刀，然后继续朝着河岸挺进。

黎明时他抵达了康米尼河边，在那个渡口的上游远方。他用一张充气床作为渡河工具。俯伏在海军蓝的床面上，用双手做桨划水。在看到一条致命的蝮蛇从旁边游过来时，他赶紧抽回双手。那双滴溜滚圆的小眼睛在相隔仅仅几英寸的距离凝视着他，然后那毒蛇把头一摆，继续顺流而下游走了。

一个钟头的划水漂流把他带回了苏里南一侧的岸边。那张可信赖的气床被刺破后瘪了下去，被抛弃了。当这个满脸污迹、淌着水、浑身带着被蚊子叮咬过的包、仍挂着几条水蛭的人，踉踉跄跄地跑上返回帕博的那条公路上时，已是半晌午了。

过了近两公里，一个友善的生意人同意让他坐到后车厢的西瓜堆旁，载他去八十公里外的首都。

克拉斯诺波尔斯基旅馆里的那些善良的人，如果看到他们的英国客人的这副狼狈相，也会惊异地扬起眉毛，所以他先去那间库房，用卫生间，换衣服，并用一只气体打火机烧死那些水蛭。收拾体面了才回到旅馆去吃午饭，一份人排和炸薯条，加上几瓶帕博啤酒。然后他就睡觉了。

在三万英尺的上空，中央情报局的那架里尔喷气飞机，载着唯一的乘客凯文·麦克布莱德，正从美国东海岸飞赴过来。

“这个，”麦克布莱德沉思着，“真的是我必须强迫自己去习惯的交通方式。”

他们在佛罗里达州北部的埃格林空军基地、继而在巴巴多斯添加了两次燃油。在圣马丁机场，有一辆车等在那里，把这位中情局特工送到设在郊外棕榈树林中莫伦诺上校的秘密警察局总部去。

胖胖的莫伦诺上校在他的办公室里用一瓶威士忌来招待他的客人。

“我想，这时候喝酒稍微早了一点，上校。”麦克布莱德说。

“胡说，我的朋友，祝酒永远不会太早。来吧！干杯，让我们的敌人去死。”

他们干了下去。麦克布莱德想，在一天之中这个时刻和这种炎热天气下，他宁愿喝上一杯咖啡。

“你有什么要向我汇报，上校？”

“一次小小的展览。最好由我来引你参观。”

办公室隔壁有一间会议室，里面已经摆好上校的那些令人恐怖的“展品”。正中间的长桌上覆盖着一块白布，里面安放着一件较大的东西。墙壁四周另有四张桌子，摆放着其他物品。莫伦诺上校从其中一张小桌子开始讲解。

“我已经告诉过你，我们的朋友沃森先生先受到了惊吓，接着驾车驶上了那条主公路，拐进旁边的一条土路，并试图驾车穿越丛林找到逃跑的路径。他能成功吗？不可能。他的越野车坠入一条沟壑里出不来了。今天它就停放在我们窗户外面的院子里。这是他遗弃在车内的部分用品。”

一号桌上主要排列着一些厚型衣物、备用靴子、水杯、蚊帐、驱虫剂和净水剂。

二号桌上有一顶帐篷、几只小木桩、野营灯、放在一只三脚架上的帆布水盆和各种洗漱用品。

“都是些通常的野营用品。”麦克布莱德评论说。

“对极了，我的朋友。他显然认为他将会在丛林中隐藏一段时日，很可能要在从埃尔彭托出来的那条道路上对他的目标进行伏击。但那个目标几乎从来不会经由道路出来，当他必须走陆路时他会乘坐防弹汽车。这个杀手很一般。在他遗弃他的装备时，他还遗弃了这个。也许是太重了。”

在三号桌子上，上校揭开了盖布。呈现在眼前的是一支雷明顿3006，附有一只硕大的瞄准镜和一盒子弹，是可以在美国的枪械商店里买到的一种猎用步枪，但从它的枪管里发射出去的子弹照样可以穿透人类的头颅。

“现在，”胖子继续解释，沾沾自喜于他的发现，“在这个时候，你那个人离开了汽车和他百分之八十的装备。他开始徒步行走，很可能是朝向那条河。但他不是一个丛林战士。我是怎么知道的？没出三百米他就迷失了方向，朝南进入了丛林深处，而不是朝西去河边。当我们发现他时，所有这一切全都散落在周围。”

最后的那张桌子上陈列着一只水壶，是空的，还有丛林帽、大砍刀和手电。还有粗底纹作战靴、迷彩战斗裤和衬衣的碎布条，一件完全不合时宜的泡泡纱西服的碎片，一根附有铜扣子和刀鞘的皮带。

“这就是你们发现他时他带的所有东西？”

“这就是他死掉时带的所有东西。在惊慌中，他留下了他本应该带上的东西——他的步枪。最终他也许可用它来保卫自己。”

“那么，你们的人追上他并把他击毙了？”

莫伦诺上校扬起双手，手心向前，做出故作惊讶的手势。

“我们把他击毙？在他已经卸除了武装以后？当然不是，我们要活捉他。不，不，他在逃走那天晚上的半夜里就死了。那些不了解丛林的人是不应该冒险进入的。装备不良，夜间和惊恐之中就更不应该进去了。这是致命的组合。请看这里。”

他用一种戏剧性的、自我欣赏的动作“啪”地掀开了中间那张桌子的罩布。骸骨是在从林里被装进一只尸袋后再搬运到这里来的，脚上仍套着靴子，尸骨上挂着几片碎布。医院的一位医生已被唤来把骨骼重新排放整齐了。

那个死人，或者说这具遗体，已被啄光了最后一片肌肤和骨髓。

“这事情的答案在这里。”莫伦诺上校说，一边用食指敲着桌面。

右股骨显然在中间发生过骨折。

“从这里我们可以推理出事情的经过，我的朋友。他惊慌了，然后逃跑。他没有指南针，只借助着手电盲目地逃窜。他从汽车栽进沟壑的地点往前跑了大约有一英里路。然后他的脚碰到了一截树根，一枝隐蔽的树桩，或者一条蔓延的树藤。他跌倒了。啪的一声，一条腿摔断了。

“现在，他不能跑，不能走，甚至也不能爬。在丢了枪械之后他甚至也不能鸣枪求救。他只能叫喊，但会有什么结果呢？我们这些从林里是有美洲虎的，你知道吗？

“嗯，确实有，虽然不是很多，但如果七十五公斤的鲜肉一直在扯着嗓子叫喊，那很可能会招来一只美洲虎。我推测这就是发生在这里的故事。

“主要的肢体散落在一个小小的开阔地四周，那里成了一个肉铺。浣熊是吃鲜肉的，还有美洲狮和长吻浣熊。破晓后，林中还会有秃鹰活动。你见过它们是怎么对待一具尸体的吗？没有？不是凶狠，而是彻底。在它们全都吃饱喝足离开之后，轮到火蚁上场了。

“对火蚁我是了解的，自然界最狂热的清洁工。在离遗体五十米处，我们发现了那个蚁穴。火蚁们先派出了侦察员，你知道，它们看不见，但嗅觉是令人惊奇的灵敏，而且当然，在长达二十个小时的时间里他的体味已经飘上了天空。够了吗？”

“够了。”麦克布莱德说。时间也许还早，他想象着再来一杯威士忌。

回到上校的办公室后，秘密警察们拿出了几件小物品。一块手表，后盖上刻着MW两个字母[1]。一枚图章戒指，但没有刻字。

“没有钱包，”上校说，“肯定被其中一只食肉动物叼走了，如果是皮制的。但我们还有更好的证据，你看，这是在他过境被认出来时，他不得不丢掉的。”

那是一本写着梅德弗斯·沃森名字的美国护照，职业是科学家。麦克布莱德在签证申请表上见到过同一张脸，戴着眼镜，留着一小撮山羊胡子，露出一副无奈的表情。

这位中情局官员合理地推算，今后恐怕没人能够再次见到梅德弗斯·沃森了。

“我能不能与华盛顿的上司联系一下？”

“请吧，”莫伦诺上校说，“你是贵宾。我先离开，让你说话方便些。”

麦克布莱德从公文包里取出他的笔记本电脑，联上保罗·德弗罗，然后输入了一连串数字，以防通话遭窃听。把自己的手机插入笔记本电脑后，他等待着德弗罗的声音从线路上传送过来。

他把莫伦诺上校所讲解的内容以及他自己所见到的情况，简要地向他的上司做了汇报。线路上有一阵沉默。

“你马上回来。”德弗罗说。

“没问题。”麦克布莱德说。

1 MW是梅德弗斯·沃森Medvers Watson的英文缩写。

“莫伦诺可以保留所有的那些玩具，包括那支步枪。但我要那本护照。哦，还有一件东西。”

麦克布莱德倾听着。

“你要……什么？”

“就按吩咐的去办，凯文。快点回来。”

麦克布莱德把他所接到的命令告诉了上校。胖胖的秘密警察头子耸了耸肩。

“这次访问太短暂了。你应该留下来，坐我的船出海去吃对虾怎么样？还有冰镇苏瓦韦白葡萄酒？不要？那好吧……那本护照，当然。还有那个……”

他耸耸肩：“如果你要，你可以全都拿走。”

“我得到的命令是，一件就够了。”

第二十六章

计 谋

麦克布莱德于八月二十九日回到了华盛顿。同一天，在苏里南首都帕拉马里博市区内，亨利·纳什先生手持由英国女王陛下的外交与英联邦事务大臣所签发的护照，走进圣马丁共和国领事馆申请一份签证。

这没有问题。办公室里只有一个人在工作，这位领事知道几天前发生过一个逃犯试图闯入国境的乱子，但警报已经解除了，那人已经死了。他签发了签证。

八月份就是麻烦。什么事情都急不起来，即使在华盛顿也同样，即使你的名字叫保罗·德弗罗也同样。理由总是相同：“对不起，先生，他去度假了。他将于下星期回来。”就这样，日子一天天过去，转眼间从八月份到了九月份。

在九月三日，德弗罗询问的两个问题才终于得到了第一个答案。

“它很可能是我们所见过的最完美的伪造。”国务院护照管理处的那个人说，“基本上，它原先是一本真护照，是由我们印制的。但两张重要的页面被一位专家抽去了，插进了来自另一本护照的两页。在那两张新的页面上，贴着梅德弗斯·沃森的照片并写有他的名字。据我们所知，这个人是不存在的。这本护照的号码也从来没有签发过。”

“这本护照的持有人能飞进飞出美国吗？”保罗·德弗罗问道，“它有那么完美吗？”

“飞出去，没问题，”国务院那位专家说，“飞出去将意味着只受到航空公司职员的检查，不涉及计算机数据库。至于飞进来……如果移民局用护照号码去数据库里检查一下，那就会有问题了。计算机会回答：没有这个号码。”

“我可以要回这本护照吗？”

“对不起，德弗罗先生。我们倒是愿意尽力帮助你们，但这件杰作必须放进我们的‘黑色博物馆’里去。我们将抽调全体技术人员研究这本完美的假护照。”

关于第二个问题，贝塞斯达医院的法医小组还是没有消息，德弗罗在那里托付了几个熟人。

九月四日，亨利·纳什先生坐在一辆小型的、不起眼的轿车的方向盘后面，带着一只装有夏季替换衣物和洗漱用品的手提包，手里拿着一本盖有圣马丁签证章的英国护照，驶上了康米尼河的渡船。

他的英国口音也许愚弄不了牛津人或剑桥人，但在说荷兰语的苏里南人中间不成问题，他估计在说西班牙语的圣马丁人中间也应该不成问题。事实确实如此。

复仇者注视着浑黄的河水最后一次从他的脚下流过，暗暗发誓如果他永不再见到这些丑陋的事，他将是个快乐的人。

在圣马丁一侧入境口，那根红白相间的木杆已经不见了。国境检查站恢复了往常的懒散气氛。他驶下渡轮，把他的护照从那间亭子的侧窗递进去，绽出一丝空洞的微笑，一边等待一边为自己扇风。

一年四季穿着汗衫跑步意味着他晒得较黑，在热带地区的两个星期更把他的皮肤烤成了红棕色。他的一头金发已在帕拉马里博让一位理发师修剪过，现在成了深棕色，所有这些都与伦敦的纳什先生十分吻合。

对他的汽车后备箱和他的旅行包，检查是马马虎虎的。他把护照放回了上衣胸袋里，驾车驶上了赴首都的那条道路。

刚才在边境检查站，海关官员没怎么去注意放在汽车行李箱内的那只十升塑料壶。英国人说了声“水壶”，他仅仅点点头就旋上了盖子。在壶内灌上水以后，负荷将达到一位铁人三项运动员在爬山时的极限，但每天两升水是至关重要的。

在通向右边第三条土路的那个岔口，他检查了一下四周没人，又一次拐进了丛林里。在距离那座农房还有一段路程时，他停下来掉转了车头。那棵巨大的猴面包树不难找到，那条黑色的强力尼龙绳仍在他一星期前在树干上刻下的那道深槽内。

当他慢慢地把绳子放出来时，用迷彩布制成的大背囊从隐蔽的树枝中垂了下来。接下来他将花几天时间俯伏在山顶上去观察那个亡命天涯的塞尔维亚人农场，并潜入进去，这个大包里面装着他后续计划所需要的一切物品。

这位捕猎者静静地穿过首都，经过莫伦诺上校办公室所在的那片棕榈树林，继续向着东方驶去。在刚过午饭的午睡时间，他驶进了巴希亚度假村，没人受到惊扰。

汽车的牌照现在已经换成圣马丁的了。他记起了那句格言：把一棵树藏在哪里？藏在林中。把一块石头藏在哪里？藏在采石场。

他把这辆小轿车停在公共停车场里，提起背囊大步流星地朝东出了村镇，看上去就是一个徒步的背包客。

黄昏降临了。在前方，他看到了把那座农场与丛林分隔开来的连绵的山脉。公路从这里拐弯伸向内陆，绕过丘陵延续至马罗尼河，通往法属圭亚那的边境。他离开公路开始爬山。

他看到那条狭窄的土路从岭上蜿蜒而下，于是避开它，朝向他在航拍照片中所选中的那座山峰走去。当天黑得实在无法再行走时，他放下肩上的那只大背囊，吃了一份高热量的干粮当晚饭，又喝了一杯珍贵的水，然后往背包上一靠睡觉了。

在纽约的野营用品商店采买东西时，他谢绝了美国陆军所推崇的MRE——即食食品（Meals Ready to Eat），因为他知道在九十年代初的海湾战争时，这种食品口碑极差，美国大兵们把这名字诠释为“难民也不吃的食品”（Meals Rejected by Ethiopians）。他为自己所精心选择的食物包括牛肉、葡萄干、坚果仁和葡萄糖。他将会拉出像兔子屎那样的大便，但他能够保持他所需要的体力。

黎明前他醒过来了，吃了几口干粮，喝了几口水，又朝前方爬山了。在山腰上的某个地点，透过树木的隙缝朝下看过去，他看到了远处山口处那座警卫室的屋顶。

在太阳升起之前，他爬上了山顶。他钻出树林的地点离预想的地点相差二百米距离，于是他侧移过去，慢慢找到了照片里的那个位置。

他对地形的判断没有使他失望。在山顶线上有一处浅浅的凹陷，由最后一片植被遮掩着。穿上迷彩服，戴上丛林帽，把油彩涂到脸上，手持一副橄榄色的望远镜，躲在树叶下静止不动，那么从山下的那个农场里是看不到他的。

当他需要休息时，他可以朝后溜下去，然后就能重新站起来。

他建起了一个小小的营地作为他以后四天里的家，然后在脸上胡乱涂抹一通就爬进了那个隐藏处。朝霞把法属圭亚那首都卡宴上方的丛林染成了一片粉红，第一抹阳光洒在了下面的半岛上。埃尔彭托活像摆放在他的布鲁克林公寓客厅里的按比例做成的模型，在他面前伸展开，像一颗鲨鱼牙齿般地突向波光粼粼的大海。从下面传来了一记沉闷的敲击声，似乎有人用铁棒敲击垂挂于空中的一段铁轨。这是那些被强制劳动的工人们起床的时间。

九月四日那天，保罗·德弗罗联系过的贝塞斯达医院法医科的那位朋友才回电给他。

“你到底是在干什么，保罗？”

“你这么说我也感到奇怪了。我干了什么？”

“看上去像是在干盗墓的勾当。”

“给我详细解释一下，盖利。那是什么东西？”

“嗯，它是一块股骨，没错。一块大腿骨，右大腿的。在中段明显地折断了，没有复合骨折，没有弹片或其他物体的碎片。”

“是因为跌倒了而造成的骨折吗？”

“不可能。除非你说的跌倒意思是某种锐器或榔头。”

“你说的正是我最担心的，盖利。说下去吧。”

“嗯，这根骨头显然来自于一具供解剖的骸骨，是在任何医药商店都能买到的，是自中世纪起就被用于医学实验课的那种骨骼。这具骨骼大约有五十年之久。骨头最近受到了一次锐器的打击，很可能碰在了一条凳子上。我的解释是不是能给你带来快乐的一天？”

“没有，你刚刚毁了我的一天。可无论如何我还是感谢你。”

与他的所有通话一样，德弗罗也对这次电话会话录了音。当凯文·麦克布莱德听完录音的回放后，他的下巴拉长了。

“老天爷啊！”

“可是老天爷帮不上忙了，凯文。你出错了，它是假的。他根本没死。他精心设计了这个该死的插曲，愚弄了莫伦诺，莫伦诺又说服了你。他还活着。这意味着他正在回去，或者他已经回去了。凯文，这是一次重大的紧急情况。我要让局里的飞机在一个小时内起飞，我还要你坐到这架飞机上去。

“在你飞行期间，我会亲自向莫伦诺上校说明情况。当你抵达时，莫伦诺就在核查这个杀千刀的复仇者是否已经回来并已上路的每一个可能性了。现在，走吧。”

九月五日，凯文·麦克布莱德又面对莫伦诺上校了。莫伦诺以前也许显露出一丝丝友善的外表，但现在已经不见了。在他那张癞蛤蟆般的脸上充满了怒气。

“这是一个聪明的人，我的朋友。你没告诉过我这个情况。好吧，他愚弄了我一次，再也不会了。看这里。”

自从梅德弗斯·沃森教授闯破边境哨卡的那一刻起，这位秘密警察头子已经检查了每一个可能进入圣马丁共和国的新近入境者。

从法属圭亚那出发去马罗尼河口外钓鱼的三名垂钓者，因渔船发动机在海上发生故障而被拖进了圣马丁的游艇港池。他们受到了羁留，很不高兴。有四个非中南美地区的人从苏里南一侧入境，其中一个是西班牙人，两个是荷兰人。此外，还有一组在法属圭亚那库鲁航天中心工作的法国技术人员渡过马罗尼河来寻找便宜的小姐玩乐，现在被关押在拘留所内。

所有能找到的的护照都被收缴了。莫伦诺上校啪的一声把它们甩在了办公桌上。

“哪一本是假的？”他问道。

八本法国护照，两本荷兰的，一本西班牙的。还少一本。

“从苏里南一边过来的另一个游客是什么人？”

“一个英国人，我们找不到他。”

“详细情况？”

上校审视着由圣马丁驻帕博领事馆和康米尼河边境检查站传过来的一张记录。

“纳什，亨利·纳什先生。护照是完美的，签证也是完美的。没有行李，除了一些夏季的换洗衣物。开一辆租来的小型轿车，不适合丛林驾驶。这种汽车除了能在那条主公路上或在首都市区里行驶外，去不了任何其他地方。是四日那天驾车进来的，也就是两天之前。”

“旅馆？”

“他曾经告诉我们的驻帕博领事，他将住在市内的卡米诺宾馆。他有预订，是从帕博的克拉斯诺波尔斯基旅馆传真过来的。但他根本没有入住进去。”

“看上去很可疑。”

“那辆汽车也消失了。在圣马丁没有发现不了的外国汽车，但这一辆还没被发现。然而它离开那条主要公路根本不能开。因此我认为，那辆车应该在这个国家某个地方的一座车库里。因此，肯定他有一个帮手，一个朋友，一个同事，或者一个雇员。现在全国上下都在进行着一场大清查。”

麦克布莱德审视着那一堆外国护照。

“只有他们自己的使馆可以证明它们是真的还是假的。而那些使馆都设在苏里南。这意味着你要派部下去查访一下。”

莫伦诺上校严肃地点点头。他为自己在秘密警察局里的绝对控制权而自豪，但现在事情出了差错。

“你们美国方面是否已经告诉了我们的塞尔维亚客人？”

“没有，”麦克布莱德回答，“你们呢？”

“还没有。”

两个人都有一定的理由。圣马丁独裁者穆诺茨总统以及亲信们能从那个避难者身上榨取极为丰厚的利润。莫伦诺不想因为他的工作失误导致这个大财主离去并带走财富。

对麦克布莱德而言，这是一个命令的问题。他并不知情，但德弗罗担心佐兰·季利奇也许会惊慌，并拒绝飞往巴基斯坦边境城市白沙瓦与本·拉登的高级助手们会面。

迟早总得有人要么找到那个追猎者，要么去告诉季利奇。

“请随时把情况通知我，上校，”他说完转身准备离开，“我将住在卡米诺宾馆。看来他们肯定有至少一个空房间。”

“有一件事使我迷惑不解，先生。”莫伦诺说。麦克布莱德已经走到了门边，他转过身来。

“什么事？”

“那个人，那个梅德弗斯·沃森，他试图在没有签证的情况下进入我们的国家。”

“那又怎么样？”

“他要进来是需要一份签证的，这他肯定知道，但他对此不屑一顾。”

“你说得对，”麦克布莱德说，“很奇怪。”

“所以，作为一名警察，我问自己，这是为什么？你知道我是怎么回答的吗，先生？”

“告诉我吧。”

“我回答说，因为他不想非法入境，因为他根本就没有惊慌，因为他算计好了他确切要做的事情。假装死掉，找到路返回苏里南，然后再悄悄地回来。”

“合乎逻辑。”麦克布莱德承认说。

“然后我对自己说，那么他知道我们在等待着他，但他是怎么知道的？”

听完莫伦诺的这番分析，麦克布莱德的胃部产生了一阵搅动。

这时候，在山上一个不易察觉的地点，那位猎人在观察着，注视着，等待着。他等待着那个尚未来临的时刻。

第二十七章

观 察

陡坡下面这个半岛上的安全和自给自足，给德克斯特留下了深刻的印象。这是大自然、聪明才智和金钱的完美结合。要不是关押着劳改犯，它真是一个令人羡慕的农场。

这个朝大海突出的三角形，比他基于模型所想象的更为庞大。

三角形的底部，就是现在他正从山上的隐蔽处俯视着的地方，从一边到另一边大约有三公里长。正如他的航拍照片所显示的，三角形的两边都是海，每一边的山体都以九十度的悬崖垂直插入到海里。

这个等腰三角形的两边，他估算各有五公里左右，使其土地的面积差不多达到了11平方公里。这块地皮分成了四个部分，各有不同的功能。

他身下的陡坡底部，是私家飞机场和工人居住的村庄。在离悬崖三百米处是一道高达四米的铁丝网，从一端延伸到另一端。在渐渐亮起来的天光下，他从望远镜里看到，铁丝网伸出峭壁与海水交会的地方是一大团铁蒺藜。无法从铁丝网的末端环绕过去，也无法从铁丝网的上方翻越过去。

陡坡与铁丝网之间那块狭长地带，三分之二用作了机场。在他身下的跑道侧面，有一座庞大的机库，一个停机坪和一排较小的建筑物，应该是车间和油料储存库。再往远处，能够吹到凉风的海边有六座小别墅，他认为这些应该是机组人员和维修人员的住宅。

通向机场的唯一出入口，是设置在铁丝网中间的一扇单一的铁门。门边没有警卫室，但能够看见两根杆棒和门缘下的承重轮子，表明这扇门有电动装置，会在特定的遥控器操纵下开启。这时候是早上五点半，机场上没有一丝动静。

狭长地带的其余三分之一是村庄。村子与机场之间也分隔着另一道铁丝网，从陡坡开始向外延伸，上面也盘绕着铁蒺藜。显然，不容许农民们进入或靠近那座机场。

在铁棒与铁轨的敲击声响过之后一分钟，村子里有了生气。德克斯特观察到了第一批人群，他们身穿灰白色的衬衣和裤子，脚上穿着绳底凉鞋，从一排排小屋里蜂拥而出，走向公用盥洗室。当他们全都集合起来时，观察者估算他们共有大约一千两百人之众。

有几个工作人员在管理着这个村庄，自己用不着去田里劳动。他看见他们在那些敞开式的棚屋厨房里忙碌，准备着一顿由面包和稀饭所组成的早餐。在棕榈树叶屋顶下，一些长条搁板桌和长凳子组成了一个食堂，这种棕榈叶屋顶可以遮蔽偶尔的雨水，但主要是为了对付火辣辣的太阳。

在铁轨第二次敲响时，这些农场工人们捧着粥碗，拿着面包，坐下来开始吃早饭。没有花园，没有商店，没有妇女，没有儿童，没有学校。这不是一座真正的村庄，而是一个劳改营。其余的房屋似乎是一座食品仓库，一座被服仓库和一座旁边附有牧师住所的教堂。这是一个劳动、吃饭、睡觉和祈祷的地方，其他功能就没有了。

如果说那座机场是夹在陡坡、铁丝网和大海之间的一个长方形，那么这个村庄也是。但有一个区别。那里有一条坑坑洼洼的土路，从整个山脉之间唯一的山峡蜿蜒而下，是通向外界的唯一陆上通道。显然这条路不适合重型卡车行驶；德克斯特不知道诸如汽油、机器设备、航空煤油等重型货物是如何运输进来的。当能见度增大后，他发现了更多情况。

在他视线的最远处，隐藏在早晨的雾气之中的，是这个庄园的第三部分，一个占地两万多平米的院子，在防护墙里面的最前沿位置。从他的航拍照片中他知道，那里有一座宏伟的白色宅院，里边居住着那个前塞尔维亚恶棍；那里还有供客人和高级职员起居的六栋别墅，有修剪整齐的草坪、花床和灌木丛；在四米多高的保护墙内侧，还有一系列棚屋和仓房，供内部职工居住和存放被服、食物和饮料。

如照片和那个按比例缩小的模型显示的一样，那道高墙也是从一边的悬崖延伸到另一边的悬崖，而且这一片土地全都处在海面以上十五米的高度，望下去只能看到汹涌的波涛拍打着海边的岩石。

一道双扇大门镶嵌在大墙的中间，有一条夯实的碎石道路通进去。大门内侧有一间警卫室，控制大门的启闭。沿着大墙的内缘还有一道胸墙，供武装警卫环绕巡视。

在观察者下方的铁丝网与三公里以远的那道防护墙之间，全都是生产粮食的农场。在天色明亮之后，德克斯特可以确认原先在照片上已经见到过的情景，农场几乎可以生产这个要塞内部的生活区里所需要的一切。有牧场放牧着牛羊，棚舍里养着猪和家禽。

田里有耕地作物、谷物、豆类和薯类作物。果园里出产十几种水果。一亩亩菜地，有的设在露天，有的设在长条形的塑料薄膜大棚内。他设想这个农场能出产每一种可以想象的蔬菜和水果，还有肉、蛋、黄油、奶酪、食油、面包和粗酿红葡萄酒。

农田和果园里分布着一座座谷仓、农机库以及磨面、屠宰牲口、烘烤面包和榨取葡萄汁的设施。

在他的右边靠近悬崖边缘，但在农场范围内，有一系列小营房，是供警卫人员使用的，还有十几座由军官们居住的质量较好的小屋以及两三家商店。

在他的左边，也在悬崖旁边的农场内，有三座大仓库和一个闪闪发光的铝合金燃油库。在悬崖边，有两台巨大的起重机和吊杆。这解决了一个问题：重型货物可以从海上运送过来，再从船舱里吊到或泵送到货轮甲板上方十二米的储存设施之中。

劳工们吃完了早餐，这时候又传来了铁棒敲打在铁轨上的粗粝而沉闷的铿锵声。这一次产生了好几种反应。

身穿制服的卫兵们从右侧靠海岸的那些营房里鱼贯而出。其中一人把一只哨子含在了嘴上。德克斯特什么也没听到，但从农田里出现了十二条德国短毛猎犬，大步慢跑过来，听从呼唤进入到营房附近用栅栏围起来的院子里。显然它们已经有一天一夜没吃东西了；它们聚集在几只盛放着荤腥食物的盘子周围，把肉撕成碎片。

这告诉了德克斯特太阳下山后这里是什么情况。当职员和劳工分别进入他们各自的院子里去休息之后，这些狗被释放出来，去面积为三千英亩的农田上巡逻。它们肯定已被训练得不去理会那些牛、羊和猪等家畜，但在那里徘徊的盗贼可就活不成了。它们数量太多了，一个人寡不敌众，夜间潜入是不可行的。

观察者深藏在浓密的树荫之中。坡下如果有人抬头去看山头，是看不见望远镜片上的太阳反光的，也看不见那个穿着迷彩伪装服的一动不动的身影。

早晨六点半，当农场准备停当后，铁器又敲响了——召唤工人们去劳动。他们鱼贯地走向把村子与农场分隔开来的那道高高的大门。

这个大门远比从机场通往庄园的那道更为复杂。它由左右两扇组成，朝着农田的方向开启。门内已经摆放了五张桌子，每张桌子后面分别坐着一名卫兵。其余的卫兵站在他们身后。

劳工们排成了五列纵队，在一声吆喝命令下，他们拖着脚步朝前走动。队伍前面的人都在桌子前弯下腰，把挂在脖子上的一块身份识别牌递交给坐在桌后的卫兵检查。牌子上的号码经检查后又被输进了数据库里。

工人们肯定是已经按照编号分好类别，按类别排在各自队列里的，因为在卫兵点头通过之后，他们分别走到一名负责的小组长那里报到。每队大约一百人，去执行分配给他们的任务，在那条大路旁边的一排工具房停留一下，领取他们所需要的工具。

有些人要去田地，有些人要去果园，还有些人要去牲畜饲养场、磨房、屠宰场或食堂的厨房。在德克斯特观察期间，这个巨大的农场出现了生机。但安全保卫工作丝毫没有放松。当村子最后走空之后，双扇大门合上了，卫兵们各就各位，德克斯特集中注意力观察着安全警卫工作，努力寻找着他的切入口。

上午，莫伦诺上校派出去的部下手持外国护照回来向他汇报。

在东方的法属圭亚那首都卡宴，当局没有浪费时间。他们很不高兴，因为他们的三名无辜的垂钓者因渔船在海上发生故障的罪名而遭拘留，还有五名工程技术人员也遭到了没有正当理由的羁押。所有这八本护照都被查明是百分之百的真实，它们的主人应予立即无条件释放。

在西方的帕拉马里博，荷兰使馆对他们的两位公民，说法也是相同的，护照是真实的，签证是齐全的，还有什么问题？

西班牙使馆已经闭馆下班了，但莫伦诺上校从中情局情报官那里得到保证说，亡命者身高约为一米七五，而那个西班牙人身高超过一米八。那就只剩下了来自伦敦的亨利·纳什先生。

秘密警察局头子命令他在卡宴的人回家来，命令在帕博的人去查访每一家租车行，以查明那个伦敦人到底租了一辆什么类型的汽车，它的牌照又是什么。

上午时，山上的暑热增强了。在距静止不动的观察者仅仅几厘米的地方，一条头部后面竖着红翎颌的蜥蜴在能把鸡蛋烫熟的岩石上爬来爬去，注视着这位陌生人，察觉到没什么威胁，于是掉头去赶它自己的路了。悬崖上的吊杆旁边有了动静。

四个身强力壮的人把一艘装在挂车上的铝合金巡逻艇推到了一辆路虎越野车后面，挂上拖钩。越野车把这艘小艇拖到一台油泵旁，给它加满油。如果不是在船中部架设着一挺点30口径的勃郎宁机关枪，这艘船跟一般的休闲游艇没什么两样。

当这艘小艇做好入海准备之后，它被拖到了一根吊杆的底下。从一只长方形的吊架垂下来四条尼龙索，搭在船壳的四个点上。这艘载着船员的巡逻艇被吊起来，转向悬崖外面的海洋，又慢慢地落到水面上。德克斯特看着它从视线里消失了。

几分钟后，他又在海上看见了它。船上的人收起两张渔网和五张虾网，起获鱼虾之后，重新放上鱼饵，再把它们放回到水中，然后他们去巡逻了。

德克斯特已经注意到，如果缺少两件生活必需品，那么现在他面前的这一切全都会陷入瘫痪。一是汽油，用以驱动设在码头仓库后面的发电机。整个农场的每一台设备和马达，从大门的启闭到磨面到床头的灯光，都需要电力。

另一个要素是水，源源不断的新鲜、洁净、清澈的水。这里的水源来自他在航拍照片上第一次见到过的那条山溪。

溪水现在就在他身下稍微偏左一侧。它源于山上的雨林深处，从山腰里冒出来。

溪水由半岛上方六米处流出来，翻滚着冲下山岩，形成了几段瀑布，然后流入专门为它修建的一条混凝土水渠之中。从这里开始，人工代替了大自然。

要抵达农田，溪水必须从观察者身下的机场跑道底下穿过去。在建设机场时，肯定已经在跑道下面设置了坚固的方形涵洞。从跑道底下另一边流出来之后，经过导向的溪水又流经铁丝网底下。德克斯特估计水道中肯定设有不可逾越的铁格栅。如没有格栅，那么任何人都可以在机场一边滑入到水流之中，从底下通过铁丝网，利用沟渠和流水以避开那些徘徊的猎犬。不管是谁搞的设计，肯定不允许发生那种事情。

半晌午时，在他的眼皮底下发生了两件事。

一架霍克1000飞机被拖出机库进入到阳光下。德克斯特担心它也许会载上那个塞尔维亚人飞往某个地方，但它被拖出来只是为了腾地方。接着出来的是一架类似于交警监视车流用的小型直升机。根据需要，这种小型飞机可以在距离岩面仅仅几厘米的高度盘旋。如果真遇到这种情况，德克斯特将不得不隐蔽起来以免被发现。但它仍停留在下面，桨叶折叠着，有人在检修发动机。

另一件事是，从农场驶过来一辆摩托车，在那扇电动大门前停了下来。遥控器打开大门，那人骑车进去了，朝着在停机坪上的那些技工们热情地挥手致意，到了跑道边上溪水流入地下的位置。

他停住摩托车，从后架上提来一只篮子，俯视着不停地流淌着的溪水。然后他把几只生鸡的肉倒进了水中。他是在跑道的水流上游一侧倒进去的。接着他穿过跑道，又去看从地下流出来的水。那些鸡肉肯定已经顺着水流漂到铁丝网下面的铁格栅，并贴在了那里。

在陡坡与铁格栅之间肯定有某种动物，而且是食肉的。德克斯特只能想起这地方的一种淡水食肉动物：食人鱼。如果它能吃鸡，那么它也能吃游水的人。他是不是能够憋住气漂过水漫顶部的涵洞已经并不要紧了，那里实际上是一个三百米长的食人鱼池。

流经铁丝网后，水流穿过农场，形成了方格状的灌溉渠网。地下应该还铺设了水管，能通往工人村庄、别墅、营房和那栋主楼。

在为农庄各处提供了服务之后，其余的水绕了一个弯，折回跑道那一边的农田，从那里翻滚着跌落悬崖，冲进大海。

中午时，笼罩在大地上的炎热如同一张巨大的、沉重的、使人透不过气来的毯子。在农场上，工人们已经从七点劳动到了十二点。这时候他们被允许去阴凉处坐下来，开始吃他们在小布袋里带来的中饭。他们可以午休至四点钟，然后再从四点钟干到七点钟。

德克斯特趴在那里，热得直喘气，羡慕着一米之外在岩石上的那条蝾螈，它好像丝毫没有感觉到炽热。他很想把几品脱珍贵的水灌下喉咙解渴，但他知道，必须按定量饮水以防止身体脱水，而不能图一时痛快把水全都喝完。

下午四点钟，铁轨的敲击声告诉工人们回到田地和谷仓里去。德克斯特爬上坡顶，去注视那些微小的人影。他们穿着粗制棉布衬衣和裤子，在草帽的帽檐下露出栗棕色的脸膛，重新扛起锄头和铁锨去保持这座模范农场没有杂草的侵袭。

在他的左边，一辆破旧的皮卡行驶到两根吊杆之间的地方停了下来，车尾对着海。一名工人身穿血迹斑斑的工作服，从车后部拖出一只铁皮滑道，把它固定在车尾板上，又抓起一把大叉子，开始把什么东西叉到铁皮滑道上。不管是什么，那东西滑落下去，掉到了海里。德克斯特调整了一下焦距。下一叉就看清楚了，那是一张黑色的牛皮，还连着牛头。

当初在纽约研究那些照片时，他就感到纳闷，海边都是悬崖峭壁，但为什么不修一条能够通向美丽的蓝色海洋的路？没有通往下面的台阶，没有跳水平台，没有系泊的木筏，没有海滨浴场，没有码头。看到牲畜的下料倒进海里，他明白了为什么。这个半岛周围的海域有椰头鲨、虎头鲨和大白鲨在活动。一切游动的生物，除了鱼，都活不了几分钟。

大概在这个时候，莫伦诺上校接到他部下从苏里南边境用手机打来的一个电话。那个叫纳什的英国人是在当地一个很小的私人公司里租的一辆汽车，这就是为什么花了那么长时间才查询到。是一辆福特牌小型轿车。他记下了车牌号码。

这位秘密警察头目发布了次日上午要执行的命令：去每一个停车场、每一座车库、每一条公路、每一条土路，寻找一辆挂有苏里南牌照的福特小轿车。他马上又改变了命令，挂有任何牌照的任何福特汽车都要追寻。搜查定于黎明时开始。

热带地区的黄昏和夜幕降临的速度是惊人的。太阳已在一小时前经过了德克斯特的脊背，现在终于有了一丝凉意。他注视着农场里的工人们回家，拖着疲惫的双腿，交回手中的工具，经过那道双扇的大门时挨个接受了检查。一共排着五路纵队，每队两百个人。

他们回到了村子里，加入了另两百个没去田地里劳动的工人。别墅和营房里，第一批灯光亮了起来。在这块三角地的最远处，一抹白色的亮光显示出那个塞尔维亚人的宅第灯火通明。

机场上的那些技工们收工了，他们骑上机器脚踏车驶往跑道尽头的别墅。当一切全都关门落锁之后，那些德国牧羊犬被释放出来了。

地球告别了九月六日，这位追猎者准备爬下这道陡坡。

第二十八章

访 客

通过在坡顶上的一天窥视，复仇者明白了在照片上没显示出来的两件事。一是下面的山坡并不全部很陡。在距地面三十米以上的坡面是完全可以攀爬的，下面才变得陡峭了。但他带来了一条长度绰绰有余的爬山索。

另一件事是，坡面上不是天然不长灌木和杂草，是被人工清除掉的。负责防卫的人组织了一队人员，带着绳子上山去把坡面上的每一棵灌木和枝条都拔掉了，以清除坡上的任何覆盖或遮蔽物。

昔日的小树已被连根拔掉了，但那些根茎粗大的树木不是人力和绳索就能拔掉的，它们被锯断了，但锯得不够短，成百上千只树桩形成了爬山者可以利用的拉手和踩脚点。

在大白天，这面坡上的攀爬者会被立即发现，但夜间就不同了。

晚上十点钟，月亮升起来了，一镰弯弯的月亮，为攀山者提供了足够的淡淡的亮光，但不足以使他被人发现。只是需要十分小心，不能碰落石块弄出响动。从一个树桩到另一个树桩，德克斯特开始慢慢地爬向下面的飞机场。

当坡面变得太陡再也无法攀爬时，德克斯特用盘绕在他肩上的一条绳索降下剩余的坡面。

他在机场里逗留了三个小时。早年他的一位从纽约监狱里出来的当事人曾经教过他如何巧妙地开锁，现在他身上携带着的那套万能钥匙是由一位锁匠大师制作的。

机库大门上的那把挂锁他没去碰，这种双扇门开启时会发出隆隆的响声。一边有一扇小门，配有一把简单的耶鲁式锁具，打开这把锁只花了他不到三十秒钟的时间。

要修理一架直升机需要一名技术高明的技工，而要去破坏它，让一名技术高明的技工难以找到故障，不能修复故障，甚至根本就发觉不了故障，需要的技术更高超。

塞尔维亚人所雇用的直升机维修保养技工肯定技术高明，但德克斯特更高超。在近距离内，他认出这是一架欧洲产的EC-120直升机，是双引擎的EC-135机的单引擎版。机首有一块巨大的曲面有机玻璃，能为飞行员和坐在旁边的人提供上下左右极为良好的视线，后面另有三个座位。

德克斯特没去碰主旋翼机构，而是去对付更小的尾翼转子。如果一个转子出现故障，直升机就不能飞行了，但这种故障极难发现。当他搞完他的小破坏活动，他得保证飞机肯定不能飞，而且很难修复。

霍克1000的舱门开着，所以他有机会去查看了一下舱内，并确认这架商务飞机的内部没有进行过大规模的改装。

在锁上机库门之后，他闯入了技工的储物间，拿走了他要的物品，但没有留下痕迹。最后，他轻轻地慢步跑到飞机跑道的尽头，住宅别墅的背后，在那里花了最后的一个小时。到上午时，其中一位技工将会愤怒地注意到有人“借”走了他原本倚靠在后栅栏上的自行车。

完成了此行目的之后，德克斯特找到那段悬着的绳索，爬回到绳子缚住的那棵坚固结实的树桩旁。然后他踩着一棵棵树桩继续攀爬，直至回到了他在山上的巢穴。他浑身湿透了，衣服几乎可以绞出汗水来。他安慰自己，体臭是这个地区的人们最不会注意的一件事情。为补充水分，他允许自己喝下了整整一品脱水，察看了一下壶内的水位，然后就睡觉了。他手表上的微型闹钟在早上六时把他唤醒，刚刚赶在山下的铁棒开始敲击铁轨之前。

七点钟，保罗·德弗罗唤醒了在圣马丁共和国卡米诺宾馆房间里睡觉的麦克布莱德。

“有消息吗？”华盛顿一头的人问道。

“没有，”麦克布莱德说，“看来他确实已经回来了，冒充度假线路开发商，英国人亨利·纳什。然后他蒸发了。已经查明他在苏里南租了一辆小型福特轿车。现在莫伦诺已经开始在全国范围内查找所有福特汽车了。今天应该会有消息的。”

中情局反恐行动组长一阵长时间的沉默。他仍然穿着睡袍，坐在弗吉尼亚州亚历山德里亚的自家住宅餐厅里，还没有出发去兰利上班。

“情况不太好，”德弗罗说，“我恐怕必须通报我们的朋友。这话不大好说。我就等到十点钟吧。此前如有抓获或即将抓获他的任何消息，立即打电话给我。”

“好的。”麦克布莱德说。

但没有这种消息。十点钟时，德弗罗打了电话。把那位塞尔维亚人从游泳池召唤到无线电室来，花了十分钟时间。无线电室设在他住宅的地下室里，里面装有一些高科技防窃听通讯设备。

十点半，复仇者注意到他下面的农庄里有一阵匆忙的活动。几辆越野车从远处的那座宅院里疾驶出来，在车后扬起了几股尘土。在他的眼皮底下，那架EC-120直升机被拖出了机库。它的主旋翼已经展开，处于准备飞行状态。

“有人，”他沉思着，“似乎已经点燃了导火线。”

直升机机组人员从跑道尽头的住宅区里分乘两辆机器脚踏车抵达了。在几分钟之内，他们已经各就各位，主旋翼开始缓慢地转动。发动机加大功率，旋翼的转速增加到了预热的状态。

对主轴的转动有着十分重要作用的机尾转子也在旋转。然后，不知怎么回事，它的主轴承似乎咬死了，接着是一阵吱吱嘎嘎的金属磨碎声，转子损坏了。一名技工对着有机玻璃机头里面的两个人狂乱地挥手，还把手搁在自己的脖子上表示有生命危险。

飞行员和他旁边的观察员已经在仪表板上看到了机尾的一只主轴承出了故障。他们熄灭了发动机，主旋翼慢慢地停止了转动，机组人员爬了下来。一群人聚集到了机尾周围，抬头去看损坏了的转轴。穿着制服的卫兵涌进现在已是空荡荡的工人村庄，开始搜查那些棚屋和储藏室，甚至那座教堂。

其他人坐上摩托车，去农庄内各小组报告情况，并要求所有人睁大眼睛注意是否有人入侵的迹象。但是没有。八个小时之前外人闯入留下的痕迹，已被巧妙地抹去了。

德克斯特估计，穿制服的卫兵大约有一百人，机场的工作人员有十二个左右，工人的数量在一千两百个上下。加上其他警卫人员，和在宅院里他无法看到的工作人员，以及在发电机房和各个修理车间里的二十多名机修人员，德克斯特现在知道了他要对付的人数。而且他还没有见过那座宅院本身，它毫无疑问有极其复杂的防御系统。

快到中午时，保罗·德弗罗打电话给处在风暴中心的副手。

“凯文，你现在去拜访我们的朋友。我刚刚跟他说了，他在发脾气。我再次强调，这家伙在我们的‘游隼计划’里扮演着一个十分重要的角色，现在他决不能退却。将来有一天我会告诉你他的重要性的。当务之急是你要去跟他待在一起，直到入侵者被抓住，危机平安度过。看来他的直升机出了问题。你让莫伦诺上校安排一辆吉普车送你过山岭，到了那里就打电话给我。”

中午时，德克斯特注意到一艘货船驶近了悬崖。在礁石后面的水域里抛锚之后，开始从甲板和舱内卸下几个木条箱，用悬崖上的起重机把它们吊上来，装到水泥平台旁边的平板车上。显然这些是半岛上不能生产的奢侈品。

最后一件货物是一只一千加仑的油箱，用铝合金制成的，有一辆油罐车那么大。一只空油箱被吊下去，装在了轮船的舱面上，然后船舶离开蓝色的海水驶远了。

刚过一点钟，在德克斯特右下方，一辆越野汽车在经过山口警卫室的检查之后，一路颠簸着驶下了通往村庄的那条土路。汽车上刷着圣马丁警方的标志，司机旁边坐着一名旅客。

穿过村庄后，蓝色路虎车开到铁丝网中间的大门前停了下来。警方司机下车把证件递给了守卫在大门边的卫兵们。他们拨了一个电话，显然是与那座宅院联系放行事宜。

在等待期间，旅客座上的那个人也下了车，好奇地打量着四周。他转身去看他刚才下来的连绵的山脉。在山上，一副望远镜调整焦距后锁定了他的面孔。

与山顶上那个隐身人一样，凯文·麦克布莱德也对这个地方留下了深刻的印象。他已经与保罗·德弗罗一起在“游隼计划”中心干了两年，经历了与那个塞尔维亚人的初次接触和“招聘”工作。他看过塞尔维亚人的档案，了解了他应该了解的一切情况，然而他们从未谋面过。德弗罗总是把这种神秘的乐趣留给他自己。

这辆警用吉普车被放行后，驶向远处那座宅院的高高的防御墙。当他们接近大门时，高墙赫然耸立在他们的眼前。

大门内的一扇小门打开了，一个穿着宽松裤子和海岛棉布衬衣的粗壮的男人走了出来。衬衫的下摆飘荡在腰带的外面，这是有理由的，里面藏着一支格洛克九毫米手枪。麦克布莱德认出了他：库拉奇，卷宗里说是那个塞尔维亚人离开贝尔格莱德时带出的唯一个人，是他的终身保镖。

库拉奇走到汽车的客座车门边，打了一个招呼。在背井离乡两年之后，除了塞-克语他依然一句外国话也不会说。

“谢谢你，再见。”麦克布莱德对驾车的警察说。那人点点头，急忙返回首都去了。

两扇电动大门是用铁路枕木般粗大的木料制成的。在大门里面，有一张桌子。麦克布莱德被熟练地搜了身，以期发现暗藏着的武器，他的手提包也在桌子上被搜查了一番。一位身穿白色制服的男管家从上面的一个露台走了下来，等待着这些准备工作的完成。

库拉奇哼了一声，表示他已经满意了。由那位男管家提着旅行包在前面引路，一行三人踏上了台阶。麦克布莱德第一次真正看到了这座宅院。

别墅有三层楼，坐落在精心修剪的草坪中间。远处可以看见两个身穿白色衣衫的工人在料理园艺。这房子与地中海沿岸的法国、意大利、克罗地亚的海滨豪宅并没有多大的区别，楼上的每个房间都附有一个阳台，但铁皮百叶窗紧闭着以阻隔炎热。

他们站立着的这个庭院，也许比他们进入的大门地平要高出好几英尺，但仍处在那道防护墙的墙头之下。从这里可以掠过墙头看见麦克布莱德刚才经过的那道山岭，但贴近地面的狙击手不可能让子弹越过墙头击中露台上的人。

庭院里有一座碧波荡漾的游泳池，池边一张很大的白色大理石桌子上已经备妥了午饭，银制餐具闪闪发光。

一边有几把休闲椅子围着一张桌子，桌上摆放着一只盛有一瓶香槟酒的冰桶。男管家做手势要麦克布莱德坐下来。那个保镖仍直挺挺地站着，保持着警惕。从别墅的阴影深处，走出来一个穿着白色宽松裤和奶油色丝绸衬衣的男人。

麦克布莱德差一点没认出来这个人就是佐兰·季利奇，贝尔格莱德市泽姆恩区的地痞恶棍，德国和瑞典十几个黑社会非法营生的头目，波黑内战的杀手，从贝尔格莱德输出妓女、毒品和军火的组织者，南斯拉夫国有资产的贪污者，最终为逃避法律制裁而亡命天涯。

这张面孔与中情局档案里的那一张大不一样。那年春天，瑞士的外科医生进行了一次成功的整形手术。苍白的肤色被一种热带地区的黝黑所替代，只有那道疤痕的白色细条没有变为深色。

但麦克布莱德曾经听说过，与指纹一样，耳朵也是因人而异，除非经过外科手术，否则是永远不变的。季利奇的耳朵与原先一样，当然还有他的指纹，而且在握手时麦克布莱德注意到了那双雾灰色的野兽般的眼睛。

季利奇坐到大理石桌边，朝着唯一的另一个空位子点了点头。麦克布莱德坐下了。季利奇与保镖用塞-克语快速交谈了几句，那个肌肉发达的歹徒慢慢地走向别处去吃饭了。

一个穿着蓝色侍女制服的年轻漂亮的圣马丁姑娘为他们倒了两杯香槟。季利奇提议干杯，他审视着琥珀色的液体，然后毫不犹豫地一饮而尽。

“这个人，”他用流利的、几乎算是十分完美的英语说，“他是谁？”

“我们还不是十分知晓。他是一个私人承包人，很神秘，我们只知道他的代号。”

“什么代号？”

“复仇者。”

塞尔维亚人掂量着这个词语，然后耸了耸肩。又有两个姑娘来为他们的午餐提供服务。菜肴有鹌鹑蛋小馅饼和抹黄油的芦笋。

“所有这些都是这个农庄出产的？”麦克布莱德问道。

季利奇点点头。

“面包、沙律、鸡蛋、牛奶、葡萄、橄榄油……我们坐车经过时全都看到了。”

又一次点头。

“为什么他要来追我？”塞尔维亚人问。

麦克布莱德思考着。如果他说出真正的理由，这个塞尔维亚人会认为再与美国当局合作下去就没有意义了，因为项目结束后美国人无论如何都不会原谅他的。麦克布莱德从德弗罗那里得到的命令是，一定设法让这个令人讨厌的家伙继续留在游隼小组之内。

“我们不知道。”他说，“有人与他订立了承包合同，也许是南斯拉夫的一个宿敌。”

季利奇想了想，然后摇摇头。

“为什么你们这么晚才透露这事，麦克布莱德先生？”

“我们原先对这个人一无所知，直至你们抱怨那架飞机从你们头顶上飞过，还拍了照片。你们记下了飞机的登记号码，这很好，然后你派出了人员去圭亚那干预。德弗罗先生原以为我们能够找到这个入侵者，辨明他的身份并阻止他。我们布下了天罗地网，可是他漏网了。”

沾着蛋黄酱的对虾凉爽可口，正餐后端上了马斯喀特葡萄和桃子，以及浓烈的黑咖啡。塞尔维亚人似乎陷入了沉思。

三个漂亮的侍女靠着别墅的墙边站成了一排。季利奇在椅子里转过身来，指向其中一个姑娘，啪的一声打了一个响指。那姑娘脸色变白了，但她转身进入屋里，去为她主人的到来做准备。“每天这个时候我要睡一个午觉。这是当地的习惯，一个很好的习惯。在我离开之前，让我告诉你几句话。我与范伦斯堡少校一起设计了这个堡垒，稍后你会见到他的。我认为这个堡垒很可能是地球上最安全的地方。

“我不相信这个雇佣兵能进入这里。如果他进来了，那么他将永远不能活着出去。这里的保安系统是经过考验的。这个人也许已经蒙混了你们，可他蒙混不了我们的保安系统，他靠近不了我。在我休息期间，范伦斯堡会带你去参观一下。然后你就可以打电话给德弗罗先生，这次危机已经结束了。”

他起身离开了桌子。麦克布莱德留了下来。在露台下面，主大门内的那扇小门打开了，一个人走上了通往地坪石的台阶。麦克布莱德从卷宗里知道他，但装作不知道。

阿德里安·范伦斯堡也是一个有来历的人。在国大党当政、南非实行种族隔离政策期间，他曾经为国家安全局——也就是令人毛骨悚然的BOSS——效劳。他卖力地执行该机构的极端路线从而得到一路提升。

在纳尔逊·曼德拉上台之后，他加入了由欧仁·特雷-布兰克领导的极右翼的AWB党，即“白人抵抗运动”。该党派垮台后，他认为该是他远离这个国家的时候了。为欧洲的一些新法西斯组织担当了几年的安全专家后，他引起了佐兰·季利奇的注意，获得了策划、设计、建造和保卫在埃尔彭托的这个庄园堡垒的美缺。

与莫伦诺上校不同，这位南非人的身材不肥胖，却壮实，只是垂到皮带外面的肚皮显露出他喜好啤酒，而且很贪杯。

麦克布莱德注意到他为自己设计了一副行头：作战靴、丛林迷彩服、豹皮环饰的丛林帽，上面的帽徽使他平添几分英武。

“麦克布莱德先生？美国客人？”

“是我，朋友。”

“我是范伦斯堡少校，这里的卫队长。我接到指示带你参观这个庄园。明天上午可以吗？八点半？”

在度假胜地巴希亚的停车场里，一名警察发现了那辆福特轿车。牌照是当地的，但是是伪造的。车内杂物盒里的小册子是荷兰语的，也就是苏里南人使用的语言。

后来有人回忆起见到过一个背背包的人，肩负着一只用迷彩布做成的大背囊，徒步离开这个度假胜地。他是朝东走的。莫伦诺上校把他的全体警力和部队召回到了兵营里。第二天早上，他布置任务说，他们将从陆侧开始搜山，从路边一直到山顶。

第二十九章

游 历

这是德克斯特在山顶的潜伏阵地里所经历的第二个也是最后一个日落和天黑。

他依然一动不动地注视着身下半岛上最后一批灯火从窗户里熄灭，然后准备动身。山下的那些人早睡早起，对他来说，还有一些时间可以小睡片刻。

他吃完了他最后剩余的野战口粮，包上了能维持两天的维生素片、钙片、纤维素片和糖。他喝完最后的一点水，让体内储上足够二十四小时消耗的水量。那只硕大的背包、睡网和雨披可以抛弃。他所需要的物品，要么他随身带来了，要么已在头天夜里偷来了。它们都被装进一只小背包里。只有挂在他肩上的那卷绳子体积很庞大，必须藏到别人找不到的地方去。

他把剩余的野营用品尽可能放到不易察觉的地方，并动身离去，这时候时间已经过了午夜。

他一边用一条树枝刷去他自己留下的足迹，一边慢慢地朝右边走过去，直至他到了工人村子的上方，而不是机场的上方。他走了将近一公里路程，花了一个小时的时间。但他把时间算得很准，弯弯的月亮升起来了。汗水再次湿透了他的衣服。

他小心地、缓慢地爬下陡坡，攀着一个个树桩，踩着一段段树根，直到他需要用那条绳索的位置。这一次他不得不采用双股的方法，把绳环套上一个光滑的树桩，这样当他在下面拉扯时绳子不会被挂住。

他拉住绳子慢慢下滑，避免剧烈跳跃，因为那样也许会碰落石块。他后退着下降，一步一步地，直至他落到了悬崖与教堂后面之间的那个凹进处。他希望教堂的牧师睡得很熟，因为他现在距牧师的住处只有几米距离。

他轻缓地拉动绳索的一头，另一头滑过上方的那个树桩，最后摔落在他的身旁。他把绳子盘上肩膀，离开了教堂的阴影。

卫生设施是公用的，也是单一性别的。劳改营里没有妇女。他在山上时已经观察过男人们如厕。厕所的底部是一条长沟，上面覆盖着木板以阻止臭气外泄。木板上开了一些圆孔，盖着圆形的盖子。德克斯特屏住呼吸，揭开其中一只圆盖，把那捆绳子丢进了黑咕隆咚的粪坑里。要是运气好，它将永远消失，即使去搜寻也发现不了，况且这种搜寻可能性很小。

工人们居住和睡觉的棚屋呈小小的方形，比警察局的囚室只大了一点点，但每个工人都独用一间。它们每五十间建成一排，每两排相对，中间隔着一条小街。每一百间作为一个单元，跟其他的单元再隔一条大路。这就是住宅区。

那条大路通向广场，两边是盥洗室、厨房和一座用茅草盖顶的食堂。德克斯特避开广场上的月光，在建筑物的阴影之中行走，回到了那座教堂。大门上的锁具只花了几分钟时间就被他开启了。

里面没什么特别，跟大多数教堂没什么两样，但对于这座劳改营的管理者来说，在这个天主教国家里这么一个残暴的地方能提供一个安全阀，确实是明智的举措。德克斯特不知道住持的牧师是如何把他的工作与他的信仰相统一的。

他在教堂后部找到了他要找的地方——祭坛背面的法衣室。他让大门虚掩着，走回到工人们正在打鼾睡觉的那个棚屋住宅区里。

在山上时，他已经记住了他需要的那间小屋的位置，从广场出来的大路上第三条街左边第五间小屋。他见过那人出来吃早饭。

门上没有锁，只有一只简单的木闩。德克斯特走进去，一动不动地站着，让他的眼睛适应屋里几近完全的黑暗。

床上那个佝偻着的身躯继续打鼾呼呼大睡。三分钟后，德克斯特已经完全恢复了黑暗中的视觉，他可以看见一条粗制的毯子下面低低隆起的身影。他弯腰从背包里取出一件物品，然后走向了床边。氯仿的甜味从他手里的那块浸透了的布片飘了出来。

那个工人咕哝了一声，想侧过身来，然后陷入了沉沉的睡眠之中。德克斯特继续按住布片，保证那人能长时间失去知觉。准备妥当之后，他把这个沉睡的人抱起来搭在自己的肩上，就像消防队员背人那样，静静地疾步沿原路返回，抵达教堂。

在这座珊瑚石建筑物的门口，他再次停下来，倾听了一下他是否惊醒了任何人，但村子里一片寂静。当他再次找到法衣室后，他用强力胶带纸缚住那个工人的双腕和脚踝，并封住了他的嘴巴，只留下鼻子让他呼吸。

他重新锁上教堂的大门，高兴地看到旁边黑板上有一条通知。这是一个幸运的额外砝码。

回到空棚屋后，他冒险开亮手电去检查那个工人的物品。东西不多。一面墙上有一幅圣母马利亚的像，还有放在镜框里的一张已经褪了色的照片，是一位微笑着的年轻女士。未婚妻？妹妹？女儿？在高倍望远镜的观察下，那人看上去与德克斯特同样年纪，但也许实际上更年轻一些。被莫伦诺上校抓来送到埃尔彭托的人老得很快。不过他肯定是同样身高和同样身材，所以德克斯特选中了他。

墙上没有其他饰物了；只有几个钩子，挂着两套同样的工作服，都是粗制棉布裤子和同样质地的衬衣。地上有一双绳底凉鞋，污渍斑斑的，而且磨旧了，但很牢固很可靠。此外，还有一顶宽边草帽与他的工作服配套。再就是一只用一根带子抽紧的帆布包，去农场里劳动时用来盛放饭盒的。德克斯特熄灭手电，看了一眼手表，四点零五分。

他把衣物脱得只剩下一条短裤，挑选了他要随身携带的几样东西，用他那件散发着汗臭的T恤衫包起来，裹成一团后塞进了那只盛饭盒的帆布包里。其余的他必须放弃。多余的东西装进了背包里，在第二次上厕所时被处理掉了。然后他等待着铁轨的敲击声。

敲击声与往常一样在六点半时传过来了。天还没有亮，但东方已经露出了一抹鱼肚白。铁轨是铁丝网大门边的一位值班卫兵敲响的。德克斯特周围的村子开始苏醒了。

他避开了上厕所和使用盥洗室的高峰时段，期望没人注意到他。二十分钟后，他从门缝里看到他面前的巷子里又空荡了下来。他低头用草帽掩着脸，匆匆走向厕所，混入到了上千个足蹬凉鞋、身穿长裤和衬衣的劳动者之中。

他蹲在大便池上方，其他人已经在吃早饭了，他一直等到铁轨第三次敲响，召唤工人们去大门边排队时，才加入到了队伍之中。

五名检查员分坐在五张桌子后面，核查每个人的身份牌，对照当天的农活任务清单，把工号输入到上午出工的记录中，并都注明参加的是哪个劳动小组，然后挥手让那个工人通过。每个工人都去组长那里集合，接着就被引领去领取工具，按照分配的任务开始劳动。

德克斯特排在自己的队列里走到了桌子边，他递上了他的身份牌，用食指和拇指夹着，与其他人一样。然后他突然弯腰咳了起来。那位检查员猛地把头转向了一边，记下号码后挥手让他赶紧通过。一大早，卫兵最不愿意面对的就是一张满是辣椒味的脸了。这位新工人拖着脚步去领取锄头，分配下来的农活是去鳄梨树园林里除草。

七点半，凯文·麦克布莱德在露台上独自吃早饭。这里的葡萄、鸡蛋、面包和梅子果酱可以与任意一家五星级宾馆相媲美。八点十五分，那位塞尔维亚人加入了他。

“我认为你最好先收拾好行李。”季利奇说，“当你看完范伦斯堡少校要给你展示的措施之后，你会同意，这个雇佣兵只有百分之一的机会闯入这里，接近我的机会就更小了。要想再从这里出去根本就没有可能。你留下来是没有意义的。你可以告诉德弗罗先生，月底时我会去完成计划中我那部分任务，按我们已经商定的。”

八点三十分，麦克布莱德把旅行包扔进卫队长那辆敞篷吉普车的后部，爬上去坐在少校的旁边。

“那么，你要看什么呢？”卫队长范伦斯堡问道。

“我听说一位不速之客要进入这里是不可能的，你就来给我展示一下原因吧。”

“听着，麦克布莱德先生，当我设计这里的一切时，我创造了两个特色。首先，这几乎是一个完全自给自足的农耕天堂，这里样样都有。第二，这是一座堡垒、一个圣地、一个避难所，能抵挡几乎所有的外来入侵或威胁。

“当然，如果是一次大规模军事行动，有空降兵、装甲车，那么它当然会遭到入侵。但一名雇佣兵，单枪匹马，决不可能！”

“从海上登陆呢？”

“让我带你去看。”

范伦斯堡挂进排挡，于是他们出发了，在身后扬起了一缕尘土。南非人在一处悬崖的边缘停住了汽车。

当他们下车后他说：“从这里你可以看见，整个庄园被海洋环绕，任何地点都在海岸悬崖上面至少六米高处，大多数地方有十五米高。海面扫描雷达——伪装成电视天线——可以向我们警告从海面接近的任何物体。”

“如何拦截呢？”

“两艘巡逻快艇随时都有一艘在海上。整个半岛设有近两公里的水域禁区。只有偶尔来的送货轮船才被允许进入。”

“水下进入呢？两栖特种部队呢？”

范伦斯堡嘲笑了一声。

“特种部队战士？我让你看看会发生什么。”

他取出对讲机，呼叫无线电室并被转接到了屠宰场。他们要去的地点在庄园的对面，在吊杆附近。麦克布莱德注视着牲口被宰杀后，一桶下料从那条滑道落下去，掉到了九米以下的海里。

在几秒钟时间，没有一丝动静。然后第一条弯刀形的鱼鳍犁破了水面。一分钟之内，鲨鱼们开始狼吞虎咽。范伦斯堡哈哈大笑起来。

“我们这里吃得很好，有许多牛排。我的雇主不吃牛排，但卫兵们喜欢吃。与我一样，他们大都来自旧世界，我们爱吃牛肉。”

“那又怎么样？”

“当一头牲口被宰杀后——诸如猪、牛、羊、鹿，大概每星期都会宰杀一次——新鲜的下料被扔进海里，带着血。这里的海洋频繁活动着鲨鱼。黑尖鲨、白鳍鲨、虎头鲨、大榔头，它们都在这里活动。上个月我的一名部下从船上掉到了海里，船马上掉头去救他，他们在三十秒钟之内抵达了，但还是太晚了。”

“他没能从水里出来？”

“他的大部分身体出来了，但腿没有。两天后他死了。”

“埋葬在哪里？”

“就在那里。”

“那么鲨鱼们最终还是得到了他。”

“我们这里没人犯错误。在阿德里安·范伦斯堡负责下，谁犯错误谁就得死。”

“那么翻山过来呢？从我昨天来的那条山路进入呢？”

作为回答，范伦斯堡递给麦克布莱德一副野战望远镜。

“看看。你不可能从两端爬过来，两边都是悬崖垂直插入水中。白天从那道陡坡爬下来，你马上就会被看见。”

“但在夜间呢？”

“好，算你爬到了坡底。你们的那个人仍在铁丝网外面，离那座庭院还有三公里的距离。他不是一名工人，不是一名卫兵；他很快就会被发现……并得到照顾。”

“我见到过的那条溪流呢？能顺流而下吗？”

“这个问题提得好，麦克布莱德先生。让我陪同你去看一下那条溪水。”

范伦斯堡驾车带客人去了机场，用传呼机让人打开铁丝网中间的大门，驱车抵达溪水从山上下来、在跑道处流入地下的地点。他们下了车。在跑道与铁丝网之间有一大块露天的水面，清澈的溪水缓慢地流过底部的水草。

“看见什么了吗？”

“没有。”麦克布莱德回答。

“它们在阴凉处，在阴影中，在跑道下面。”

显然那是南非人的拿手好戏。他在吉普车里存放着一些牛肉干，他拿了一块扔了进去，水面顿时开始翻滚。麦克布莱德看到食人鱼从阴影中蹿出来，烟盒般大小的牛肉块被三角形的利齿撕成了碎片。

“够了吗？我陪你去考察一下，我们这里是如何管理水源供应，但又从来不会放松安全保卫工作的。来吧。”

回到农场后，范伦斯堡沿着穿越农场的弯弯曲曲的水流陪同客人参观。在十几个分岔点，溪水从主流中分流出来，去灌溉各种不同的农作物，或者去注满分布在各地的蓄水池，但全都是死水路。

主流蜿蜒曲折，但最终还是回到靠近跑道但在铁丝网外边的悬崖边缘。在那里，溪水加快流速冲出悬崖落入大海。

“靠近崖边的水流里，我埋入了一丛尖铁条，”范伦斯堡介绍说，“试图来这里游泳的任何人，都会被水流冲向前去，失去控制，沿着光溜溜的混凝土沟壁冲向大海。经过那些尖铁条上方之后，这个无能为力的泅水者将会跌入大海，浑身血淋淋的。然后是什么？当然是鲨鱼喽。”

“但是晚上呢？”

“哦，你没看见那些狗？有十二条德国牧羊犬，很凶猛的。它们被训练得不会去惹庄园里穿制服的卫兵，另外十二个高级管理人员无论穿什么衣服他们也不会碰，这是一个个人气味的问题。

“它们在日落时被释放出来。此后每一个工人和陌生人必须留在铁丝网之外，不然的话他顶多只能活几分钟，到处徘徊的恶狗会发现他，此后他就没有生存机会了。所以，你们的这个雇佣兵，他想来干什么？”

“这个，我倒是一无所知。如果他有理智，我猜测他现在已经走了。”

范伦斯堡又一次哈哈大笑起来。

“我希望他有理智。你知道，以前在旧世界时，在卡普里维谷地[1]，我们曾经有一个专门关押城里闹事者的劳改营，我是那里的负责人。你知道吗，中情局情报官先生？我从来没有搞丢过一个囚徒，一个也没有。我的意思是没人逃走，从来没有过。”

“很了不起，我敢肯定。”

“那么你知道我是采用什么手段吗？地雷？不。探照灯？不。两道环行铁丝网，埋入地下六英尺深，上面是锋利的铁蒺藜，铁丝网之间是野兽。水池里有鳄鱼，草地上有狮子，所有人都通过一条隧道出入。我喜欢天然的构成。”

他看了一下手表。

“十一点钟。我驾车沿土路送你到山口的那座警卫房。圣马丁警方将派一辆吉普车在那里与你碰头，然后带你回宾馆。”

他们驱车穿越庄园，从海岸返回通往村子和那条盘山土路的大门，这时候少校的通讯器噼噼啪啪地鸣响起来。他倾听着宅院地下室里的无线电值班员传过来的信息，这消息使他很开心。他关去通讯器，指了指前方的山头。

“今天上午莫伦诺上校的部队搜查了那里的丛林，从路边一直搜到山顶。他们已经发现了那个美国人的营地。遗弃了的营地。也许你说得对。我认为他已经看够了，现在已经吓退了。”

麦克布莱德能够看到远处那道双扇大门，以及再远处的工人住

1　在南非占领下的纳米比亚。

宅村子里的那些白色的建筑物。

“跟我说说那些工人的情况，少校。”

“他们的什么情况？”

“有多少人？这些人都是怎么进来的？”

“大约有一千两百人，他们全都是罪犯，圣马丁司法系统之内的罪犯。好了，别以为你们的司法制度更讲道德，麦克布莱德先生。你们美国人也有劳改农场。所以其实这是一座劳改农场，从各方面的条件来看，他们在这里还是生活得很不错的。”

“那么在刑满之后，他们什么时候可以回家？”

“他们不能回家。”范伦斯堡说。

一张单程车票，美国人心里想，莫伦诺上校和范伦斯堡少校的一份好意。终身监禁。他们犯了什么罪呢？乱穿马路？乱扔垃圾？莫伦诺必须增加劳改犯的人数，按照命令。

“卫兵和宅院里的工作人员呢？”

“那就不同了，我们是被雇用的。宅院大墙内所需要的每一个人都住在那里。当我们的雇主在家时，每个人都留在里面。只有穿制服的卫兵和少数几个像我一样的高级职员才能进入到高墙里面，工人绝对进不去。泳池清洁工、园丁、服务员、侍女全都居住在大墙里面。在农场里劳动的工人生活在他们自己的村子里。他们全都是单身汉。”

“没有妇女，没有儿童？”

“没有。他们在这里并不是为了养育下一代。但我们有一座教堂，牧师只宣讲一部经文——绝对服从。”

他没提到，对于不肯服从的人，他仍保留着旧时代的犀牛皮鞭。

“少校，一个陌生人会不会装扮成一名工人混进庄园里？”

“不会。每天晚上都由一位农场管理员去村里选定第二天需要的劳动力。那些被选中的在太阳升起、吃过早饭后走到大门边去报到。他们一个一个地接受核查。需要多少人，放行多少人，不会多出一个来。”

“放行多少个？”

“每天大约一千人。两百个技术工人去修理车间、牛奶场、面包房、屠宰场和农机站；八百个农民去翻地，除草。每天大概留下两百人，真正生病的、倒垃圾的，还有炊事员。”

“我认为你完全说服我了，”麦克布莱德说，“这个单枪匹马的人没有机会，不是吗？”

“我告诉你了，中情局情报官先生，他已经吓退了。”

他还没说完，那只通讯器又一次噼噼啪啪响了起来。在他接听汇报的时候，他皱紧眉头了。

“什么？嗯，告诉他镇静。我五分钟之内到。”

他把通讯器放了回去。

“文森特神父，教堂里的。有点惊慌。在我们出去的半路上我要顺便去照看一下，肯定要耽误几分钟时间了。”

他们经过了左边的一队工人。烈日下，工人们躬着酸痛的背在挥舞着锄头和铁锨。有些人抬起头来去看一眼那辆疾驶而过的汽车，里面坐着能对他们行使生杀大权的人。这些人个个都是消瘦的、长满胡茬儿的脸，草帽帽檐下面是一双双栗棕色的眼睛。但有一双眼睛是蓝色的。

第三十章

恐吓

一个长着一双猪眼、穿着一件不太干净的白色法衣的胖子，正在教堂大门口台阶的顶部跳上跳下。这就是文森特神父，那些可怜的被强迫劳动的工人们的牧师。

范伦斯堡的西班牙语说得很差劲，只能勉强发号施令，而那位牧师的英语表达能力也好不了多少。

“快来呀，少校。”神父说完就冲回到教堂里面，范伦斯堡和美国客人跳下汽车，跟着他跑上台阶。

那件沾着尘土的长袍扫过走道，掠过祭坛，到了法衣室里。这是一个小小的房间，里面的主要家具是一只粗工制作的衣柜，用螺钉固定在墙上，用于储存法衣。神父以一个戏剧性的动作拉开柜门，大叫一声：“天哪！”

几个人凑近察看。那个工人依然与文森特神甫发现他时一模一样，神父没有试图放开他。他的双腕被用胶带紧紧地缚住了，双踝也同样，由于一条宽宽的胶带封着他的嘴，他只能发出一些唧唧咕咕的抗议声。看到范伦斯堡时，他的眼睛马上流露出恐惧。

南非人俯身向前，一把扯去了封口的胶带纸。

“他来这里干什么？”

从那个工人嘴里发出了一阵咿咿呀呀的恐惧的解释，牧师听后耸耸肩。

“他说他不知道。他说他昨天晚上睡着了，醒来时却发现在这里。他感到头晕，什么也记不起来了。”

那人浑身赤裸，只穿着一条短裤。南非人抓住那个工人的手臂把他拉了起来。

“告诉他，最好让他回忆一下。”他朝着牧师喊道。牧师做了翻译。

“少校，”麦克布莱德轻轻地说，“我们一步一步地来。他叫什么名字？”

牧师听明白了这句英语。

“他叫拉蒙。”

“拉蒙什么？姓什么？”

牧师耸耸肩。他有一千多个祈祷者，他能记住他们每一个人吗？

“他住哪一间小屋？”美国人问道。

又是一阵快速的当地西班牙语交谈。麦克布莱德能够看懂一点书面的西班牙语，但圣马丁人讲的土话他就听不懂了。

“离这里有三百米远。”牧师说。

“我们去看看吧？”麦克布莱德提议说。他取出一把瑞士军刀，割去拉蒙手脚上的胶带。这位吓得半死的工人引领少校和美国人穿过广场，走过大路，进入他住的那条小巷。他朝自己的门一指，然后退缩到后面去了。

范伦斯堡走了进去，后面跟着麦克布莱德。他们没找到什么特别的东西，除了那位美国人在床底下发现的一件小物品。那是一块压缩过的棉布。他闻了闻，又把它递给了少校，后者也去闻了一下。

“氯仿，”麦克布莱德说，“他是在睡眠中被麻翻的。很可能什么也没感觉到。醒来时发现手脚被缚，关进了一只衣柜里。他没说谎，只是摸不着头脑，吓坏了。”

“那么，这到底是怎么回事？”

“你不是说过，每个工人在经过大门去干活时要检查身份识别牌吗？”

“是的。怎么啦？”

“拉蒙没有佩戴身份牌，它也不在这里。我认为你们在某个地方有了一位冒名顶替者。”

这话说到了点子上。范伦斯堡大步走回到停在广场里的越野车旁，摘下挂在仪表板上的对讲机。

“这是紧急呼叫。”他告诉无线电操作员。在对方应答之后，他下达了命令，“拉响‘囚犯逃跑’警笛，关闭宅院大门，禁止任何人进入，除了我以外。然后使用公用频道通知庄园里的每一个卫兵，不管是当班的还是下班的，到主大门向我报到。”

几秒钟之后，拖着长声的凄厉警报声响彻了整个半岛。田地里、谷仓里、工棚里、果园里、厨房里和猪圈里全都听到了。人人都放下手头上的工作，抬头去眺望主大门的方向。在引起了所有人的注意之后，从宅院地下室里传来了无线电操作员的广播声。

“所有卫兵去主大门集合。重复一遍，所有卫兵去主大门集合。赶快。”

白天有六十名卫兵在值班，其余的在营房里休息。在远处田野里的卫兵骑上摩托车赶了过来，距主大门半公里的营房里的卫兵跑步赶了过来。他们全都响应了应急命令。

范伦斯堡把他的越野车驶回到了大门里面，站到汽车的发动机罩上面等着他们，手里提着一只电子扩音器。

“我们这里并没有逃犯，”当卫兵们聚集到了他面前时，他开始说，“恰恰相反，我们有了一个入侵者。现在，他装扮成一名工人。同样的衣服，同样的凉鞋，同样的草帽。他甚至还偷了一块身份牌。白班卫兵们，把全体工人集合后带回来，一个不许漏下。夜班卫兵们，去搜查每一座谷仓、牛棚、猪圈和车间，然后封上门窗站上岗哨。用通讯器与你们各自的小组长保持联络。各位组长与我保持联络。现在出发，看到任何穿着囚服逃跑的人，可以开枪射击。现在走！快去！”

上百号人以一个扇形朝农场散开。他们要搜查整个半岛的中部区域，从分隔机场与农场的铁丝网，一直到那座宅院的大墙。这是一个很大的范围，即使对于一百个人也太大了。搜查一遍要花上好几个钟头的时间。

范伦斯堡已经忘了麦克布莱德要离开这里，他把美国人丢在一边，忙着应付这里的紧急情况。麦克布莱德坐在那里沉思着。

教堂的大门旁边有一张告示。上面写着：“Obsequias por nuestro hermano Pedro Hernandez. Once de la mañana.”

他的西班牙语水平不怎么样，但这位中情局特工还是能读懂这段文字的意思：“我们的兄弟彼得罗·赫尔南德茨的葬礼。上午十一点钟。”

难道复仇者没有看到这个告示？还是他猜不透这段文字的意思？通常在星期天之前，牧师是不会去他那间法衣室的。但今天情况不同，十一点钟之前，牧师肯定会打开法衣室里的柜子，看到那个囚犯。

为什么不把他丢在其他地方？为什么不用胶带把他固定在他自己的床上，这样在日落之前没人能发现他，甚至在那之后也发现不了？

他发现少校在与机场的技工通话。

“直升机出了什么问题？去他妈的尾翼转子。直升机马上提供空中支援。让它快点起飞！”

他关去通讯器，听完麦克布莱德的疑惑，瞪着双眼厉声说：“你的同胞显然犯了一个错误，就这么回事。一个代价昂贵的错误。他会因此而丢命的。”

一小时过去了。即使没有野战望远镜，麦克布莱德也能看到第一批身穿白布衣物的工人正被赶回通往村子的那道双扇大门的门口。在一排排工人旁边，穿制服的卫兵在朝他们大声吆喝。这时候是中午，烈日当空，晒得人们头皮发麻。

大门前面熙熙攘攘的人群越聚越多。无线电通讯器里的噼噼啪啪通话声一直没有中断，农场里一个区域接着一个区域被清理完毕，建筑物一栋接着一栋被搜查完毕，宣布查清，封上门窗后在每一栋都派上了驻守的卫兵。

一点半时，开始清点工号。范伦斯堡坚持让五名检查员回到他们在桌子后面的位子上去，挨个检查每一列的两百名工人。

工人们通常在上午和晚上的凉爽时间里劳动，现在他们在活活受着烈日的烘烤。两名工人晕倒了，由他们的朋友帮着抬到阴凉处去。身份牌挨个都检查了一遍，每个牌上的号码都与早上出工时的记录对了一遍看是否符合。当最后一个白色衣衫的身影踉踉跄跄地走回村里去休息、纳凉和洗澡时，检查组长点了点头。

“少了一个。”他叫道。范伦斯堡走到桌子边，从他背后看着记录。

“53108号。”

“姓名？”

“拉蒙·古蒂雷斯。”

“释放警犬。”

范伦斯堡大步走向麦克布莱德。

“现在，所有技术人员、劳工们都应该已在室内了，被关在里面由卫兵驻守着。警犬不会去触犯我的卫兵们，你知道，它们能认出制服。这就剩下了在外面游荡的一个人。一个陌生人，穿着白棉布长裤和宽松衬衣，散发着异味。这如同为那些牧羊犬敲响了午饭的钟声。爬到树上？跳进池塘？它们还是能够找到他的。然后它们将会围住他狂吠，直至驯犬员到来。我给这个雇佣兵半个小时的时间，顶多半小时，他要么爬到一棵树上投降，要么死掉。”

他在搜寻的那个人此刻正在农场中央，在一排排高过他头顶的玉米地里轻快地跑动。他根据太阳和山峰判断着他的奔跑方向。

从上午早些时候起，他花了两个小时持续慢跑，从分配给他劳动的那块田地到那座宅院的防护墙墙基，这段距离倒不是问题，对于一个习惯马拉松赛跑的人来说算不了什么，但他得小心避开其他工作小队和卫兵。那时他仍在躲避。

现在他来到了穿越玉米地的一条土路，卧伏下来，朝外边窥视。在土路的一头，两名卫兵骑着一辆摩托车朝着主大门方向疾驶而去。他等待着他们转过一个弯道，然后越过土路钻进一个桃园里消失了。他从高处已经充分研究了这个农庄的布局，并计划好了一条路线，能从宅院大墙边一直通到他要去的地方，用不着穿越齐膝高的庄稼。

上午他带出来的物品，要么放在他那只所谓的饭盒袋里，要么藏在他穿在运动短裤里的紧身三角裤里面，现在差不多已经用完了。那只潜水手表现在戴回到他的手腕上，皮带系在腰上，刀子插在背后，不容易被发觉，但需要时很快就能拔出来使用。那些绷带、粘胶和其余物品放在穿在皮带上的一只扁小包里。

他又察看了一下周围的山峰，把他的前进方向调整了几度，接着停下来歪着头去倾听，前方有哗哗的流水声。他来到了溪流边，后退十五米，脱光了全身衣物，只剩下皮带、刀子和紧身内裤。

在庄稼地对面，在沉闷的令人麻木的炎热下，他听到朝着他奔跑过来的第一群狗的吠叫声。海边正好有微风吹过来，再过几分钟海风将把他的气味带到猎狗的鼻子里。

他要干的事必须动作极快但极仔细。他忙了一小阵直到满意了，才踮着脚走向溪流，滑入凉爽的溪水之中，开始让水流带他前进，倾斜着穿过农场朝着机场和悬崖的方向漂去。

尽管相信那些牧羊犬决不会来犯，但在驾车缓慢地从大门驶往农场的路上，范伦斯堡还是摇上了所有的车窗。

驯犬员与范伦斯堡一起在越野车里，坐在旁边的旅客座上。副驯犬员驾着一辆卡车跟在后面，后面的车厢用铁条封了起来。他们听出了猎狗叫声的变化，从低沉的喉音到激动的吠叫。

“它们已经发现了什么。”驯犬员喊道。

范伦斯堡露出了微笑。

“哪里，在哪里？”

“在那边。”

麦克布莱德蜷缩在后座里，高兴地看到车窗都关上了。他不喜欢恶狗，而且对他来说，十二条也太多了。

那些狗是发现了什么东西，没错，但它们的汪汪声更多的是来自痛苦而不是激动。在转过桃园的一条弯道后，范伦斯堡看到了那群猎犬。它们在土路周围，绕着一团带血的衣物打转。

“把它们弄到卡车上去。”范伦斯堡喊道。驯犬员跳下汽车，关上车门，吹着口哨向他的狗群传达命令。狗们仍在狂吠，但没有抗议，顺从地爬上那辆狗车的后车厢，并被锁在了里面。这时候范伦斯堡和麦克布莱德才下了车。

“那么，这就是它们抓住他的地方喽。”范伦斯堡说。

驯犬员仍然对狗群的表现感到迷惑，他一把抓起那件沾有血污的棉布衬衣，拿到鼻子上去闻，然后猛地把头转向了一边。

“该死的浑蛋，”他尖叫道，“辣椒粉，细磨绿辣椒粉，能沾在衣服上。怪不得那些可怜的猎犬在尖叫。那不是激动，它们是痛苦。”

“它们的嗅觉什么时候可以恢复？”

“嗯，今天不行了，老板，明天都不一定。”

他们找到了一条棉布长裤，也被撒上了辣椒粉，还有一顶草帽，甚至还有一只帆布抽带包。但是没有尸体，没有骸骨，没有其他，只有衬衣上的血污。

“他在这里干了什么？”范伦斯堡询问驯犬员。

“他割破了自己，这个浑蛋。他用一把折叠刀割破了自己的肌肤，然后把血洒到那件衬衣上。他知道那会使警犬疯狂，当它们在巡逻时，人血总是能驱使它们疯狂。所以它们会闻到血腥，咬碎织物并吸入辣椒粉。我们的猎犬没法用了，可能明天才能恢复。”

范伦斯堡数了数衣物的件数。

“他已经脱光了衣服，”他说，“现在我们要找的是一个赤身裸体的人。”

“也许不是。”麦克布莱德说。

南非人按军队编制给他的部队配发军服。他们都穿同样的制服，清一色的半统牛皮作战靴，卡其长裤的裤脚塞进靴子里。每人还有一条配有铜扣子的宽皮带。

他们上身都穿着“豹斑”色彩的淡色非洲丛林迷彩服，衣袖到手臂中部，袖口外翻并烫平。

衬衣上有一道或两道倒V字形的肩章，表示是一名下士或中士。而四名低级军官的衬衣肩章上，则装饰着布星。

麦克布莱德发现，小径附近树枝上挂着一块肩章，是从一件衬衣上拉扯下来的，显然那里曾经发生过一次搏斗。

“我认为我们找的这个人根本没有赤身裸体，”麦克布莱德说，“我认为他现在穿着一件迷彩衬衣，少了一块肩章，还穿着卡其长裤和作战靴。毋庸赘说，还有像你那样的一顶丛林帽，少校。”

范伦斯堡的脸涨成了猪肝色，但证据胜于雄辩。沙砾上面有两道痕迹，明显是一双鞋后跟被拖曳着穿过草地留下的。拖痕的尽头是那条溪水。

“一具尸体扔进了那里，”少校咕哝着说，“现在它应该已经被冲出了悬崖。”

而且我们全都知道你是如何钟爱你的那些鲨鱼，麦克布莱德想道，但他没说出来。

范伦斯堡窘迫极了。在方圆六千英亩的这个农庄里的某处，在可以获取武器和摩托车的某个地点，有一个用宽边丛林帽遮掩着脸的职业雇佣兵，一如他所假设的，要来炸飞他的雇主的脑袋。他用南非荷兰语骂了几声，肯定不是什么优雅的话。然后他抓起了无线电通讯器。

“向宅院里加派二十名卫兵。除了他们和我以外，任何人不得进入那里。他们要全副武装，在那座楼房四周的地面上立即散开。现在，马上派人！”

他们驾车返回，穿过田野，奔赴最远处的那座有大墙的宅院。

这时候是下午四点差一刻。

第三十一章

请君入瓮

刚刚赤裸的肌肤经过烈日的暴晒，现在凉爽的溪水如同抚慰剂。但这道溪水很危险，因为水流在顺着混凝土岸壁冲入大海的过程中，流速一直在缓慢地增加。

在进入水中的地点，德克斯特仍有机会爬上溪流的对岸。但这个地点离他需要去的地方距离太远了。在山顶时，他已经牢牢记住了一棵大树的位置，这棵树在此前的航拍照片上他也见到过。

他的最后一件尚未使用的设备，是一只折叠式三爪小铁锚和一条六米长的细绳。在溪岸之间顺着蜿蜒曲折的水流漂向前方时，他展开三个爪子，把它们固定住，并把细绳的一头缠在了右腕上。

在急流中，他来到一个弯道，看见了前方的那棵树。它长在溪岸靠机场的那一边，两条粗大的树枝伸到了溪流的上方。当他接近时，他在水中往后一仰，挥手把小铁锚抛向上空。

他听到金属在枝条中的撞击声，感觉到铁爪子的受力和突然停顿让他的右手腕产生一阵疼痛。

他紧紧攥住绳子，奋力爬上溪岸，湍急的水流仍然拽住他的腿，他用那只空着的手抓住岸边的青草，让身体的其余部位也脱离水流，落在了实地上。

那只铁锚在树枝里找不到了。他踮起脚，抬起手臂，用刀子尽量在最高处割断细绳，让它落到水里漂走。他知道，现在离机场铁丝网四十个小时前他割破的那个位置还有九十米距离。这段距离不能用其他方式，只能爬行。他估算，最近的警犬大约还在溪流对面的两公里之外。它们将会找到那座桥，但时间还来得及。

两个晚上之前，他在黑暗中躺在机场铁丝网旁边，用钢剪剪了一条垂直的和一条水平的切口，构成了一个三角形的两条边，但还留下一根铁丝没去动，以保持着张力。那把钢剪被他藏到了青草中，现在他找到了它。

两道切口用绿色塑料护套电线给临时搭在一起了。拆去这些临时的电线用了不到一分钟时间，之后他听到一记沉闷的嘣的响声，铁丝网的张力松弛了，他钻了过去。保持俯卧的姿势，他趴着转过身来把铁丝网重新接上。只有在十米距离之内才能看出破绽。

在农场那一侧，工人们把杂草清除得一干二净，撒到其他地块上用作肥料，但在跑道两边，青草长得有半米高。德克斯特找到他事先藏好的那辆自行车和他偷来的其他物品，把自己穿戴起来遮住太阳的暴晒，然后一动不动地躺下来等待着。此时，他听到铁丝网外边的两公里远处，猎犬一阵狂吠，它们发现了那些沾血的衣物。

当范伦斯堡少校驾着越野车到达那座宅院的大门时，他要求增派的卫兵已经在那里了。一辆卡车停在门口，卫兵们纷纷跳下车来。他们全副武装，手里握着M-16自动步枪。当橡木大门开启时，那位年轻的军官让卫兵们排成几路纵队，慢跑穿过大门，迅速分散到了院内各处。范伦斯堡跟进去，然后大门就关上了。

麦克布莱德踏上通往泳池的台阶，但南非人转向右边，绕到了泳池的侧面。麦克布莱德看到原来在低于泳池的下一层还有几条通道，三个地下车库的大门可以通过电动操作启闭。

男管家在等待着，把他们引向里面。他们跟着他走过一条廊道，经过车库的几扇门，走上一段楼梯，进入到了主会客区域。

那位塞尔维亚人在书房里。虽然黄昏前室外比较凉爽，但他觉得还是谨慎为好。他坐在一张会议桌边，端着一杯黑咖啡，示意他的两位客人坐下来。他的保镖库拉奇出现在后面，背靠墙壁，保持着警惕。

“报告吧。”季利奇开门见山地说。范伦斯堡不得不惭愧地承认，有人单枪匹马，乔装成这里面的工人混进了这座堡垒。现在发现这人已经杀死一名卫兵，穿上卫兵的制服并把尸体扔进了那河里，逃过了猎狗对他的死亡追击。

“那么现在他在哪里？”

“在这座宅院的大墙与保护村子和机场的铁丝网之间，先生。”

“那么你们打算怎么办？”

“我手下的每一个人，每一个穿卫兵制服的人都要通过无线电向我报告，证明各自的身份。”

“Quis custodiet ipsos custodes?”麦克布莱德说了一句西班牙语。另两个人迷惘地瞪起眼睛凝视着他。“对不起。谁来保卫那些卫兵呢？换句话说，谁来检查那些检查员呢？你们怎么知道在无线电里的声音不是在说谎呢？”

房间里一片沉静。

“对，”范伦斯堡说，“他们都必须听召唤回到营房，由他们的组长挨个当面检查。我可以去无线电室发布命令吗？”

季利奇点头让他离去。

召集卫兵又花了一个小时的时间。窗外，夕阳正从山峰西沉。热带的天色开始很快变黑。范伦斯堡回来了。

“每一个卫兵都在营房里核对了身份。所有八十个人都由他们的带队军官亲自验证。这人还是在外面的某个地点。”

“或者在这道大墙内，”麦克布莱德说，“你的第五班负责这座宅院的巡逻。”

季利奇转向了他的卫队长。

“你没有经过身份查验就命令二十名卫兵进来这里巡逻？”他冷冷地问道。

“是没有，先生。他们是精英警卫班，由扬尼·杜布莱西斯亲自指挥。出现一张陌生的脸他会立即认出来的。”

“让他来这里报到。”塞尔维亚人命令道。

几分钟之后，年轻的南非人指挥官出现在书房的门口，做了一个规范的立正动作。

“杜布莱西斯中尉，两个小时前你根据我的命令，挑选了包括你在内的二十名卫兵，用卡车把他们带到了这里，是吗？”

“是的，先生。”

“你认识他们的每一个人吗？”

“是的，先生。”

“对不起，你们跑步通过大门的时候排的是什么队形？”麦克布莱德问道。

“我在队伍的前头，格雷中士在我的后面，然后是卫兵战士，三个一排，六个一列，一共十八名战士。”

“十九个，”麦克布莱德说，“你忘了那个殿后的。”

在寂静中，壁炉上方的那只时钟声音特别响。

“什么殿后的？”范伦斯堡耳语着说。

“嘿，别把我搞糊涂，朋友们。我也许错了。我以为第十九个人从卡车的角落转过来，跟在后面慢跑进了大门，穿着同样的制服。我当时没多想。”

这时候时钟敲响了六点钟，第一颗炸弹爆炸了。

炸弹并不比高尔夫球更大，而且完全不会伤人，它们更像是吓唬鸟的玩意儿，而不是打仗的武器。这些炸弹装有八小时的延缓定时装置，复仇者在上午十点钟左右把十颗这样的玩意儿扔进了墙内。根据那些航拍照片，他知道那座宅第周围绿地里哪些部位灌木最浓密，而且从十几岁起他就已经是一名很优秀的投掷手了。现在这些小炸弹按时炸响，噼噼啪啪的爆裂声很像是步枪的射击声。

在图书馆里，有人大喊一声：“隐蔽！”所有五名老兵全都卧倒在地上。库拉奇就地一滚爬起来站到了他的主人的上方，手枪已经拔出来了。然后在外面的一个卫兵以为他已经发现了那个枪手，开始回击。

又有两颗小炸弹爆响，步枪的交火声增强了。一块窗玻璃被击碎了，库拉奇朝着外面黑咕隆咚的夜色回击。

塞尔维亚人已经受够了。他低头弯腰跑过书房的后门，沿着通道走下楼梯，到了地下室里。麦克布莱德跟在他的后面，库拉奇殿后，面朝后方退着走。

无线电室在地下廊道的最外边。值班的操作员正在应付卫兵们在无线电对讲机波段上的无穷无尽的呼叫，看到他的主人突然闯入，他在日光灯的映照下变得脸色惨白。

“呼叫者，亮明你的身份。你在什么地方？发生了什么事？”他喊道。没人在听他说话，因为黑暗中枪声此起彼伏。季利奇俯身在控制台，按下了一个开关。房间里静下来了。

“呼叫机场，全体飞行员和全体地勤人员。我要乘坐直升机走，现在就走。”

“直升机不能起飞，先生。要等到明天。他们已经修理两天了。”

“那就霍克飞机吧，现在就调整到适航状态。”

“现在吗，先生？ ”

“现在。不是明天，不是一个小时后。是现在，马上。”

听到远处噼噼啪啪的枪声，草丛中的那个人跪了起来。正是天色完全黑下来之前、黄昏最深沉的时刻，是最容易让人风声鹤唳、草木皆兵的时候。他扶起自行车，把工具箱放进前面的车篮里，骑到跑道对面靠陡坡的那一侧，开始朝着两公里外的机库骑行过去。他身上穿着机械师夹克，背面印着代表泽塔公司的“Z”标志，在黄昏中不会惹人注意，而且在未来半个小时执行任务的匆忙之中也不会有人在意。

塞尔维亚人转向麦克布莱德。

“我们就此一别，麦克布莱德先生。恐怕你得自己找交通工具返回华盛顿去。这里的问题会得到解决，我将会招聘一名新的卫队长。你可以告诉德弗罗先生，我不会违背我们的约定，但是目前我打算去我在酋长国的几位朋友那里做客，打发些日子。”

车库在地下通道的尽头，那辆奔驰轿车已经武装起来了。汽车由库拉奇驾驶，他的雇主坐在后座上。麦克布莱德无奈地站在车库里，看着库门升起来并后退，然后奔驰汽车从底下钻出去，碾过砾石路面，驶出了一直开着的院子大门。

当奔驰轿车抵达机场时，机库里灯火通明。一辆小型牵引车已经挂上了霍克1000飞机的鼻轮，正要把它拖到停机坪上去。最后一名技工盖上发动机的罩子，爬下升降台，把它从机身推开去。在灯光明亮的驾驶舱里，斯蒂潘诺维奇机长正和他那位年轻的法国籍副驾驶坐在一起，借助副机的动力检查仪器仪表。

季利奇和库拉奇在汽车内注视着。霍克飞机推出机库，到了停机坪上，舱门打开了，舷梯嗞嗞响着降了下来，可以看见那位副驾驶站在开着的舱门边。

库拉奇先行离开汽车，慢步跑过几码距离的混凝土地坪，踏上舷梯进入到装饰豪华的机舱里面。他朝左边关着门的驾驶舱瞟了一眼，又跨上两大步到了客舱后部的洗手间。他猛地拉开门，空的。回到舷梯顶部后，他朝他的主人招招手。塞尔维亚人离开汽车跑向舷梯。当他进入飞机里面后，舱门关上了，把他们锁在了舒适和安全之中。

外面的两个地勤人员拉下护耳罩。其中一个人插进了电瓶小车的插头，斯蒂潘诺维奇机长发动了飞机的引擎。两台普拉特-惠特尼305发动机开始旋转，然后发出了呜咽声，再然后是号叫声。

第二个地勤人员站在机身前方的一边，双手各拿着一条发光霓虹棒，引导霍克飞机离开机库到了停机坪的边缘。

斯蒂潘诺维奇机长在跑道上摆正机身，最后一次测试了制动机构，放开之后加大了两台发动机的功率。

霍克开始滑行，速度越来越快。在机身的一边，几公里之外，那座宅院周围的泛光灯突然熄灭了，这更增添了几分混乱。机首朝着前面的大海和西北方向直插过去，左边的陡坡急剧后退。双引擎喷气飞机离开了跑道，微弱的隆隆声停止了，悬崖边的那些小别墅钻到了机身底下，飞机飞翔在月光映照下的海面上空。

斯蒂潘诺维奇机长收起起落架，把驾驶的工作交给那位法国人，开始研究飞行计划，和准备在亚速尔群岛第一次加油的计划。他已经好几次飞到过阿联酋，但以往从来不是在起飞前三十分钟才接到通知。霍克飞机朝右舷倾斜着，从起飞时的西北方向转向东北，已经飞到了一万英尺上空。

与大多数商务飞机一样，这架霍克1000也在客舱后部设有一间小巧而豪华的洗手间，占着机身的左右两舷。与某些机型一样，这个洗手间的后舱壁是一块活动隔板，通往一个更小的储藏室，用于存放轻便的行李。刚才库拉奇检查了洗手间，但没有查看那个行李储藏室。

飞行五分钟之后，那位身穿技工服装的蹲伏着的人，把隔板拉开走进了洗手间。他从工具箱里取出一支九毫米自动手枪，又检查了一遍击发机构，拉开保险，走进了客舱里。面对面坐在牛皮椅子里的两个人默默地凝视着他。

“你不敢开枪，”塞尔维亚人说，“子弹会射穿机身让我们全都完蛋。”

“弹头已经改装过了，”复仇者平静地说，“只有四分之一的弹药。足够在你的身上穿一个孔，留在你体内让你送命，但不会穿破机身。告诉你的朋友，让他把他的家伙掏出来，用食指和拇指，放到地毯上。”

客舱内响起了一阵塞-克语的简短交谈。那位保镖铁青着脸，从左腋下的枪套里取出他那支格洛克手枪，扔到了地上。

“踢到我这边来。”德克斯特说。季利奇照办了。

“还有脚踝上的那把枪。”

库拉奇在他的左脚踝上还插着一把备用的手枪。这把枪也被用脚踢了过来。复仇者取出一副手铐，扔到了地毯上。

“你朋友的左脚踝，你自己动手。不准耍花招，不然你的一只膝盖就保不住了。是的，我有这个水平。”

“给你一百万美元。”塞尔维亚人说。

“快动手。”美国人说。

“给现金，你喜欢的任何银行。”

“我的耐心是有限的。”

手铐铐了上去。

“收紧。”

当金属陷入肌肤时，库拉奇蠕动了一下。

“绕过椅腿，铐住他的右手腕。”

“一千万美元。不要太傻了。”

回答的是第二副手铐……

“左腕，穿过你朋友的铐链，然后拷上右腕。挺起腰杆，留在我的视线以内，不然你就要对你的那只膝盖说再见了。”

两个人并肩蹲伏在地上，手腕交叉着，通过与地面相连的那把座椅被互相拴在了一起。

德克斯特从他们旁边经过，走向驾驶舱门。舱门打开时机长还以为是他们的主人前来询问航程的进度。一支枪管顶在了他的太阳穴上。

“是斯蒂潘诺维奇机长，对不对？”一个声音说。当初华盛顿·李在截获从威奇塔发出的那份电子邮件后，把这个情报告诉了他。

“我不是来与你作对的，”劫机者说，“你和你的副手都是职业人员，我也是。让我们保持这种状态。职业人员不会做出愚蠢的事情，会尽量避免，同意吗？”

机长点点头。他试图去看身后的机舱。

“你的主人和他的保镖已被解除武装，并且用铁链拴在了机身上。没有人会来帮你。请按我说的去做。”

“你要干什么？”

“改变航向。”复仇者瞟了一下节流阀上面的电子飞行仪器系统，“我建议走315度，罗盘航向，应该是正确的。避开古巴的东部海角，因为我们没有飞行计划。”

“最终目的地？”

“基韦斯特，佛罗里达州。”

“美国？”

“我的祖国。”持枪的那个人说。

第三十二章

劫持

德克斯特已经记住了从圣马丁到基韦斯特的航线，其实没有这个必要。这架霍克飞机上的航行仪器极其简单明了，没有当过飞行员的人也能读懂液晶显示屏上显示的计划航向和航路。

在飞离海岸四十分钟之后，他看见了右翼底下格林纳达的灯火闪烁。然后是两个小时的海上飞行，到达多米尼加共和国的南海岸。

又经过两个小时，到了古巴海岸与巴哈马群岛最大的岛屿安德罗斯之间时，他俯身向前，用枪管去碰了一下那位法国籍副驾驶的耳朵。

“现在切断无线电询问机。”

副驾驶去看南斯拉夫机长，后者耸耸肩并点点头。副驾驶把开关关去了。飞机上的无线电询问机以脉冲信号不间断地发出并重复自己的身份，断开以后，这架霍克飞机就减弱为雷达屏幕上的一个小小的亮点，要凑近去看才能看得到。它在雷达上几乎相当于不存在，但这样同时也对别人宣布自己是一名可疑的入侵者。

佛罗里达南部的外海是防空身份识别区，这一带雷达遍布，为的是保护美国的东南翼免受持续不断的毒品走私战的影响。任何人没有飞行计划而闯入这个区域，就是在与非常复杂的金属捕捉系统玩捉迷藏的游戏。

“下降到距海面四百英尺的高度，”德克斯特说，“冲下去，冲下去。关去所有航行灯和机舱灯光。”

“现在是超低空了。”在机身下降了三万英尺之后，飞行员说。飞机陷入了黑暗之中。

“把它当作亚得里亚海，你以前这么飞过。”

这话没错。作为南斯拉夫空军的一名战斗机飞行员，斯蒂潘诺维奇上校曾经驾机在四百英尺以下的超低空，躲过雷达飞往克罗地亚海岸搞过偷袭行动。尽管如此，他的担心也还是有道理的。

夜间月光映照下的海面有一种催人入眠的感觉，它会引诱在低空飞行的飞行员下降再下降，直至一头栽进海里一命呜呼。在五百英尺以下飞行时必须时刻密切注意和检查高度表的变化。在伊斯拉莫拉达东南方九十英里处，霍克飞机在四百英尺的高度拉平机身，掠过桑塔伦海峡朝着佛罗里达群岛飞去。贴着海面飞过去的最后九十英里航程几乎已经骗过了雷达。

“基韦斯特机场，跑道二七。”德克斯特说。他已经研究过了他所选择的降落点。基韦斯特机场是东西走向的，其仅有的一条跑道沿着这条轴向布置。所有的旅客和调度楼都布置在跑道的东头。朝西降落将意味着使霍克飞机停在跑道的西头，让车辆沿着整条跑道的长度从东头追赶过来。跑道二七指的是罗盘航向270度，也就是正西方向。

在距降落还有五十英里时，他们被发现了。在基韦斯特以北二十英里处是卡德乔岛，在那里，一只大气球拴着一条绳索飘荡在两万英尺的上空。大多数的海岸雷达都是朝外和朝上扫描的，而卡德乔的空中眼睛是朝下看的。它的雷达可以看见任何企图从雷达网下溜进来的飞机。

即使气球也需要偶尔的维修，卡德乔的那只气球是从来不经通知就随机拉下来进行维修的。那天晚上碰巧它已被拉下来了，然后又被放上去。在一万英尺的空中，它看到了那架霍克飞机从黑咕隆咚的海洋飞出来，问讯器关着，没有与之匹配的飞行计划。几秒钟之内，在彭萨科拉空军基地值勤的两架F-16战斗机已经在跑道上加速了，准备一旦离开跑道就打开加力燃烧飞行。

在爬升和突破音障之后，两架代号为“猎隼”的F-16战斗机，编队后向着正南方佛罗里达群岛的最后一个岛屿飞过去。在距它们三十英里远处，斯蒂潘诺维奇机长已经把航速降到了二百节，并开始调整着陆的航向。卡德乔岛和休格洛夫群岛的灯火在右舷闪烁着。战斗机的俯视雷达捕捉到了这个入侵者，于是飞行员们稍微调整了一下航向，从后面追了上去。针对霍克的二百节航速，猎隼们在以超过一千节的速度追赶着。

那天晚上在基韦斯特机场控制塔值班的是乔治・坦纳。再过几分钟机场就要关闭了，这时候，警报响了起来。入侵者的位置表明它实际上正想着陆，这是聪明的做法。对于熄灭灯光和关去问讯器的入侵者，在被战机拦截之后，会得到一次警告，要按指定的地点着陆。没有第二次警告，反击毒品走私的战争可不是闹着玩的游戏。

但毕竟一架飞机有可能出现紧急情况，还是应该给一次着陆的机会。机场的灯光依然大放光明。二十英里之外，霍克的机组人员可以看见跑道的灯光在朝他们迎面扑来。在后上方，F-16战斗机开始降低高度并减速。对它们来说，二百节的航速差不多是着陆的速度。

在离着陆点十英里时，猎隼们根据尾翼两边喷气管的红火，看到了这架黑灯瞎火的霍克。霍克的机组人员也第一次明白，致命的战斗机已经形成了两翼咬住的编队。

“身份不明的双引擎喷气飞机，朝前方着陆。我说朝前方着陆。”机长的耳朵里传来了一个声音。

起落架放下了，翼襟拉下了三分之一。霍克摆好了着陆的架势。奇卡岛海军航空站在右舷闪了过去。霍克的主轮子摸索着寻找着陆标志，触到地面并落在了美国的领土上。

在最后的一个小时时间里，德克斯特已经把那副备用耳机戴到了耳朵上，并把话筒拉到了嘴巴前面。当轮子开始在跑道上滚动时，他按下了发送按钮。

“身份不明的霍克喷气机呼叫基韦斯特控制塔，你们听到吗？”

“听到了，很清楚。”

“控制塔，这架飞机上有一个大屠杀的刽子手，他还在巴尔干地区杀死了一个美国人。他被铐在座位上。请通知你们的警察局长把他严密看管起来，等待联邦法院的审判。”

不等对方回答，他就摘下耳机回到斯蒂潘诺维奇机长那里。

“滑行到跑道最远处，停在那里，然后我就离开你们。”劫机者说完站起来，把他的手枪放进了衣服口袋里。在霍克的后面，拖车、消防车和救护车离开机场大楼朝他们疾驶而来。

“请打开舱门。”德克斯特说。

他离开驾驶舱，走回到客舱。这时候电灯亮了起来。两名囚犯在灯光中眨巴着眼睛。通过敞开着的舱门，德克斯特可以看到那些朝着他们行驶过来的汽车。红白相间的灯光闪烁表明是警车，呼啸的警笛声虽然还很微弱，但正在逼近。

“我们这是在什么地方？”佐兰·季利奇喊道。

“基韦斯特。”德克斯特说。

“为什么？”

“还记得一块草地吗？在波斯尼亚，一九九五年春天，一个美国年轻人乞求活命？嗯，朋友，所有这一切，”他把手朝外面一挥，“都是那个小伙子外公的一件礼物。”

他下了舷梯，大步走向飞机的前鼻轮。两颗子弹打瘪了飞机轮胎。机场边界的栅栏在二十码远处，他爬过栅栏在红树属植物丛中穿行，那穿着深色连裤工作衣的身影很快就消失在夜幕之中了。

透过树丛，他身后的机场灯火已经微弱了，他开始分辨出沼泽地对面公路上有轿车和卡车的大灯在闪耀。他取出一部手机，就着屏幕上的微弱亮光拨了一个号码。在遥远的加拿大安大略省温莎市，一个男人应答了。

“是埃德蒙先生吗？”

“是我。”

“你要的那件来自贝尔格莱德的包裹，已经在佛罗里达州基韦斯特机场降落了。”

他没有再说什么，仅仅听到了从另一头传来的那声欢呼，然后他就关机了。为保险起见，这部手机被远远地扔进土路旁边的带着咸味的沼泽水里，永远消失了。

十分钟之后，华盛顿的一位参议员在饭桌上被召唤走。一个小时内，在迈阿密的两位联邦法院法官也朝着南方疾驶而去。

在法官们穿越伊斯拉莫拉达之前，一位正在基韦斯特郊外美国一号公路上向北行驶的卡车司机，看到路边有一个孤独的身影。连裤工作衣表明这应该是一个遇到麻烦的卡车司机，于是他停下了汽车。

“我要去很远的马拉松[1]呢，”他朝下面喊道，“能捎上你吗？”

“马拉松正合我意。”德克斯特说。这时候是午夜十一点四十分。

九月九日那天，凯文·麦克布莱德花了整整一天时间才回到家里。范伦斯堡少校仍在努力寻找那个失踪的冒名顶替者，但他可以聊以自慰的是至少他的雇主是安全的。他把这位中情局的客人远送到了首都。莫伦诺上校在从圣马丁城到帕拉马里博的航班上定了一个座位。一架荷兰皇家航空公司的客机把麦克布莱德运到库拉索岛，在那里，一个衔接航班把他送到了迈阿密国际机场，然后又一架定点飞机把他载运到华盛顿。当他最终降落时，时间已经很晚了，身体也很累了。星期一上午，他早早地走进了保罗·德弗罗的办公室，但他的上司已经在那里了。

德弗罗看上去面如死灰，明显变老了。他做手势让麦克布莱德坐下来，然后把一张纸小心地从办公桌上推了过来。

所有能干的记者都与当地的警察机关保持着良好的关系，《迈阿密导报》派驻基韦斯特的那位记者也不例外。发生在星期六夜间的事件，是由基韦斯特警方的朋友在星期天中午透露给他的，他及时地为星期一的版面写了报道。星期一上午德弗罗在办公室里看到的，只是这篇新闻报道的一份摘要。

一个塞尔维亚的军阀，大屠杀的疑犯，被扣留在紧急着陆于基韦斯特国际机场上的飞机里，飞机是他自己的。这成了头版上的第三条新闻。

“老天爷呀，”麦克布莱德边看边发出了感叹，“我们还以为他

1　卡车司机说的马拉松是美国佛罗里达州的一个地名。

已经安全逃走了呢。”

“没有。看起来他被劫持了，”德弗罗说，“你知道这意味着什么吗，凯文？不，你当然不知道。是我的过错，我本应该告诉你详情。‘游隼计划’完蛋了，两年的辛勤工作全都泡汤了。没有他，这个计划就执行不下去。”

逐字逐句地，这位学者详细解释了他的计划，如果得以实施，这本来会是本世纪最伟大的反恐壮举。

“按计划他要在什么时候飞往卡拉奇并前往白沙瓦赴约？”

“九月二十日。我只需要再有十天的时间。”

德弗罗站起来走到了窗户边，凝视着外面的树木，背对着麦克布莱德。

“我从黎明起就在这里了，很早就来了一个电话把我唤醒并向我通报了这个消息。我不由自问，他是怎么干成的，这个杀千刀的该死的复仇者？”

麦克布莱德沉默着，沉默在对他的同情之中。

“这人不是傻瓜，凯文。如果我是被一个傻瓜给愚弄了，那我可真受不了。这个复仇者很聪明，比我想象得更聪明，每次都领先我一步……他肯定知道他是在与我较劲。只有一个人会告诉他，你知道那是谁吗，凯文？”

“我不知道，保罗。”

“联邦调查局那个叫柯林·弗莱明的假正经的家伙。但即使泄露出去了，他又是怎么打败我的？他肯定猜测我们会寻求苏里南使馆的合作。所以他设计了梅德弗斯·沃森教授，那个蝴蝶收藏家。强行入境是虚构的，是一个烟幕。我本应该发现这个问题，凯文。教授是伪造出来的，是他计划好了让我们去发现的。两天前，我从苏里南那边得到了消息。知道他们是怎么告诉我的吗？”

"不知道，保罗。"

"他真正用的假身份，英国人亨利·纳什，是在阿姆斯特丹弄的签证。我们从来没有想到过阿姆斯特丹。聪明，够聪明的家伙。所以梅德弗斯·沃森教授进去了，并死在了丛林里。这一切都按照他的计划，给了他六天的时间。当我们终于明白那是个骗局的时候，他已经在里面了，在山头上观察那个半岛。然后你过去了。"

"可我也把他搞丢了，保罗。"

"因为那白痴南非人不肯听你的。当然，那个遭氯仿麻翻的工人必须在上午时被发现；当然，警报必须拉响，必须把狗放出来。这都是他计划好的，为造成第三个骗局，让人相信他谋杀了一名卫兵并顶替了卫兵。"

"但我也有过失，保罗。我真的以为看见了多出来的一个卫兵，在黄昏中慢步跑进了那座宅院里面。结果并没有这么个人。到黎明时，核对发现所有的卫兵都与花名册相符合。"

"到那时候已经太晚了，他已经劫持了飞机。"

德弗罗从窗户边转过身来，走向他的副手。他伸出他的右手。

"凯文，我们都疏忽了。他赢了，我输了。可我欣赏你所做的和你努力要做的一切。至于柯林·弗莱明，这个讲究道德的狗杂种，我会去对付他的。现在，我们不得不重新开始。本·拉登还在那里，还在图谋、策划。让小组全体成员明天八点钟到这里集合，备上咖啡和饼干。我们会赶上CNN电视台的新闻节目，然后就召开一次大会，分析推进这个计划。就从这里开始。"

麦克布莱德转身准备离开。

"你知道，"德弗罗走到门边说，"在这个情报机关的三十年，如果说我学会了什么，那就是这个：有时候忠诚甚至能超越我们的职责。"

尾声

忠诚

凯文·麦克布莱德穿过大厅，转身进入了高级职员的洗手间。他感到很累，几天的长途旅行和缺乏睡眠使他筋疲力尽。

他凝视着洗手盆上方镜子里他那疲倦的脸，心里纳闷德弗罗最后那番模棱两可的话是什么意思。“游隼计划”会奏效吗？沙特的那个恐怖头目会中计吗？十天后他的助手们会在白沙瓦露面吗？他们会拨打那个至关重要的电话，从而让美国国家安全局的人造卫星截听到吗？

现在一切都太晚了。季利奇将永远不能旅行了。他只能出现在美国一个法院的被告席上，并接受长年的监禁。发生的事情已经发生了。

他把脸洗了十几次，然后去审视镜中的人。五十六岁，快要五十七了。干了三十年工作，到十二月底时就可以拿退休金了。

明年春天，他和妻子莫莉将要去做他早已答应过的事。他们的儿子和女儿已经大学毕业，正在创立他们自己的事业。他希望女儿和女婿早点为他生一个外孙，这样他就可以享受天伦之乐。他们还要买一辆他早就答应过莫莉的宽敞房车，然后去看洛基山脉。他知道在蒙大拿山区里有一个垂钓鲑鱼的上好去处。

一个年轻的特工，新近加入中情局的小伙子，从里面的卫生间走出来，在相隔两只水盆处洗手。他们是同属一个小组的，两人点点头微笑了一下。麦克布莱德用纸巾擦干了脸。

“凯文。”年轻人叫道。

“嗯？”

“我问一个问题你不会介意吧？”

“问吧。”

“这问题可能有点私密。”

“那我不一定会回答。”

“你左臂上的那枚文身，那只脱下裤子在微笑的老鼠，它有什么意义？”

麦克布莱德仍在看镜子，但他似乎看到了两个年轻的美国大兵，喝得烂醉如泥，在西贡暖和的夜晚哈哈大笑着。他看到一盏发出咝咝响声的白色汽灯，一位华人正在为他们刺文身。两个年轻的美国人将要分离，但被一种牢不可破的纽带永远连在一起。几个星期之前，他还看到了一份薄薄的卷宗，里面提到左前臂上的文身，一只微笑的老鼠的文身。而且他还收到了命令，去找到那个人并杀掉他的命令。

他把手表戴回到手腕上，重新放下了衬衣袖管。他看了一下表上的日期框。二〇〇一年九月十日。

“这可是说来话长呢，年轻人，”狗獾说，“这一切发生在很久以前和遥远的地方。”

图书在版编目（CIP）数据

间谍先生.复仇者/(英)弗·福赛斯著;舒云亮译.--上海:上海文艺出版社,2019.1
(读客外国小说文库)
ISBN 978-7-5321-6822-4

Ⅰ.①间… Ⅱ.①弗… ②舒… Ⅲ.①长篇小说-英国-现代 Ⅳ.①I561.45

中国版本图书馆CIP数据核字(2018)第261281号

责任编辑：秦　静
特约编辑：顾珍奇　　杨芳州
封面设计：陈艳丽

间谍先生.复仇者
（英）弗·福赛斯　著
舒云亮　译
上海文艺出版社出版、发行
地址：上海市闵行区号景路159弄A座2楼
电子信箱：cslcm@publicl.sta.net.cn
新華書店经销　三河市龙大印装有限公司印刷
开本 890毫米×1270毫米　1/32　11印张　字数 255千字
2019年1月第1版　2025年4月第5次印刷
ISBN 978-7-5321-6822-4/I.5446
定价：49.00元